U0855186

国家社会科学基金青年项目
“在华俄侨作家的中国书写研究”
（项目编号：16CZW058）结项成果

在华俄侨作家的中国书写研究

ZAI HUA EQIAO ZUOJIA DE
ZHONGGUO SHUXIE YANJIU

周青民◎著

中国社会科学出版社

图书在版编目(CIP)数据

在华俄侨作家的中国书写研究/周青民著. —北京：中国社会科学出版社，2023.8

ISBN 978 - 7 - 5227 - 1533 - 9

Ⅰ.①在… Ⅱ.①周… Ⅲ.①俄国人—侨民—文学创作研究 Ⅳ.①I512.064

中国国家版本馆 CIP 数据核字(2023)第 040913 号

出 版 人 赵剑英
责任编辑 郭晓鸿
特约编辑 杜若佳
责任校对 师敏革
责任印制 戴 宽

出 版 中国社会科学出版社
社 址 北京鼓楼西大街甲 158 号
邮 编 100720
网 址 http://www.csspw.cn
发 行 部 010 - 84083685
门 市 部 010 - 84029450
经 销 新华书店及其他书店

印 刷 北京明恒达印务有限公司
装 订 廊坊市广阳区广增装订厂
版 次 2023 年 8 月第 1 版
印 次 2023 年 8 月第 1 次印刷

开 本 710×1000 1/16
印 张 16.5
插 页 2
字 数 249 千字
定 价 88.00 元

凡购买中国社会科学出版社图书，如有质量问题请与本社营销中心联系调换
电话：010 - 84083683
版权所有 侵权必究

目　录

说　明

（1）除重点作家或知名作家如巴依阔夫、别列列申、涅斯梅洛夫、黑多克、巴尔考等在正文使用姓的中文译名或笔名的中文译名，其他在华俄侨作家则尽量采用全称，以免混淆。

（2）主要俄侨作家、重点外国人物在正文中第一次出现时，一般会以脚注形式做简要介绍。

（3）正文中出现的俄苏人名、地名、作品名、书籍名、报刊名、机构名等专有名词以及其他重点词汇一般只列出中文译文，俄文原文见文稿末尾“附录”。

（4）外国人名的缩写，如果确知为哪些具体名字的缩写便译为中文，否则尽可能保留原貌。

（5）文学研究是一个不断积累和逐步扩展的过程，特别是在在华俄侨文学研究方面，充分体现了这一特点。在相关资料的搜集储备和整理阐释方面，几代中外学人都做出大量努力，付出很多汗水。本文的研究借鉴了诸位前辈学人的很多资料，在这里谨对李延龄、刁绍华、李萌、汪之成、顾蕴璞、李兴耕、荣洁、谷羽、冯玉律、石国雄、孙玉华、徐振亚、乌兰汗、李海、李蔷薇、唐逸红、刘文飞、陈方、汪建钊、李英男、郑永旺、赵桂莲、苗慧、刘洪波等诸位先生致以鸣谢！

第一章　在华俄侨文学相关问题阐释

俄侨文学属于20世纪俄语文学中一个突出的文学现象，也属于20世纪世界文学中一种不容忽视的文化现象，具有十分重要的学术研究价值，特别是在20世纪90年代以后引起了研究界的广泛关注。很长一段时间，中国的俄罗斯侨民文学（以下简称“在华俄侨文学”）受到了研究者的忽视甚至漠视。20世纪80年代特别是在90年代苏联解体以后，世界范围的侨民文学的“回归”及其遗产的重新发掘，成为俄罗斯和全球文化生活中的热点现象。在华俄侨文学也随着这股“回归”热潮进入人们的视野，相关研究逐渐呈现上升趋势。应当说，在华俄侨文学已经成为一个热点问题，成为一个新的有价值的研究领域。

本项研究从宏观层面上对在华俄侨作家创作中的“中国韵味”和“中国色彩”做出整体考察，意在揭示“在华俄侨作家的中国书写”这一文学现象所展现的独特精神内涵，深入发掘俄侨作家与中国文化的深层内在关联，从而进一步认识在华俄侨文学所蕴含的丰富而多彩的时代风貌。在华俄侨作家的中国关注和中国书写，可以被视为20世纪上半叶中俄文化交流史上的特殊表现方式，通过对这一现象的关注和梳理，我们能够进一步辨明当前中俄文化交流的历史经验和存在基础。

第一节 俄侨文学与中国文学

一 “中国现代文学”概念的局限与“民国文学”的命名

可以说，很长一段时间以来，中国现代文学的“真实、具体的生存基础并没有得到更准确的描述”[①]，文学史观应该是多元化的，多元文学史观念是推动和发展文学史研究的重要动力。历史观的多元往往表现为一种认识的开放性与价值评判的多元性。文学史的认知和文学史的研究是“可以从不同的角度以不同的方法进入的，尽管各种方法角度都难免有长短得失”[②]。一般认为，现代文学是用现代文学语言与文学形式，表达现代中国人的思想、感情、心理的文学。现代文学语言一般指白话文，而形式必须是现代的新形式。这样的判断和命名本身就具有“意义的单一性与判断的先验性”[③] 的问题，是对这一时期丰富的文学形态和文学空间的一种窄化和“缩小”。中国现代文学应该是由多种格调的文学形态共同交织融会而成的整体性的文学生态系统，应该是充满历史立体感的、包容性强的，而不能仅仅呈现为“新”与“旧”的二元对立格局。由此可见，中国现代文学本身的命名就是有问题的，有待进行深入细致的学理思考。

和中国现代文学研究一样，在东北现代文学那里很明显缺少一种开放的学术眼光和宏阔的认知态度，采取的是一种单向度的价值标准，在各种文章论述中表现出“漠视”与“排斥”他者的学术倾向。综观20世纪上半叶的东北文学，我们可以看到，由于特殊的历史原因，东北这一时期写作主体的国族身份和作品语种都呈现出多重复杂性，既

---

① 李怡：《中国现代文学史的叙述范式》，《中国社会科学》2012年第2期。

② 温儒敏：《文学课堂：温儒敏文学史论集》，吉林人民出版社2002年版，第371页。

③ 张福贵：《从“现代文学”到“民国文学”——再谈中国现代文学的命名问题》，《文艺争鸣》2011年第13期。

有俄侨作家作品，又有日系作家作品；既有汉族作家作品，又有少数民族作家作品。这些都引发出一些需要我们在学理上深入思考的问题，比如流寓东北的他国公民用中文写作的文学作品，且发表在中国的中文报刊上，算不算东北（中国）现代文学的一部分？他们以在东北的所见所闻所感为主要表现内容的汉译文学，算不算东北（中国）现代文学的一部分？还有居于东北的作家用异国语言进行的文学创作，算不算东北（中国）现代文学的一部分？恐怕这些问题的解决还应该从人们习以为常的“命名”入手。

对此，有学者提出“民国文学”（即“中华民国文学”）的概念，对此笔者表示赞同。简言之，“社会发展和现代化进程不能只靠一种力的推动，而是多种思想合力的结果。而‘现代’概念的确立在某种程度上先天的排除了社会进程和文学发展中多元性和多样性的存在”①，相对于具有“先验预设”的意义概念而言，“民国文学”的时间概念则具有“内涵的多元性与边界的开放性”② 特点，它并未隐含明显的价值倾向，具有很大的包容性，通过这一命名才能够清楚地看到该时段文学的整体性、丰富性和细腻性。正如秦弓先生所充分阐述的：“民国不单是一个充满坎坷的历史时期，更是一种具有‘民国机制’的国家形态。事实上，民国的政治、法律制度，民国的经济、教育、新闻出版等，给文学发展提供了动力与舞台，正是在民国的社会文化生态环境中，才生长出生机勃勃的现代文学，作家的生存方式与作品的内蕴外型无不折射出民国的要素。在现代文学研究与叙述中引入民国史视角，绝非为败亡政府召唤游魂，而是为了还原现代文学的真实面貌、历史脉络与丰富内涵。”③ 这是优秀学者所应持有的客观而严谨的治学态度，这是更大限度地接近历史真实的

① 张福贵：《从“现代文学”到“民国文学”——再谈中国现代文学的命名问题》，《文艺争鸣》2011 年第 13 期。

② 张福贵：《从“现代文学”到“民国文学”——再谈中国现代文学的命名问题》，《文艺争鸣》2011 年第 13 期。

③ 秦弓：《三论现代文学与民国史视角》，《文艺争鸣》2012 年第 1 期。

一种努力。

应该强调的是，“民国文学”的概念并不妨碍从宏观上去认定20世纪中国文学的整体联系。毕竟“现代”时间很短，很多作家是从“现代”直接进入“当代”的，白话文成为作家共同使用的主要文学语言。我们可以承认他们之间质的差异性，但不会因为政治上的分离和“命名”的改变就忽略掉二者的联系，二者的联系恰恰是非常紧密的，“共和国文学”（即“中华人民共和国文学”）并不是凭空产生的，也有一个孕育和发生的过程，而这种孕育和发生并非产生于本阶段之内，需要到上一个历史阶段去考察，就像“没有晚清，何来五四”这样的逻辑判断一样。20世纪50—70年代的文学如果不联系20世纪40年代的延安文学和20世纪30年代的左翼文学是根本讲不清的。文学观念和文学主题是不断发展和变化的，但不能在短时间内就完全“中断”甚至消失得无影无踪，有些“一贯性”是存在的，也是需要我们深入探讨和全面认知的。命名只意味着学术思维和学术视野的调整，让我们看到了一个局部时段文学在横向和纵向上的整体性，但并不意味着“封闭”与“割裂”的同步到来，“民国文学”不是铁板一块，它也必然是在动态中流动和生存着的，否则“命名”的来临势必意味着“新”的话语霸权的再度降临。

“民国文学”概念的提出和各种相关阐释声音的出现，说明我们对于文学史的认知理解和书写原则不可能是一成不变的，也不可能是单一的。文学史的文本生成也必然是多维的，因为“只有一个角度无法概括一段活生生的丰富多彩的文学历史”①。由此带来的每部文学史著作也应该是独特的，因为“在某种意义上，文学史著作的价值恰恰在于它的独特性”②，而独特与差异则意味着生命力生成的某种可能。应以客观的态度实事求是地进行多种新的可能性的探索，而新的探索

① 陈平原：《小说史：理论与实践》，北京大学出版社1993年版，第253页。

② 王晓明：《刺丛里的求索》，上海远东出版社1995年版，第237页。

只能是对各种现有文学史范式的有力补充，各种多样化、个性化的理解“其实是对文学史构成内容的丰富和发展”[1]，而非一般认识上的非此即彼的拆解与重构。在现代文学语境中，对文学史的定位和对研究对象的理解、阐释都不能抱有单一的价值尺度，不能只是一味地屈从于既定的权利话语体系，因为“一种具有现代意义的文学首先应该是多元的和宽容的文学”[2]。

沿着上面的思路，我们对于在华俄侨文学的认知也必然是多元的，而不是僵化和单一的。在“民国文学”的框架下，凡是这一时段发生在中国地域范围内的文学事件和文学现象以及作家作品都应该纳入我们的研究视域，不分语种、不分主体的国族身份，他们一并存在于中国的文学共同体中，成为中国文学史建筑结构中的一个支点，哪怕只是作为组成部分的一个碎片，也是具有存在价值的。在空间化的文学现场中，多元合力和各种历史要素在进行着文学生产，在“民国文学”的视域里，我们更能清楚地看到各种历史力量的博弈关系和多重景观，从而看到东北文学发生发展的独特性、复杂性和多元性。由此生发开去，在华俄侨文学的中国属性和中国意义便突出了，以至可以说，俄侨文学作为中国文学的一个有机组成部分，不能被人为排斥掉。

二　俄侨文学是中国文学的特殊组成部分

除了通过上面的理论构想来审视俄侨文学与中国文学的特殊关系，我们还可以从二者的历史与现实的固有逻辑并结合具体的事实依据来看待俄侨文学之于中国文学的特殊意义和重要价值。

俄侨作家在难以遏制的精神迷惘中，在异国他乡充满深情地抒发

① 张福贵：《教科书模式与多元化、个性化的学术要求》，《文学评论》2004 年第 4 期。

② 张福贵：《从“现代文学”到“民国文学”——再谈中国现代文学的命名问题》，《文艺争鸣》2011 年第 13 期。

弃国之苦、离乡之愁与漂泊之艰辛，在创作中既继承了俄国现实主义文学传统，又吸纳了俄国“白银时代”自然主义文学的基本特质，深切地保持了俄罗斯文化传统在俄侨深层意识中的强大张力，其文学作品有着极为丰富的俄罗斯文化内涵。很显然，俄罗斯的基因传统首先在俄侨作家那里发挥了作用，并成为一种支撑力量和主导因素，牵制着俄侨作家的基本行为方式和思考方式。不过，我们必须看到，在华俄侨文学创作与俄苏本土文学创作而有着明显的差异性。俄侨文学作为中国文学的特殊组成部分，其重要表现即为在华俄侨作家笔下的中国书写成分，在中俄文化的双重碰撞下位于中俄文学的双重场域中生成的特殊性，这种特殊性决定着在华俄侨文学创作的特殊的内涵属性、独特的艺术价值和深远的社会意义。

（一）中国形象

俄侨文学在中国这块土地上孕育生成，俄侨作家的创作在时间上跨越了整个20世纪上半叶的中国历史时期及各个重要阶段，作家在审视着作为视野中的“异乡”的中国的自然物事、风土人情，并且感受着那个年代中国人的生存状态、生活习性，甚至更进一步以身心投入那些复杂而繁芜的社会事象时，也在经意或不经意间通过活跃而鲜艳的笔触构建起他们心目中的中国形象。俄侨作家笔下所展示的中国形象是具体而丰富的，哈尔滨城市形象和上海城市形象建构矛盾而复杂，各类底层人物形象塑造集中而丰富，作品所展现出来的中国式意境和中国儒释道精神也颇为典型。俄侨作家笔下的中国自然风光与民俗风貌既展示出作家的中国之情，也投射着一种陌生感。

一般认为，对于西方来说，他们所塑造的中国形象，是作为“他者”而出现的文化影像，是为了确立以西方文化为中心的社会价值与权力秩序以及认同自身。于是，可以这样理解：“如果西方文明感到充分自信，那么这个‘他者’形象就变得低劣、邪恶；如果西方文化对自身产生疑虑，这个‘他者’形象就有可能被美化，成为西方文化自我批判与超越的尺度。”[①] 对于经历了身心之艰难甚至可谓苦难历程的俄侨作家们来说，他们所塑造的中国形象则不是完全西方化的，他们所致力的生存时空影响着自身对于近在眼前的中国影像的观察和判断。俄侨作家的中国形象塑造通过不同层面表现出来的多样性和复杂状态，对于我们深入认知20世纪上半叶的中国社会历史提供了一个日常的“中国现代文学”场域所无法提供的新空间和新维度。

当然，一种形象不是在孤立环境中形成并存在着的，形象具有互文性。如20世纪30年代的中国形象，有人举出左翼文学、20世纪30年代的中国民族电影和美国“辱华”电影以及这一时间段中国有关赛珍珠与《大地》的评论，作为不同的文本类型以印证中国形象的生成与确立。俄侨作家所建构的中国形象则正好成为那个时代互文文本的一个典型，属于一个有力的补充。在很多研究中，这个角度恰恰是被人们所忽视的。

（二）中国情感

我们在感受俄侨文学作品的时候，一定会发现并注意到俄侨作家的中国形象塑造和建构中的情感性特征。也就是说，俄侨作家笔下的中国形象虽然呈现出十分明显的差异化，但一个共同的表征则是中国形象的塑造和建构不是孤立地完成的，作家在展示中国形象的同时也流露和映现了人物的内心情感，而这种情感也流露和映现了作家的某种情感倾向。其实可以这样理解，只有在准确把握俄侨文学作品传达出的丰富的情绪情感的基础上，我们才能够深切而准确地探测到中国形象背后所承载的丰富的内涵。

哈尔滨的俄侨文学可谓丰富多彩，很多作品都反映出独具一格的“中国音调”。这种“音调”在一个层面上可以认为是中国情感的表达。正是因为与中国的深度关联和情感上的共鸣，才会有那些感性的、浓烈的中国书写与表达，才会有人亲切地称中国为“温柔的继母”。

① 周宁：《双重他者：解构〈落花〉的中国想象》，《戏剧》（中央戏剧学院学报）2002年第3期。

但毕竟是“继母”，所以在俄侨作家那里所传达出的中国观感，是时刻与文化身份焦虑相关联着的。因为俄侨作家在民族心理、思维方式、审美能力以及对生命、生活、生死等方面的认知和理解上的差异性，移民作家标签带来的自我身份认知具有明显的“混杂性”特征。新的文化身份与新的情感变动，以及隐藏起来的民族记忆，难免产生一定冲突，从而产生思想矛盾和精神焦虑。俄侨作家在文学作品中所传达出的双重边缘处境中的困惑、自省、焦虑状态以及十分复杂的情感状态，需要我们给予重点关注和审视。

（三）中国精神

俄侨作家尤其是代表性诗人别列列申、涅斯梅洛夫、亚科夫·阿拉钦[①]、玛丽安娜·科洛索娃[②]等，他们的创作都受到中国大地的哺育，一些作品在字里行间亦以独特的情感表达和独特的精神诉求反哺生于斯长于斯的中国土地。中国情感潜入深层次时则表现为中国精神之追寻，抑或为一种无意识的中国精神之旅。同时，从整体来看，特别是历史地审视，“俄侨文学对传播中国文化精神、发展俄罗斯国内汉学研究的作用不容低估”[③]，是沟通中俄文化的重要桥梁。

可以说，“俄罗斯是一个重文化、重教育的民族，即使在远离祖国、流落异邦的情况下，也能自觉延续自己的文化承传，坚守文化和学术事业。许多在俄国十月革命后移居中国的俄侨文化人，除了从事传统俄语教学和俄罗斯本民族的文化学术活动之外，还积极投入对中国文学的翻译与研究，以期更好地了解中国，了解中国的精神文化，更好地融入中国人民的生活”。[④] 也正是在这个过程中，部分俄侨作家

---

① 亚科夫·阿拉钦（1878—1949），又译作雅科夫·阿拉金、雅可夫·阿拉肯，诗人、翻译家，系哈尔滨俄侨中的中国古典诗歌首批译者之一。1922 年到哈尔滨。诗歌创作题材广泛。

② 玛丽安娜·科洛索娃（1903—1964），又译作雅丽安娜·科洛索娃，卓有成就的在华俄侨女诗人。1920 年底到哈尔滨，1935 年移居上海。在华出版诗集多部。

③ 李仁年：《俄侨文学在中国》，《北京图书馆馆刊》1995 年第 Z1 期。

④ 李逸津：《旅华俄侨亚·阿拉钦〈华俄诗选〉评析》，载王晓平主编《国际中国文学研究丛刊：第 2 集》，上海古籍出版社 2013 年版，第 212—218 页。

与中国传统文化关系密切，文学作品中的儒释道精神时有显露。众多作品在艺术上亦具中国特色，如中国语汇的大量介入和中国式意境的自然生成。俄侨作家及其作品所体现出的中国精神，正是由于中国文化传统和中国精神资源的滋养，才使得很多俄侨作家在固执地保持俄罗斯民族的精神气质和气韵的同时，通过不同的视角来理解中国文化现象。即使是站在一个特殊的立场或身份所做出的不合理的判断，或者因视野的局限而造成的一定误读，都回避不了这样一个事实，即一些俄侨作家在找寻新的创作素材和新的表述方式的过程中自然会与所居住国的文化精神达成某种不可避免的交叉甚至融会。在李延龄教授眼中，“中国俄罗斯侨民文学是折射一个大时代的一面镜子，这就是中国俄罗斯侨民文学的重要文学价值之所在”。[①] 也可以认为，不仅是大时代，亦是大传统。在华俄侨作家的中国书写不仅是笔下所呈现出来的表层物象，亦是深入精神层面的。

总而言之，俄侨文学与中国有着千丝万缕的联系，俄侨文学是中国文学的组成部分而且是特殊组成部分，多维的中国书写生动地诠释了这种独特的中国属性。从在华俄侨文学的中国书写中，我们可以深切感受到在华俄侨文学作品的“伤痕”属性，可以深入把握作为一个特殊时代的具有代表性的知识者群落的精神走向。

在华俄侨文学作为20世纪上半叶发生于中国的一种特殊文化现象，也以多种文化元素丰富了20世纪上半叶中国文学的内涵，启示中国新文学的研究者们，在今后的研究中进一步探寻新文学内部的生态平衡性的同时，要着重考察新文学在特殊复杂背景下与外在话语空间尤其是俄侨文学话语空间所形成的多维交流与沟通。这种多维交流与沟通的历史恰好表明，文学、文化以及文明之间需要交流互鉴。正如习近平主席在亚洲文明对话大会开幕式上的主旨演讲中所强调的：“交流互鉴是文明发展的本质要求。只有同其他文明交流互鉴、取长

① 李延龄：《中国俄罗斯侨民文学与苏维埃文学的比较研究》，《俄罗斯文艺》2016年第1期。

补短，才能保持旺盛生命活力。”① 习主席还进一步指出：“我们应该以海纳百川的宽广胸怀打破文化交往的壁垒，以兼收并蓄的态度汲取其他文明的养分，促进亚洲文明在交流互鉴中共同前进。”② 在华俄侨文学的研究印证了这种态度。

第二节 俄侨文学在中国的存在与接受

一 俄侨文学在中国的存在状况

从总体上看，俄侨文学拥有西方和东方两个支流，前者是指欧美地区，后者是指“远东”和中东地区。

在欧美地区，随着移民数量的增加，法国比较早地成为俄国移民的集聚中心，因为巴黎有唯一受到西方国家承认的由弗兰格尔在克里木宣告成立的“俄国政府”。担任该政府外交部部长的司徒卢威是著名的哲学家、经济学家和政治学家，他为俄侨尤其是大多处于艰难生存状态的侨民提供了很大帮助。20 世纪 30 年代初，侨居法国的俄国人已达 50 万之众。俄侨文化人聚居于欧美各大主要城市，开展了丰富的精神文化活动，形成了一些活动中心，其中“柏林在 1921 年至 1923 年间曾经是俄罗斯流亡者的文化活动中心；1924 年至 1940 年间，巴黎取代柏林而成为俄罗斯域外文化中心；第二次世界大战爆发后，随着大部分流亡者向大西洋彼岸的迁移，纽约又成为俄罗斯域外文化活动的一个新的中心”。③ 加之 20 世纪后半期形成的俄侨文学“第三次浪潮”，在 20 世纪共计 5 位获得诺贝尔文学奖的俄苏作家中，有 3 位为流亡作家，即

① 习近平：《深化文明交流互鉴 共建亚洲命运共同体——在亚洲文明对话大会开幕式上的主旨演讲》，《人民日报》2019 年 5 月 16 日第 2 版。

② 习近平：《深化文明交流互鉴 共建亚洲命运共同体——在亚洲文明对话大会开幕式上的主旨演讲》，《人民日报》2019 年 5 月 16 日第 2 版。

③ 汪介之：《远逝的光华：白银时代的俄罗斯文学与文化》，福建教育出版社 2015 年版，第 421 页。

伊凡·蒲宁[①]、亚历山大·索尔仁尼琴[②]和约瑟夫·布罗茨基[③]，他们都与欧美文化界和俄侨界有着深切的关联。从创作实绩来看，一般认为俄侨文学的主体在西方支流。“远东”俄侨作家主要集中于中国的哈尔滨和上海两大城市，中东俄侨作家主要位于以色列，以色列俄侨作家主要出现于第二次世界大战以后，尤其是20世纪70年代和80年代。

俄侨文学在中国存在并延续了半个世纪，从20世纪初期直至20世纪40年代末。俄侨来华的情况是比较复杂的，究其原因，主要有二：中东铁路的修筑；十月革命以及之后的肃反扩大化等政策。

1898年以前，现代的哈尔滨市区范畴在当时并不具备城市的基本要素，傅家甸等地尚属自然村落状态，因此中东铁路的修建往往被视为哈尔滨近代城市建设的开端。中东铁路的修建促使商贾骤增，近现代的哈尔滨城市形态逐步形成和崛起，使得哈尔滨变成了东北亚水陆交通中心。20世纪的前20年，俄侨和外国商民大量涌入，为哈尔滨城市的建设和发展注入了鲜明的西方文化特色，主要体现在建筑文化、俄侨文化、犹太文化等方面。沙俄等外国军事、政治、经济势力对中国的入侵与扩张，对中国政府和民众利益都造成了严重损害，中东铁路便是一个典型。

在经济方面，中东铁路为俄国“远东”地区运送了大量中国木材、农产品等资源，掠夺性质显而易见。1909年，俄国从哈尔滨运走的粮食达2844普特[④]，约为1903年粮食运走量的4.6倍，这说明了中东铁路在俄国“远东”地区的重要“战略地位”。这是一种经济结果，其实最直接导致的结果便是俄国人数量在中国境内的迅速递增，中东铁路的修建使得俄国人在中国境内的迁移范围大大拓展了，“为了满

① 伊凡·蒲宁（1870—1953），1920年移居法国，1933年获得诺贝尔文学奖。

② 亚历山大·索尔仁尼琴（1918—2008），1969年获得诺贝尔文学奖，1974年开始寓居联邦德国、美国，1994年返俄。

③ 约瑟夫·布罗茨基（1940—1996），1972年离开苏联，1977年加入美国国籍，1987年获得诺贝尔文学奖。

④ Митинский А. Н. «Материалы о положении и нуждах торговли и промышленности на Дальнем Востоке». СПб. , 1911. С. 78.

足中国境内中东铁路建设的战略需求，从1897年开始，一部分俄国人来到中国哈尔滨定居，从而开辟了一条以哈尔滨为中心向中国东北其他地区进一步迁移的全新移民迁入路线”。[①] 1903年中东铁路全线竣工通车时，哈尔滨的俄侨已达3万人。此时，哈尔滨的俄国人（除去俄驻军）已占到全市人口的三分之一以上。[②] 到了1912年，哈尔滨的俄国人占到当时全市总人口的六成以上。特别是1917年俄国十月革命爆发后，哈尔滨成为俄国难民的集中地，书籍记述：“北满之俄国势力，遽尔失坠，各地有俄国过激派之宣传，秩序维持不易”[③]，引发了北京政府的关注和干预。据统计，1928年侨居哈尔滨的俄侨共有108666人，[④] 仍然占据多数地位。人数一项指标便促使哈尔滨成为名副其实的“东方莫斯科”。从20世纪20年代中期起，大批在哈尔滨的俄侨陆续迁往上海，上海的俄侨人数逐年增加，进而产生了所谓“俄罗斯的上海”。1929年的上海俄侨居民已有1.3万人，1935年达到2万人。资料显示，1932年至1940年底，中国东北的俄侨数量减少至6万多人，这在很大程度上与日本对中国东北的侵占和残酷统治相关联。俄侨分布的其他地区还有天津、青岛、北京、汉口、新疆等地，除哈尔滨、上海、天津，这些地区定居的俄侨数量相对而言并不太多。

众多俄侨当中，有很多人在来华之前已经受过较好的文学艺术等方面的熏陶和教育，还有就是来到中国东北的俄侨知识者人数较多，加上独立的俄侨社区形态能够保证众多人在经济上的独立地位，这都使得他们中间有很多人可以集中精力从事文学创作。有人统计，平均每万人俄侨中便有3—6名作家[⑤]，这样的数据显然是十分惊人的。在东方世界特别是在

---

① 赵月梅：《中俄跨国移民比较研究——以当前俄罗斯远东地区和中国东北地区为例》，《北方民族大学学报》2020年第5期。

② Мелихов Г. В. Зарисовки старого Харбина//Проблемы Дальнего Восмока，1990，№2－4.

③ 哈尔滨满铁事务所编：《北满概观》，汤尔和译，商务印书馆1937年版，第6页。

④ 李德滨、石方：《黑龙江移民概要》，黑龙江人民出版社1987年版，第139页。

⑤ 王亚民：《中国现代文学中的俄罗斯侨民文学》，《上海师范大学学报》（哲学社会科学版）2010年第6期。

中国，“俄罗斯国外的文化首先在文学方面得到了表现。由于诸多原因，文学成了表现俄罗斯文化精神方面的主要形式”。“为了保持侨民的‘俄罗斯气质’，在俄侨中，文学更具重要意义，因为作为属于这个民族的基本特征，是以她丰富的语言和准确而又形象的语汇表现出来的。是口头和书面上的俄罗斯语言，在侨民之间起着联系作用。”① 在华俄侨文学创作群体中虽无欧洲那样的知名小说家和诗人，但是他们在中国的文化生活也是相当活跃和繁盛的。在犹太人西奥多（特迪）·考夫曼眼中，“哈尔滨的文化生活与莫斯科、维也纳以及其他欧洲城市的文化生活相差无几”。② 根据俄侨作家在华活动轨迹和活跃态势，可以将哈尔滨和上海二地分别称呼为“俄侨文学的远东中心”和“俄侨文学的荟萃之地”。哈尔滨和上海这两座城市作为“俄罗斯政治、学术和文化生活的特殊中心”③，不断吸引着来华的俄侨们，许多学者、大学教师、舆论界人士、艺术活动者、文学工作者在这里紧张地劳作着。

（一）哈尔滨：“俄侨文学的远东中心”

哈尔滨的俄侨文学以诗歌成就为主，大致经历了三个发展阶段。

第一个阶段为20世纪初至20年代中期，代表诗人为阿列克桑德拉·巴尔考④、谢尔盖·阿雷莫夫⑤等人。这一时段的哈尔滨俄侨诗歌处于刚刚起步阶段，整个哈尔滨文坛尚未有俄侨作家的位置。不仅没

---

① ［俄］Л. 戈韦尔多夫斯卡娅：《俄罗斯侨民在中国的社会政治活动和文化活动（1917—1931)》，张宗海译，日本侨报出版社2003年版，第147页。

② ［以色列］西奥多（特迪）·考夫曼：《我心中的哈尔滨犹太人》，刘全顺译，黑龙江人民出版社2007年版，第74页。

③ ［俄］Л. 戈韦尔多夫斯卡娅：《俄罗斯侨民在中国的社会政治活动和文化活动（1917—1931)》，张宗海译，日本侨报出版社2003年版，第143页。

④ 阿列克桑德拉·巴尔考（1889—1954），又译作帕尔考、帕考，婚后名为亚历山德拉·彼特洛芙娜·尼鲁斯，记者，最富代表性的在华俄侨诗人之一。1916年随丈夫到哈尔滨，1933年移居上海，在沪出版诗集《不灭之火》《致祖国》。1953年返苏。

⑤ 谢尔盖·阿雷莫夫（1892—1948），诗人。1911年因参加革命活动而被永久流放到西伯利亚，是年逃至中国，先在上海等地流浪，后定居哈尔滨，在20世纪20年代被称为“哈尔滨的阿波罗”，在俄侨诗人中影响较大。1925年成为《戈比报》的固定撰稿人。1928年返苏，后转向歌词写作，1949年在莫斯科出版诗和歌词合集《诗与歌》。

有俄侨作家的位置，整个哈尔滨文学界的状态相对于中国关内文坛也仿佛一潭平静之水。此时哈尔滨的文学创作活动因起步较晚，中国本土作家和在华俄侨作家都在一种潜在的萌芽和发展趋势下做着各自的准备和酝酿，至于东北流亡作家群中的著名作家萧红、萧军等人的创作则开始于20世纪30年代，可谓“独特的历史时空中的存在，规定了创作主体认知的历史具体性”。[①] 也正是这种特殊环境呼唤着历史的机遇和契机，让中外作家在哈尔滨这块土地上破茧而育出新的文学生命。基于中外观照的视角来审视和考察哈尔滨文学及至整个中国东北文学在20世纪上半叶的成长历程，这无疑可以成为我们认识中国东北现代文学的一个基本出发点。

第二个阶段为20世纪20年代中期至30年代中期。这个阶段以“青年丘拉耶夫卡”的出现为标志。“青年丘拉耶夫卡”属于青年诗人和诗歌爱好者组成的文学联合会，是由基督教青年会杂志小组[②]在1927年更名发展而来，其宗旨是为“共同的幸福”而劳动。最初不定期聚会，参加者有教授、作家、音乐家、记者、画家等多种职业者，1927年年底逐渐进入繁荣阶段，1928年开始定期聚会，每月一次，后来甚至达到每周都有活动。《基督教青年会杂志》还出版有“丘拉耶夫卡”专号，刊登女诗人拉丽萨·安捷尔先[③]等人的作品。“青年丘拉耶夫卡”与美国、印度和法国等地的俄侨文化界保持着一定联系。1932年，“青年丘拉耶夫卡”更名为“丘拉耶夫卡”。该文学联合会的组织者是阿列克谢·阿恰伊尔[④]，他于1922年经由朝鲜来到哈尔滨

① 张毓茂主编：《东北现代文学史论》，沈阳出版社1996年版，第40页。

② 1926年成立，系哈尔滨基督教青年会下属的文学艺术小组，发起和组织者为阿列克谢·阿恰伊尔。哈尔滨基督教青年会设有图书馆，开办各种讲座和培训班，还办有各类学校，对推动哈尔滨俄侨界的文化教育工作起了重要作用。

③ 拉丽萨·安捷尔先（1914—2012），芭蕾舞演员，最富代表性的在华俄侨诗人之一。1922年随父到哈尔滨，中学毕业后从事新闻工作，曾供职于《斯罗沃日报》《探照灯》等报刊。1933年移居上海，在上海时一直以舞蹈维持生计。在华出版诗集《循着尘世的草地》《拉丽萨之岛》等。

④ 阿列克谢·阿恰伊尔（1896—1960），又译作阿恰依尔，原名为阿列克谢·阿列克谢耶维奇·格雷佐夫，诗人、教育家。

定居，并在中国出版有5本诗集，均以俄罗斯作为基本写作主题。不过，作品中仍有一部分展示了丰富的中国元素，如台风、巫师、神像、杂货铺、帆船渔网、骆驼商队等。阿恰伊尔做过哈尔滨市基督教青年会学校的教务主任。著名翻译家高莽先生在《哈尔滨——我的摇篮》一文中曾这样回忆并评介："我们的教务主任戈雷佐夫（笔名阿恰伊尔）是当地一位著名的诗人。他发起组织的'丘拉耶夫卡'文学会，在俄罗斯侨民当中颇有影响。文学会团结了一批文学爱好者，组织各种活动，活动的地点就在我们学校。我们有的语文老师就是那个文学会的成员。"① 显然，"丘拉耶夫卡"的活动是较为活跃的，阿恰伊尔在其中发挥着关键作用，"他是一个出色的组织者"②。

应当说，"'丘拉耶夫卡'小组汇集了在艺术各个领域表现出才华的富有创造力的青年，但以诗人居多，其中一些人还尝试了散文"。③也正是青年诗人居多，处于探索中的诗人们也遭到指责和批评，被认为往往是对写作技巧和手法的过分追求而使作品缺乏"内容"上的生命力，总体而言，"这种对'技巧'的单方面强调和对独创性追求的结合毕竟不够成熟"④。"丘拉耶夫卡"活动丰富，除文学活动，还有音乐文艺晚会等内容。哈尔滨的"丘拉耶夫卡"于1935年春解散。⑤这个阶段的"丘拉耶夫卡"的活动虽然只是局限于俄人范畴，他们的活动和萧军、萧红、金剑啸等北满作家的"牵牛房"活动都在沿着各自的轨迹和路线开展和行进着，但从整个中国东北文学场域来看，这些活动已经可以认为是生动异常了，单就东北想象这一视角来说，我们不能不承认，此时哈尔滨的文学活动在地域舞台上显示了平凡而不

① 高莽：《飞光暗度——高莽散文随笔精选》，海天出版社2012年版，第2页。

② 焦晨：《俄国侨民文学在哈尔滨（1920—1930）》，黑龙江人民出版社2000年版，第51页。

③ 焦晨：《俄国侨民文学在哈尔滨（1920—1930）》，黑龙江人民出版社2000年版，第51—52页。

④ Штерн О. О. «Молодой Чураевке»// Рупор，1930. 12. 19. С. 3.

⑤ 郝利增所著《给卡嘉的信》（2019年）、赵鑫珊所著《一个人和一座城：上海白俄罗森日记》（2012年）等书以小说等艺术形式呈现了当年的俄侨生活，都不约而同提到"丘拉耶夫卡"，说明"丘拉耶夫卡"已成为这些城市重要的文化记忆符号。

平淡的意义。

第三个阶段从20世纪30年代中期至40年代中期。此时的俄侨文化生活完全被日伪当局控制，俄侨文艺家的活动亦是面对重重阻力。具有代表性的俄文版文艺周刊《边界》坚持出版到1945年，努力坚持19年，绝非易事。1944年以来《边界》的纸张质量、开本、页数都大打折扣来看，战争局势已带来深刻的影响，此时别列列申出版诗集《牺牲》时印刷封面的纸张也只有黄色的了，油墨方面也不理想。因此，在有的俄侨作家后来所写的回忆录中，1945年被视为哈尔滨俄侨文学的终结。哈尔滨俄侨文人在这里汇聚，又最终在这里分道扬镳。

《边界》创刊于1926年，又名“鲁贝基”，中文注册名为“绮陌”。《边界》杂志是“哈尔滨俄罗斯文学中最亮丽的一页”①，从杂志散布于中国国内的哈尔滨、上海、天津、青岛等地②以及海外的巴黎、罗马、波兰、旧金山、神户等地的记者群可见一斑。《边界》颇受俄侨读者喜爱，充实了侨民的日常文化生活，这主要在于《边界》并非纯文艺性质的杂志，虽然每期封面会出现俄文“Ежедневный литературнохудожественный журнал”（文艺周刊）的醒目字样。杂志除刊登小说（尤其俄国作家小说）、诗歌、译作、书评、书讯等栏目，还设有地方新闻、人物传记、幽默漫画、世界之窗、商品广告等，生活专栏中有妇女之页、各种生活建议等。刊登的图书索引是向读者介绍“远东”和俄国出版社出版的书刊。正因如此，《边界》在俄侨界的影响力才如此之大，因为“每一位读者，不论教育水平和社会地位相差多么悬殊，都能在各期杂志中找到自己感兴趣的东西，从中获取益处”。③ 在这里不仅能够了解东方日常，还可以了解西方社会。不

① 焦晨：《俄国侨民文学在哈尔滨（1920—1930）》，黑龙江人民出版社2000年版，第54页。

② 《边界》在上海和天津设有分部。发行量方面，大部分在哈尔滨和中东铁路沿线销售，一部分传到北京、青岛、上海等地，甚至还传到日本、韩国、波兰、捷克、土耳其、南北美洲、澳大利亚等地。

③ Кодзис Б. Литературная жизн ъ русской эмиграции в Харбине，1917—1945 // Вопросы литературы，1998，№2.

过，文艺毕竟为此刊之重要目的，编辑部同人尽可能有计划有目标地向俄侨作家倾斜，在他们的不懈努力下，《边界》成为哈尔滨俄侨文学创作者们发表作品的重要平台，一批年轻写作者在这里成长起来，《边界》也成为一些人的文学起点，女诗人法依娜·德米特里耶娃①在1938年发表的第一首诗便刊登于此。

哈尔滨俄侨文学在相对一段时期的发展与繁盛，与“丘拉耶夫卡”社团和《边界》刊物这“一社”“一刊”的存在有着千丝万缕的联系。《边界》的意义还在于“不仅是俄侨诉说衷肠的知音，寄托精神的家园，也是我们了解俄侨在中国文化生活的一面镜子”②，更是我们认识中日战争伤痕的一面镜子。在日伪的政治高压下，为生存计，杂志曾经设立名为“伟大的日本”的专栏用以应对伪弘报处的检查，或者删减文艺活动报道版面而增加鼓吹日本法西斯的版面以维持生存局面，诸多斗智之举都是值得深入探究的。

除了《边界》，俄侨还创办了很多文艺刊物，这些刊物促进了俄侨文学的繁荣。据统计，1901—1926年在哈尔滨共发行了141种俄文杂志，其中与文艺相关的杂志有34种之多。③ 20世纪20—30年代，在哈尔滨、上海等地创办出版的俄文文艺杂志主要有《窗》《远方》《光线》《锣鼓》《巨浪》《远东蓝色杂志》《帆》《白光》《凤凰》《星期一》等。《窗》是由谢尔盖·阿雷莫夫和“路标转换派”代表人物尼古拉·乌斯特里亚洛夫教授合办的文艺月刊，只出两期，但在哈尔滨俄侨文学发展中起到了重要作用，不仅刊登本地的费多尔·卡梅什纽克④等人的作品，还发表了当时住在符拉迪沃斯托克（海参崴）的

① 法依娜·德米特里耶娃（1918—1990），诗人。生于哈尔滨，做过秋林公司职员。20世纪40年代返苏。

② 王亚民、刘益如：《〈边界〉：俄侨在中国的知音——以1939年出版的全刊为例》，《东北亚外语研究》2014年第2期。

③ 荣洁等：《俄侨与黑龙江文化：俄罗斯侨民对哈尔滨的影响》，黑龙江大学出版社2011年版，第165页。

④ 费多尔·卡梅什纽克，诗人。1903年随父母到哈尔滨，在此出版诗集《痛苦的音乐》（1918年）等多部。20世纪20年代中期返苏。

未来派诗人大卫·布尔留克、尼古拉·阿谢耶夫、谢尔盖·特鲁季雅科夫等人的诗作。在哈尔滨，最为著名的文学刊物当属与《边界》齐名的《小燕子》。该刊后来在俄侨儿童读者及家长群体中享有盛誉，直至苏联红军进入哈尔滨时才停刊，与《边界》共同成为在哈尔滨乃至整个中国东北俄侨界里影响最为广泛的刊物。

（二）上海："俄侨文学的荟萃之地"

上海俄侨群体大致形成于20世纪20年代后期。第一次世界大战后，上海俄商增多，"以进出口业为最"①，还有印刷所、面包房、花店等，到了20世纪30年代和40年代，"俄商不仅是俄侨群体的中坚力量，而且在上海商场已属一支劲旅"。② 随着人数增多，俄侨"期与一般国民同受平等保障"③，提高经济地位、救济失业、赢得社会信誉等目标纷纷出现，俄侨界通过多种方式不断加强自身团结。特别是各种俄侨社团组织在法律和物质等方面给予俄侨支持和援助，并且这些社团组织还致力发展俄侨的文艺、教育、出版、新闻、卫生、娱乐事业，振奋俄侨的民族精神，为俄侨文化扎根上海提供了动力。旅沪俄侨不断丰富自己的精神生活。戏剧活动、音乐生活、芭蕾舞演出、绘画展出等方面都做得有声有色，单从文学作品留存和文学活动记载来看，上海自身对俄罗斯文化的记忆是深刻的，也是无法回避的。

如果说与哈尔滨比起来，上海俄侨的文学生活是相形见绌的，作家众多而名家匮乏，诗坛的力量显得尤为薄弱，这无疑是一个基本事实。如果说上海的俄侨文学缪斯只是躲在俄侨艺术王国的一隅，暗自喟叹或者低声沉吟，这也是存在一定道理的。然而，这些情况只是相对的，我们仍然不能低估上海俄侨文学的重要价值和意义，其单从文学创作阵容来看也是比较强大的。当时，在上海较为活跃的部分作家

① 《沪埠俄商增多》，《新闻报》1919年7月24日第9版。

② 罗苏文、宋钻友：《上海通史　第9卷　民国社会》，上海人民出版社1999年版，第371页。

③ 《旅沪俄侨组联合会》，《新闻报》1932年8月21日第14版。

有：巴尔考、别列列申、布舒耶夫、弗留奥芙、海因德罗夫、潘捷列耶夫、瓦尔、希洛夫、伊万尼茨卡娅、伊万尼茨基、阿·弗·彼得罗夫①、奥莉伽·斯阔毕浅克②、巴维尔·谢韦尔内③、鲍利斯·达尔尼、格尔曼·卡丘洛夫④、拉丽萨·安捷尔先、列夫·阿诺尔多夫、玛利娅·维吉⑤、米哈伊尔·斯普尔戈特⑥、娜塔利娅·伊里因娜⑦、尼古拉·斯维特洛夫⑧、尼古拉·谢果列夫⑨、尼古拉·亚济科夫、维克多里娅·扬科夫斯卡娅⑩、叶列娜·格德罗伊茨等。上海俄侨作家们出版有多种诗集、短篇小说集与长篇小说，还经常在各种俄文报刊上发表作品，特别是俄文报纸的出版发行相较哈尔滨更为活跃，为作家们提供了更多的文章发表机会。由于出版时间短暂、销售范围狭窄，加

① 阿·弗·彼得罗夫，著名报人、小品文作家。曾在哈尔滨做《边界》编辑，1929年出版《男子垂暮：幽默作品集》。在上海各俄文报刊发表大量幽默小品文，享有极高知名度。

② 奥莉伽·斯阔毕浅克（1908—1997），女编辑，最富代表性的在华俄侨诗人之一。20世纪20年代初到哈尔滨，曾为《上海霞报》《边界》等撰稿。著有诗集《致未来的领袖》《流亡者之路》等，还有小说集问世。

③ 巴维尔·谢韦尔内（1900—1981），笔名冯奥里布里赫。作家。曾在上海生活30年，其间共创作了136篇小说、诗歌和杂文，出版了18部小说和文集，比如《血与肾炎》《中国瓷人——财神菩萨》等。

④ 20世纪30年代到上海，在上海出版诗集《眼冒金星》、长篇小说《李舟》《最后一个中国女人》等。

⑤ 玛利娅·维吉（1904—1994），女诗人。生于美国纽约，1918年由俄来华，在哈尔滨、北京、上海等地居住过。1939年赴美。

⑥ 米哈伊尔·斯普尔戈特（1901—1993），诗人、记者。1921年到哈尔滨。在哈期间，主编《远东蓝色杂志》《巨浪》等多种俄文报刊。1929年移居上海，开始为《上海霞报》撰稿，并在该报发表大量诗作。系上海“星期一”联谊会发起人之一，上海俄侨诗坛公认的权威，许多作品被称为“诗中瑰宝”。在沪期间出版有诗集《黄皮肤夫人》《断口》等。返苏后曾被监禁。

⑦ 娜塔利娅·伊里因娜（1914—1994），女作家。1920年随父母到哈尔滨，在此生活16年之久，1936年移居上海，20世纪40年代返苏。

⑧ 尼古拉·斯维特洛夫，诗人、汉学家、社会活动家。曾出任上海“丘拉耶夫卡”的会长，其作品的艺术感染力较强。1947年8月返苏。

⑨ 尼古拉·谢果列夫（1910—1975），又译为晓戈列夫。诗人。生于哈尔滨，在华居住多年。16岁加入“青年丘拉耶夫卡”，后来成为该组织的第三任主席。1947年返苏，主要从事教学工作。

⑩ 维克多里娅·扬科夫斯卡娅（1909—1996），最富代表性的在华俄侨诗人之一。曾在哈尔滨的中学读书，并长期生活于中国东北。小说、诗歌作品都曾获得过上海俄侨报纸举办的征文比赛一等奖。曾移居南美，病逝于美国。

之时局纷乱、年代久远等多种原因，俄侨在华出版的书籍、报纸和期刊大多已无从找寻，上海俄侨文学亦面临如此境遇。虽然很多作品已经散佚，但由现有资料可以看出，俄侨文学之于上海不失为一种深刻的文化记忆。

上海俄侨文学主要呈现如下特点和意义。

第一，上海俄侨文学不是哈尔滨俄侨文学的简单复制。

从1933年起，哈尔滨“丘拉耶夫卡”的部分成员陆续移居上海，在上海成立“丘拉耶夫卡”（又称“星期五”聚会，简称“星五会”），上海“丘拉耶夫卡”仿照哈尔滨“丘拉耶夫卡”的传统进行文学活动，哈尔滨作家充实了上海俄侨文坛。哈尔滨的作家在上海成为一批积极而活跃的文学者，特别是年轻一辈，他们在20世纪30年代初期的上海迅速成长，也同时面对着上海这座城市独特的人文环境，“上海的社会、政治大环境，决定了那里俄侨社区的人文环境与哈尔滨有着实质性区别，即由于俄侨对其他外侨的依赖性，他们没能在西洋人扬眉吐气的上海滩上别开生面”[①]，这也在一定层面限制了俄侨文学的发展壮大。不过，上海的国际化属性以及由此带来的社会生活的纷繁性，加之战争局面引发的个体命运的频繁迅速之变动，特别是上海沦陷为“孤岛”时所呈现的特殊生存状态，都不同程度地激发了上海俄侨作家的思考，这些都是反映上海俄侨文学独特面貌的重要一维。

第二，上海俄侨文学与俄侨艺术的融合更为紧密了。

上海俄侨作家与哈尔滨俄侨作家相类似，都习惯性地进行各种文艺沙龙，这些活动一方面联络了感情、加强了团结，一方面则在文学创作的基础上实现了比较广泛的文化联合。也正因此，俄侨作家们所进行的文学活动都更多地指向一种文化目标，他们无论是在哈尔滨还是在上海所独立主持的文学活动或者参与开展的各种文艺沙龙活动，

① 李萌：《缺失的一环：在华俄国侨民文学》，北京大学出版社2007年版，第30页。

都不是单纯的文学生活。不过，上海俄侨文学界的一个重要变化是，因环境不同以及上海的经济发达和开放局面，文艺沙龙的参加者不再像哈尔滨的一些活动那样单纯地由诗人、小说家们构成，而是更多地表现为文学与艺术的紧密融合，甚至在一些时间和地点还呈现出文学功能弱化的局面。与哈尔滨相比，上海的俄式色彩的淡化和多元化色彩的加强，既是俄侨文学之幸，又令俄侨文学面临严峻的考验。至少上海所呈现的有活力的“现代娱乐姿态”是明显的，流动的节奏、错位的空间和畸形的繁华都对人们的生存产生了强大的心理压迫势头，作家难免目眩神惊，短暂的生活经历和生存之高压不足以让俄侨作家很快在“流亡”节奏中“缓过神来”，反而是穆时英、施蛰存、张爱玲这些中国海派作家以冷静的长期观察和经验累积在中国文学内部实现了一种“雅俗共赏”。在有的俄侨眼中，“哈尔滨却只有俄罗斯风情，偏狭封闭”①，这说明，作为中国现代化进程表征的上海之摩登水平和繁华姿态在一定程度上推进了上海俄侨文学与艺术的相互扶持、演进、交融，以至达到艺术的独秀情形。在上海的文艺沙龙中，诗人、小说家与画家、音乐家、记者、演员等各业人士相互混杂的局面，至少在一定层面告诉我们，作为外侨人目光共同聚焦的“光暗交织”的上海及其“都市风景线”，与“俄国人的哈尔滨”相比起来有多大的不同。

第三，上海俄侨文学中的上海书写丰富了上海想象的构成文本。

关于上海的想象，在中国文学乃至社会公共经验空间中都有着丰富的文本，这些文本所构成的“上海经验”与“上海叙述”，使我们从不同侧面感知了上海都市的脂粉气、诱惑性、现代化以及这座都市的生动、精致、开放，体味到现代商业文明、物质文明、科技文明等多种因子的穿透力量之强劲，以及由此而形成的复杂的都市文化内涵。

① ［澳］玛拉·穆斯塔芬：《哈尔滨档案》，李尧、郇忠译，中华书局2008年版，第93页。

在茅盾的上海叙述逻辑中，“上海这座城市除政治、经济之外的其他形态都被视为边缘而悄悄被排除掉”[①]。在张爱玲等作家那里，“乡土作为城市史逻辑的一种”[②] 而存在着，乡土性泛化于现代城市系统之中而参与到上海的日常性表达与想象过程中。刘呐鸥、穆时英通过虚拟乡土而展开的基于上海城市经验而生成的异域想象，从消费意义上显示出上海的国际风格。进入当代，“十七年文学”展开了有关上海的左翼历史逻辑和“新上海”的国家意义的建构。当代作家王安忆的关于上海书写所呈现出的内在化的城市精神和历史化的城市经验，“以不被知晓的潜在状态的民间形式表现出来，构成了独特的城市民间逻辑”[③]。郭敬明等“80后”作家的“小时代”的上海想象中的“上海梦”之幻灭，有着年青一代的时代感悟和生存印记。上述这些中国作家通过各自的方式建构了上海（都市）想象共同体。在这一过程中，中国作家长期以“在者”的身份所做出的情感烘托和价值判断，既是一种不断丰富和推进的过程，又恰恰在这个“丰腴”的空间中缺失了以“他者”身份而做出的想象转换甚至是一种“话语冒险”行为。民国时期的外侨作家的“他者”印记和文学生产在惯常的“东方性”思维甚至情感自卑和“西方性”幻象甚至欣赏陶醉状态之外，提供了一个“中国”和“西方”文化编码共同参与营造的独特的上海（中国）想象文本，这个文本实现了“自我”与“他者”的共塑。与中国新感觉派作家的“法国想象”及其他异域想象不同，俄侨作家笔下的“他者”则直接指向脚下的这片中国土地，且对于“自我”与“他者”的定位具备相对的明确性，这与海派（新感觉派）作家通过文学作品渗透出来的身份定位的模糊与混乱形成了鲜明对比。王德威先生在论述中国西北现代文学时表示：“我们的文学以及历史眼光不应该仅仅局限于汉族和中原的文化。我们必须叩问，人种的、政治的、

① 张鸿声：《文学中的上海想象》，人民出版社 2011 年版，第 93 页。
② 张鸿声：《文学中的上海想象》，人民出版社 2011 年版，第 185 页。
③ 王光东等：《中国现当代文学与上海写作》，上海大学出版社 2013 年版，第 181 页。

历史的、文化的分野上，什么是被我们有意无意排除在外的，律法所不能接受和容忍的？作为丝路起点，西安这座城市面向广大的中国西北，甚至面向中亚、西亚，这本身就已经呈现中国文学现代化、现代性的丰富场域。”[①] 这段话对于俄侨及俄侨文学之于中国（上海）的意义、中国（上海）之于俄侨及俄侨文学的意义都存在着一定的适用性。

（三）俄侨文学的代表作家

在华俄侨文学如果被放置于当代中国，是完全可以产生群体效应的，因为“它拥有庞大的作家群体，据不精确统计，发表作品的专职及业余作家、诗人有250多位；它拥有大量的作品，只是有的已经永远也找不到了。而且，其中有十分杰出的人物，尽管中国俄罗斯侨民文学家的作品一直处于尘封状态，尼·巴依阔夫、瓦·别列列申、阿·涅斯梅洛夫等也已经成为世界闻名的作家和诗人了”[②]。除了前面这三位作家，阿尔弗雷德·黑多克的文学成就亦被研究者认可。

尼古拉·巴依阔夫（1872—?），即拜阔夫，又译作拜科夫、拜克夫、贝柯夫、尼古拉·巴依科夫、尼古拉·巴依柯大。作家、科学家。1901年，巴依阔夫申请调到了正在组建的中东铁路护路军工作，且全家都来到了哈尔滨，后被任命为中东铁路护路军（后改编为外阿穆尔军区）第三旅军械官，定居于现在的绥芬河。因一战等原因暂时离开过中国，后来正式定居哈尔滨，在中国东北生活多年。在中国，巴依阔夫既有涉及动物学、植物学等相关考察而形成的科普著作，又有大量相关文艺创作，且以小说和散文为主，还在《亚细亚时报》《北满农业》《东省杂志》等报刊发表论文。出版著述颇多，在哈尔滨出版有《大王》[③]《黑大尉》[④]《满洲丛林》[⑤]《远东之熊》等多部作品。

---

① 王德威：《现代历史　西北文学》，《大西北文学与文化》2020年第1期。

② 李延龄：《世界文学园地里的一簇奇葩——〈中国俄罗斯侨民文学丛书〉总序》，《俄罗斯文艺》2002年第6期。

③ 又译作“虎”“伟大的王”“老虎的故事”等。

④ 又译作“黑队长”“忧郁的大尉”等。

⑤ 又译作“在满洲的密林中”“在满洲的丛林里”“满洲的树海”等。

1936—1940 年，欧洲出版界给巴依阔夫的著作以高度评价，认为他的书“可以和屠格涅夫、吉普林、伦敦、古比尔、及麦因利达各名人的佳作相比拟”①。《大王》《满洲丛林》《呼啸的密林》《白光》《牝虎》等作品还被译成日文以及英、法、德、意、捷克、波兰等文。② 1943 年 10 月，《青年文化》第 1 卷第 3 期曾推出“拜阔夫介绍特辑”，刊有北青所译的《拜阔夫传》及拜阔夫小说《猎鹿》、诗歌《日本》。同年 11 月，曲舒译成中文的《牝虎》一书由“新京”书店出版。1944 年 2 月，《艺文志》第 1 卷第 4 期登载刘郎所译的小说《母亲》。巴依阔夫与当时的日伪当局关系紧密，1942 年还被邀请参加“大东亚文学者大会”。令人疑惑的是，在 1945 年巴依阔夫不仅未被逮捕，还到苏联红军驻哈尔滨司令部协助接管工作，政治身份成谜。20 世纪 50 年代去了澳大利亚，因患动脉粥样硬化病逝于此。③

巴依阔夫是伪满时期颇为流行的新的表现方法和文学样式“山林实话·秘话·谜话”的主要作者之一。这种写作样式吸收了东西方文化资源而成型，属于中国东北文坛独特的小说类型，特别是表现狩猎活动的内容吸引了大量读者，并得到了当时《麒麟》《新满洲》等杂志的大力推崇。巴依阔夫的一系列以动植物为主要表现对象的作品极受当时大众读者的欢迎和喜爱，当时的日本甚至视之为“文豪”而予以强烈关注。在中国东北，巴依阔夫的文风受到很多人模仿，如中国作家睨空、疑迟、滕菱华等。特别是《大王》在《满洲日日新闻》上的连载，使得早已享誉欧美的巴依阔夫在中国东北成为文学界的重要话题，当时的“满映”还拍摄过巴依阔夫的新闻特集，一时间出现了

① 《拜阔夫传》，《青年文化》1943 年第 3 期。

② 刘晓丽：《现代文学史上的失踪者——以伪满洲国文学何以进入文学史为例》，《探索与争鸣》2007 年第 6 期。

③ 关于巴依阔夫的去世时间待考，目前学界基本使用“1958 年”这一说法。据日本学者左近毅的考证，巴依阔夫在苏联军队进入哈尔滨后并未立刻离开中国，而是直到 1950 年才打算到第三国去，全家得到了去巴拉圭的护照，可由于巴依阔夫的身体原因，他们被迫留在了悉尼，15 个月后巴依阔夫在澳大利亚的布里斯班去世。具体参见左近毅《俄国作家 H. A. 巴依科夫在哈尔滨》一文。

"巴依阔夫热"。巴依阔夫的接受也经历了一个长期的过程，不过时至今日，人们对他的认识基本达成一致，认为他是当时"最富代表性的现实主义作家之一"①，是"最著名的作家和民族学家"②，其作品和艺术成就受到中外学者的普遍关注。巴依阔夫的民俗文学作品对于研究中华人民共和国成立前东北地区的民风习俗具有重要的参考价值。

瓦列里·别列列申（1913.7.20—1992.11.7），又译作瓦列里·佩雷列申、瓦列里·彼列列申，原名为瓦列里·弗郎采维奇·萨拉特科－别特里谢，中文名字为夏清云，20世纪30年代后期发表诗作时常署名"修士盖尔曼"。诗人、翻译家。别列列申在大学里学过中文。1920年随父母到哈尔滨。1932年10月加入"丘拉耶夫卡"文学小组。1939年迁居北京。1939—1943年出家为僧。1943年侨居上海。1950年试图移居美国未成，1953年移居巴西里约热内卢，1958年加入巴西国籍。在哈尔滨时出版有《途中》《完好的蜂巢》等4本诗集。别列列申是一位语言天才，掌握了汉语、英语、葡萄牙语和西班牙语等多种语言，而且是用数种语言写诗的天才，曾用葡萄牙语写作并在1983年出版过一本诗集，这本诗集还收录了他翻译成葡萄牙文的部分中国诗歌作品。别列列申的创作题材广泛，诗作内涵丰富，很多作品颇具中国情调和东方韵味，并以其杰出的文学成就而产生国际影响，只是在相关学术研究方面，"相对于纳博科夫、索尔仁尼琴、布宁等世界级大家而言，别列列申诗歌成就被无意缩小了"③。

阿尔谢尼·涅斯梅洛夫（1889—1945），原名为阿尔谢尼·伊万诺维奇·米特洛波利斯基。"阿尔谢尼·涅斯梅洛夫"系1920年首次使用的笔名，也是众多笔名当中使用频率最高的一个。作家、记者。生于莫斯科，自幼受过良好的家庭教育。军人出身，参加过第一

---

① 李延龄：《论哈尔滨俄侨白银时代文学》，《俄罗斯文艺》2011年第3期。

② ［俄］弗·阿格诺索夫：《俄罗斯侨民文学史》，刘文飞、陈方译，人民文学出版社2004年版，第61页。

③ 张国侠、潘金凤：《别列列申在哈尔滨的侨民诗歌纵论》，《名作欣赏》2011年第30期。

次世界大战和俄国内战。1924 年来到中国东北，侨居中国 20 余年。1924—1927 年曾为哈尔滨的亲苏报纸《远东论坛》工作。一生共出版 13 部诗集和 1 部小说集，其中 8 部出版于哈尔滨和上海，如《血红色的反光》《小站》等。中国阶段属于涅斯梅洛夫文学创作的多产期和成熟期，部分作品具有中国风情。涅斯梅洛夫的一生充满传奇色彩，同时也饱受颠沛之苦，然而这些“并没有使其丧失对美好未来的信念，反而成为其文学创作丰富的源泉”[①]，其创作具有鲜明的艺术个性，创造出独具一格的诗歌意象，简洁明快而富于想象力，并在艺术形式上进行了独具匠心的探索，善于运用叠韵、反衬、蒙太奇等艺术手法，也因此获得“中国第一俄罗斯诗人”的荣誉。涅斯梅洛夫的最大特点便是能够博采众长，富有探索精神，曾尝试阿克梅派、未来派式的创作，读者亦可以在其诗歌作品中“感受到马雅可夫斯基、叶赛宁、谢里文斯基的影响”[②]，还有帕斯捷尔纳克[③]、茨维塔耶娃[④]的影子。作家自己更承认与叶赛宁诗歌的联系。顾蕴璞先生在谈到翻译感受时说：“我译涅斯梅洛夫的第一个感觉是他的诗出手不凡，与我过去译过的许多俄苏大诗人水平不相上下。”[⑤] 从叶赛宁、帕斯捷尔纳克、茨维塔耶娃、别列列申等名家对涅斯梅洛夫的赏识和认可态度就能看出其在文学上的重要地位。

阿尔弗雷德·黑多克（1892—1990），又译作海多克、海伊多克。作家。生于小业主家庭，幼年便显露出非凡的阅读才能，读书量较大。

① 李畅：《俄侨诗人涅斯梅洛夫诗歌创作中的中国情感》，《沈阳师范大学学报》（社会科学版）2018 年第 1 期。

② Бузуев О. Поэзия Арсения Несмылова. Комусомольск-на-Амуре：Изд-во Комсомол-на-Амуре гос. пед. ун-та，2004. С. 63.

③ 帕斯捷尔纳克（1890—1960），苏联诗人、小说家、翻译家，代表作有《日瓦戈医生》等。

④ 茨维塔耶娃（1892—1941），诗人、小说家、剧作家。俄国现代主义诗歌的标志性人物之一，并被视为 20 世纪俄国文学史上最伟大的诗人之一。俄国十月革命后移居捷克、法国。1939 年回国，后自缢身亡。

⑤ 顾蕴璞：《涅斯梅洛夫和他的诗》，《俄罗斯文艺》2002 年第 6 期。

第一次世界大战期间入伍，后入俄“白军”。1920 年来到中国满洲里。1921 年年底到哈尔滨。1934 年在美国纽约出版短篇小说集《满洲之星》，共收录《满洲公主》《疯狂大漠》《三颗哑弹》《阿列克赛·别里斯基的幽灵》《不受赏识的美德》《死人回乡》《米阿米》《野猪》等 16 篇作品。1940 年秋移居上海。1947 年返苏，不久因与印度廖利赫有过通信而被指控为英国间谍，被判处十年集中营改造，1956 年春得以平反释放，之后从事教学和翻译工作，并创作了小说集《神奇的彩虹》《罪人》等。侨居中国期间，黑多克在《边界》《喉舌报》[①]《上海霞报》[②] 等报刊上发表 50 多篇短篇小说。黑多克思维缜密，这直接反映到他的作品中，其小说以中短篇创作为主，友情、因果报应、俄侨生存状态、知识者精神漫游、俄罗斯反思、中国元素等方面构成了小说创作的基本主题和表现对象。2000 年在莫斯科出版的《梦之殿：20 世纪 30 年代俄罗斯幻想小说》一书的版权页上对黑多克做出如此评价：“阿尔弗雷德·黑多克是一个独特的、别具一格的作家。”[③] 评价毫不为过。

需要指出的是，俄侨文学的中国存在不是文化上的死水一片，或者为沙漠孤舟，而是发生着内外部的沟通与交流。

上海俄侨作家对于旅居欧美等地俄侨作家的文学作品的阅读是积极和持续的。俄罗斯人有着优良的阅读传统，作为一种民族习惯，阅读一直属于他们生活的重要组成部分。上海俄侨读者不仅对俄国经典作家如列夫·托尔斯泰、陀思妥耶夫斯基等人的作品深感兴趣，对在华俄侨作家如阿韦尔琴科、阿姆菲加特罗夫等人的作品给予关注，同

---

① 俄籍犹太人 E. C. 考夫曼创办，又译为《传闻报》，音译为《鲁波尔报》。除政治信息之外，还刊载戏剧、音乐演出的评论以及俄国境外和苏联的艺术家、作家们的肖像。

② 即《上海柴拉报》，1925 年 10 月 25 日由 M. C. 连比奇在上海创办，主笔为列夫·阿诺尔多夫。虽不是文学报，但经常发表由“远东”俄侨、欧洲俄侨甚至苏联作家创作的文学作品。20 世纪 30 年代中期，该报成为上海最有影响的第三大外文报纸，其他两种发行量大的报纸是英文《字林西报》和《大美晚报》。

③ Храм снов. т. 17：Русская фантастическая проза 30-х годов XX века. Москва：Русская книга，2000.

时也关注到欧美部分俄侨作家的作品，如阿尔达诺夫[①]的小说《阴谋》等深受读者喜爱，纳日温[②]的《拉斯普京》《哥萨克人》《天命》等受到女性读者的青睐。这些作家及其作品之所以能够引起人们的关注，与上海俄侨界出版大量俄文书籍的努力有很大关联，上海俄侨界不仅出版了自己的小说，还翻译出版了欧美俄侨作家的作品。上海的俄文报刊中可见大量旅欧俄侨作品，比如当时上海俄侨界最具影响的报纸《上海霞报》和《斯罗沃日报》[③]，涉及的作家有阿达莫维奇、阿尔达诺夫、鲍利斯·扎伊采夫、格奥尔吉·伊万诺夫、吉皮乌斯、库普林、列米佐夫、梅列日科夫斯基、纳博科夫[④]、蒲宁、萨沙·乔尔内依、苔菲等。天津、青岛、北京这些地方的俄侨虽然也都拥有自己的文化生活，甚至出版过报纸，但由于未形成哈尔滨和上海那样较大规模的俄侨社区，这些地方的俄侨并未创作出文学作品，[⑤] 苔菲等人的作品也都是在哈尔滨出版的。值得一提的是，欧洲俄侨界对在华俄侨作家也给予了一定关注，巴黎的图书馆收集了哈尔滨、北京等地出版的俄侨书籍和报刊。

对于旅居德法的茨维塔耶娃，在华俄侨作家尤其是哈尔滨的作家们表达出了基本一致的观点。涅斯梅洛夫与茨维塔耶娃保持通信，并在哈尔滨《喉舌报》上发表《玛丽娜·茨维塔耶娃谈马雅可夫斯基》一文，他在文中针对茨维塔耶娃若干关于马雅可夫斯基的评论发表了自己的看法。兼作家与记者于一身的瓦西里·罗基诺夫[⑥]在报纸发文

① 阿尔达诺夫（1886—1957），原名马克·亚历山大罗维奇·兰道，作家。1919 年流亡法国，居于巴黎，直至第二次世界大战开始前。作品具有鲜明的现实主义风格，善于刻画自然风光之美，在整个俄侨界享有较高声誉，著有历史长篇小说四部曲《思想家》等。

② 纳日温（1874—1940），即伊万·费奥多罗维奇·纳日温。1920 年移居国外，创作方面受到列夫·托尔斯泰思想的影响。

③ 1929 年创办，上海俄侨委员会机关报，系上海俄侨界第二大报。1941 年停刊。

④ 纳博科夫（1899—1977），著名俄侨作家。1919 年离俄，寓居欧美。

⑤ 李萌：《缺失的一环：在华俄国侨民文学》，北京大学出版社 2007 年版，第 37 页。

⑥ 瓦西里·罗基诺夫（1891—1946），又译作洛基诺夫，全名为瓦西里·斯捷潘诺维奇·罗基诺夫，小说家、诗人、记者。1923 年定居中国东北，在哈尔滨期间，发表过小说、诗歌、剧本、政论、书评、小品文等多种类型的作品，病逝于此。作品有巴依阔夫之风，小说主要有两类：幻想小说和西伯利亚题材小说。在报刊发表不少政论文章和文学批评文章，其中的文学批评文章对在华俄侨作家产生了一定影响。

谈及茨维塔耶娃的组诗《致马雅可夫斯基》，认为茨维塔耶娃的组诗表现出俄国诗人的悲剧命运，且是用最直接的语言和最鲜明的形象实现的，并认为这种命运的书写也是指向马雅可夫斯基和茨维塔耶娃自身的。瓦西里·罗基诺夫认为最重要的是：她号召人们去反抗因循守旧的东西，敢于叛逆。女诗人娜塔利娅·列兹尼科娃[①]在《边界》杂志上发表了数篇关于茨维塔耶娃的评论。她肯定了茨维塔耶娃的回忆文章《谈活生生的人的活生生的事》的艺术价值，认为《被俘的灵魂》全方位地展现出茨维塔耶娃的才华，并结合具体作品谈了茨维塔耶娃的人物形象塑造，在肯定成就的同时也指出了作品的一些不足。哈尔滨俄侨评论家 O. 施坦[②]对茨维塔耶娃的才华大加肯定的同时认为她的《致马雅可夫斯基》等诗篇太过苍白，缺乏真诚。从中能够看出在华俄侨作家的清醒、客观与真诚之态度，从同时代的欧洲俄侨作家对在华俄侨作家的评论也能看出这样一种态度。在华俄侨作家们对茨维塔耶娃的全面阅读状态和认知程度，与同时代的中国人对俄侨作家的接受状态形成鲜明对照。在华俄侨作家对其他区域俄侨作家的内部接受是自觉的，也是客观的，有同命相连、惺惺相惜之感。

上海与哈尔滨俄侨作家之间也存在着互动和交流。20 世纪 20 年代的哈尔滨建有商会文学艺术小组[③]、青年文学培训班等，“青年丘拉耶夫卡”和后来的“丘拉耶夫卡”的影响力也不断扩大。上海的学校、文艺团体和生活团体经常举办各种文学沙龙，如“星期一”联谊会[④]

---

① 娜塔利娅·列兹尼科娃（1911—?），女诗人。1921 年随家人移居哈尔滨。20 世纪 30 年代曾在《边界》主持“新书”栏目，并经常发表书评。除诗集，还出版有长篇小说《叛变》《被征服的女人》、短篇小说集《阿芙罗狄塔的奴隶》等。

② 即记者德米特里·萨托夫斯基 - 尔热夫斯基的笔名，20 世纪 40 年代初在哈尔滨自杀。

③ 1922 年成立，成员包括当时旅居哈尔滨的著名俄侨作家谢尔盖·古谢夫 - 奥伦堡斯基（1867—1963）和斯捷潘·斯基塔列茨（1869—1941）。前者除参与小组活动，还编辑出版刊物，发表剧本《在红色莫斯科》等。后者于 1897 年结识高尔基并成为挚友，文学创作曾受到列宁关注，发表的小说得到过契诃夫、列夫·托尔斯泰的好评，在哈尔滨时创作有小说、诗歌、特写、游记、书评等。

④ 简称“星一会”，成立于 1929 年 10 月，曾出版过 5 期以“星期一”为名的文集，但影响不大。

曾定期开展活动，表演和朗诵文学作品。在这样一种氛围下，俄侨作家之间的交流便成为一种常态。哈尔滨俄侨作家的最新作品可以被介绍到上海。由于上海俄侨作家多数来自哈尔滨，且多数都处于成长之中，并未出现蒲宁这样有较大影响的作家，所以在华俄侨作家之间的交流接受也仅限于阅读和唱和层面，风格影响的层面还是有限的。位于中国不同区域的俄侨作家之间的交流是维护自身生存和保持文化生长态势的内在需求。

俄侨作家在中国的生存与发展，既是一次命运的危机，也是一次生存之转机，在中国的土地山河中既迎来一次面对时代大潮而无法回避的人生转折点，也在异国他乡创造了被后世关注的“在华俄侨文学”。文学发展自有规律，“一次危机，往往也意味着一次转机。这正如潮汐现象，一次退潮，同时也意味着又一次高潮的到来”[①]。俄侨作家的生命轨迹与俄侨文学的在华轨迹相叠加，自然相映成趣。

二　俄侨文学在中国的接受状况

20 世纪的中国文学与外国文学的关系是十分紧密的，前者受到后者的深度影响。由于中俄两国国情的相似性和地域的毗邻状态，俄国自然成了中国的“一扇向海之窗”，俄国文学成了“我们的导师和朋友”[②]，尤其是在 20 世纪上半叶的中国新文学发展阶段，大量取借了苏俄文学资源。

俄国文学在中国的介绍肇始于 19 世纪末 20 世纪初。当然，像《俄国政俗通考》等书的那种简略描摹跟严格意义上的学术研究还相距甚远。从梁启超对俄国文学的“移植”、王国维和辜鸿铭评说列夫·托尔斯泰、周氏兄弟对俄国文学的介绍与评说，到李大钊的俄国文学研究

① 郑体武：《俄国现代主义诗歌》，上海外语教育出版社 2001 年版，第 4 页。

② 鲁迅：《鲁迅杂文全编 3》，人民文学出版社 2006 年版，第 266 页。

等方面，都能够反映出中国人对俄国文学的密切关注状态，此时主要关注到了列夫·托尔斯泰、契诃夫等经典作家，并且真正达及学理的专题研究可谓罕见。清末民初的俄国文学研究仍停留在以编译材料为主的初期介绍层面，不过也有一些相对准确的把握、理解和认知。李大钊在民国初期的俄国文学研究中更多关注列夫·托尔斯泰，关注俄国文学与革命、俄国文学与救人济世之关联，在阐述中也涉及了俄侨作家，如鲍利斯·扎伊采夫[①]。在《文豪》一文中，李大钊将鲍利斯·扎伊采夫等人列为"以厌世之文"而"致一般青年厌世"者，与列夫·托尔斯泰、高尔基等"照耀千古"者相对应。

（一）民国时期的俄侨文学接受

民国时期，人们对俄侨作家的关注多集中于蒲宁、库普林、梅列日科夫斯基等人。

1. 对蒲宁的接受

蒲宁[②]的作品在中国的译介最早出现于1921年，是年的《小说月报》推出号外《俄国文学研究》，所刊登的沈雁冰（茅盾）文章《近代俄国文学家三十人合传》系国内较早的蒲宁创作情况介绍。沈雁冰给予作家较高评价，认为在现代俄国诸作家中，蒲宁是个特异的人物。他认为蒲宁的非农民身份和阅历的不同局限了其对农民生活的感受，只是作为一个观察者而进行的一种印象化的表达，而非"身受者的喊声"，短篇集《乡村》便是如此。对于此点，与后世的评价不同，即使同时代的高尔基也给予蒲宁较高评价，高尔基认为《乡村》是写到俄国农民的一部最好的小说。当代学者杜纳耶夫则认为："布宁十分了解农民的俄罗斯，不同的是，高尔基是用一种浪人的眼光看待庄稼人，而布宁不鄙视庄稼人，虽然也不将他们理想化。"[③] 从当时蒲宁的

---

① 时译载切夫，旅欧俄侨作家。

② 中国早期译名有布林、布宁、蒲林、蒲英、蒲宁、浦宁等，现约定俗成译为"蒲宁"或"布宁"。

③ Дунаев М. М. Православие и русская литература（часть V）. Москва：Христианская литература，1999. С. 502.

不断获奖和所受到的评价界关注度来看，沈雁冰的如下判断显然有失偏颇："但蒲英的作品不能在俄国思想界发生一点影响，也是千真万真的；他只是一个文学的游戏者罢了。"[①] 不过，从汪倜然的《俄国文学 ABC》（1929 年）等文已经能够看出，蒲宁在部分时人眼中已经具备了重要作家的素质。

早期的蒲宁接受呈现特征为：因不了解而产生偏差，因偏差而造成误读，因误读而形成一种隔膜状态。蒲宁接受也留下了那个时代的特殊的批评印记，即多论断而少论证，简单且直接。

蒲宁接受在中国大陆的发展新阶段是在 1933 年获得诺贝尔文学奖之后。《东方杂志》1934 年第 31 卷第 3 期的文章标题直接称之为"苏俄文豪"。不过，囿于当时的环境，国内的接受观点明显是有分歧的。茅盾对此事件的反应和主要观点体现在两篇介绍性文章中，即《蒲宁与诺贝尔文艺奖》（《申报·自由谈》1933 年 11 月 15 日，署名仲芳）和《一九三三年诺贝尔文艺奖金》（分别发表于《申报·自由谈》和《文学》杂志）。文中茅盾的态度是不屑的，认为蒲宁的"勉强"得奖是政治因素，且是一件意外的事。1922 年，茅盾在《小说月报》上发表的《瑞典诗人卡尔佛尔脱与诺贝尔文学奖金》一文中对卡尔佛尔脱的看法就是比较客观的。到了 20 世纪 30 年代，茅盾的左翼作家联盟领导人身份似乎发挥着作用，影响着他的评断。1921 年的茅盾能够心平气和地分析库普林《生命之河》的理想主义内涵，而到了蒲宁获奖，茅盾认为其获奖的真正原因是由于作品中所谓的"理想主义"成分，对此茅盾的矛头直指瑞典科学院，认为瑞典科学院所青睐的恰是那些富有"理想主义"的作家，这些"理想主义"的东西在茅盾眼里只是"粉饰主义"或"装金主义"而已。身份和立场的变化，影响的不是茅盾的文笔，而是其思维。马力的《1933 年诺贝尔文学奖金获得

① 沈雁冰：《近代俄国文学家三十人合传》，《小说月报》1921 年第 12 卷号外《俄国文学研究》。

者布宁》（《平明杂志》1933 年第 2 卷第 23 期）一文仍是不平的口吻。作者对蒲宁流亡前的作品给予较高评价，在评价流亡后的创作时使用了“贫乏”一词，显然脱离了作家创作固有之真实情形。当时批评者所秉持的“挑剔”的选择标准实际上影响了国内的俄侨作家的接受，尤其是批评者对俄侨作家流亡阶段所创作的文学作品的认识往往戴着有色眼镜，这种“固执”与其说是个人的，不如说是时代的。这种“固执”的生成，一方面在于蒲宁获奖之时国内的蒲宁译介资料的贫乏状态；另一方面则在于当时国内那些“无能的不满者”的“中国文豪们”的心态，对于此种心态，郑重的《文艺独白：诺贝尔文学奖金给了蒲宁》（《现代（上海）》1934 年第 4 卷第 3 期 1 月号）一文给予了辛辣而风趣的嘲讽。

与上述不同，对于蒲宁获奖此时还是有一些客观声音的。如钱歌川的文章《本年度诺贝尔文学奖金的得奖者布宁》（《新中华》1933 年第 1 卷第 24 期），在为俄国经典作家如列夫·托尔斯泰、高尔基等未获得诺贝尔文学奖“不平”之外，还是以客观的笔调来看待蒲宁获奖一事的，提及了其在俄国文学史上的重要地位。其他还有向北译介自美国杂志的文章《伊凡·蒲宁》（《文化与教育》旬刊 1934 年第 14 期）、郑林宽的长文《伊凡·蒲宁论》（《清华周刊》1934 年第 42 卷第 1 期）等。《伊凡·蒲宁论》以具体实例为依托细致分析了蒲宁“主观性”创作风格的表现与成因，尤其是对蒲宁作为“主观”作家的总体判定，是非常超前的，也是非常准确的，体现出论者独到的眼光和思考能力。这些文章为国内的蒲宁接受提供了一种新的视野。

值得一提的是，蒲宁作为一位获得诺贝尔文学奖的外国作家得到中国人的关注，贴合了那个时代的关注诺奖之风潮，“俄侨”标签和字眼并未像后来那样在中国受到特别关注。这也能够说明蒲宁作为一位优秀作家的创作实力，以及俄侨文学群落因特殊的人生经历和创作环境所具备的强劲的文学冲击力，这种实力和冲击力也是后来他们受到世界各国学者关注的一个重要原因。

到了20世纪40年代，第二次世界大战的炮火推动着中国的翻译工作者的工作重心和兴趣点发生了重要变化，由俄国文学译介转向世界反法西斯文学译介，蒲宁淡出了人们的视野，不仅是蒲宁，很多俄国作家同样经历着这样的命运。

1949年之前的蒲宁接受状况代表了这一时期中国整体上对俄侨文学的接受轨迹和变迁过程，俄侨文学既没有被批评家和受众作为一个整体而认识，亦未达到接受心态的自觉良性建构。与列夫·托尔斯泰、契诃夫、普希金、果戈理、屠格涅夫、安德烈耶夫、陀思妥耶夫斯基、柯罗连科、高尔基等俄苏经典作家相比，流亡作家始终位于中国人关注视野的边缘位置。

2. 俄侨文学接受心态

自五四新文化运动以来的相当一段时间，许多人都做着类似的工作，即对俄侨作家进行一般性介绍，而这些介绍往往是带着启蒙性质的。也正是普及的目的使然，很多译著文章的内容中会包含相当多的根据外文资料甚至新闻报道而做出编译或改写的成分，这种成分越多越浓，越说明这个时段属于特殊环境和特殊时代的准备期，有深度有创见的研究成果在后来才得以出现。中国对于外国文学尤其是俄苏文学中的特殊“功能性”成分的接受过程，从背后凸显出我们的社会心理和民族偏好以及独特的筛淘眼光与接受原则。

五四新文化运动伊始，中国人即以不同的观照视角和感知方式对俄苏文化做出不同的选择和扬弃。一些人或出于文化救国的深远目的，或在文学上以建构中国新文学体系的整体框架为使命，他们最初所热衷的是俄国文学的写实主义、为社会为人生这一方面，因为从中可以寻求文化启蒙主义的资源。当苏俄文学在主流上很快就终止了关于现实问题的批判式叙述并进而转向肯定和赞扬苏维埃政权与社会，20世纪20年代中后期，中国国内的接受目光又很快转向劳农苏俄文学，因为在我们眼中，这是更为进步的文学理论和文学创作，且能够更好地解决中国当时所面临的亟待解决的大量现实问题。政治革命和左翼文学的发展，使中国文学界越来越靠近苏俄文学，也正是因为这样的趋向，我们在接受俄国文学的时候更看重文学作品中的“功能性”部分。特别是抗日战争时期，文学整体表现为直接为抗战服务的十分明确的现实指向性。救亡图存的社会理想追求，加之苏联政权的现实合法性，且俄侨作家群体正处于特殊的成长阶段，旅居欧美俄侨作家的文学作品对现代性问题所进行的思考和叙述便无法被全面地纳入接受视域之中。

比如，对梅列日科夫斯基①的接受。1933 年在中国出版的《俄国现代思潮及文学》系日本学者昇曙梦著作的汉译本，该书列专章论述了梅氏，即梅列日科夫斯基。一方面，作者关注到了梅氏在俄国文坛的地位和影响，也注意到了其思想中的尼采“超人”思想、“带着神秘主义的色彩的”自然主义、“加上了理想主义的”写实主义以及希腊思潮等成分。一方面，作者又视梅氏为“一个忠实于自己的作家”，并就其文学成就而举出具体作品来做论证，最后落脚在作品所展现的“现实的真”。1941 年，绮纹（郑超麟）首次译介了梅列日科夫斯基的代表作《基督与反基督》三部曲中的第二部《诸神复活》（亦名雷翁那图·达·芬奇）。译者在序言中特别赞叹了作者在宗教和科学、基督教和“异教”的冲突中站在了近代科学精神一边，明确透露了作为“反对中古迷信的作家”② 的梅列日科夫斯基及其作品被介绍到中国的“意义”。作为一名俄苏文坛的非主流作家能在这个时候被译介是有价值的，作品的现实指向意义在译者序言中已被突出强调。也正是在这样的心态下，作家爱罗先珂③作为当时“在华”的短暂停留者，亦是少有的幸运儿，被人们所看好便是情理之中的事了。作为平民知

---

① 梅列日科夫斯基（1866—1941），又译作梅列茹科夫斯基，民国时译为梅勒支可夫斯基，小说家、诗人、哲学家。俄国颓废派文艺的创始人之一。俄国十月革命后侨居法国。

② ［俄］梅勒支可夫斯基：《诸神复活　上册》，绮纹译，中华书局 1941 年版，第 3 页。

③ 爱罗先珂（1890—1952），著名俄国诗人、童话作家。1921 年由日本来到哈尔滨，后暂居上海，1922 年任北京大学世界语教授，1923 年回国。在这里，爱罗先珂属于广义上的“在华俄侨作家”。本选题所选取的研究文本主要以具备“流亡”身份的作家的作品为主。

识者的爱罗先珂在中国影响较大，当时的各大报刊也对其跟踪报道。在当时，“无论他走到哪里，就引起公众的关注，特别在北京，给中国文化界带来了‘热闹’，上至蔡元培、鲁迅、胡适等文化名流，下至王鲁彦、冯省三、孙用、吴克刚等知识青年，与爱罗先珂都有密切的关系”。[①] 这场“爱罗先珂热”与这位“思想界的刺客”的思想之平民指向、现实社会指向有关，其指向是与中国当时激进的民主知识者对于个性解放、自由、平等的追求目标是基本一致的。

俄侨文学在中国的接受是一个渐进的过程，起步阶段的艰难状态不是几句话就能够简单带过的，而需要我们从基本事实和历史细节做出说明和考证，这些努力对于俄侨文学本身是一件十分有益的事情。在华俄侨作家虽未引起中国学者的自觉关注，是特殊的时代环境使然，其本身也需要一个被消化的过程，这个任务要留给下一个阶段来完成了。俄国经典作家作品尤其是那些留寓欧美俄侨作家及其作品在中国的传播与接受，为我们在后来更好地接受在华俄侨文学提供了优良基因，奠定了坚实基础。通过这些线索的简要勾勒，我们可以进一步认识到俄侨文学的价值及其在俄国文学发展史上的重要意义，也能够使我们清晰地看到在华俄侨文学在中国产生和存在的重要历史文化背景。

（二）1949 年以后的俄侨文学接受

1949 年以后，与苏联文坛在 20 世纪 50—70 年代对蒲宁等人的重新评价和认知不同，蒲宁等俄侨作家在中国文坛被接受经历了更为长久的时间，直到新时期以后才随着接受环境的优化而受到中国读者的欢迎，这也是大多数俄侨文学所受到的相似待遇，所经历的共同命运。特别是到了“文革”时期，除了少数作品被视为无产阶级革命文学经典，俄苏文学作品的出版发行基本上处于停顿状态，俄侨文学的接受条件更是荡然无存。

---

① 伍寅：《爱罗先珂与中国发生关系的契机》，《中国比较文学》1994 年第 2 期。

从20世纪80年代开始，中国大陆不断译介了一些著名欧美俄侨作家的作品，尤其对纳博科夫、蒲宁、索尔仁尼琴等著名作家格外关注，直到今日，已经较为完整、系统地向广大读者介绍了这些作家的著作。以蒲宁为例，仅在1981年中国大陆便翻译出版了四部蒲宁的作品：《布宁中短篇小说选》（陈馥译）、《故园》（赵洵译）、《米佳的爱情》（郑海凌译）、《蒲宁短篇小说集》（戴骢译）。2005年年末，安徽文艺出版社又出版了五卷本《蒲宁文集》。

20世纪90年代，在俄国国内出现了将国内文学和国外文学相融合的研究趋势，侨居国外的作家被纳入俄国文学史叙述中并且占据了一定篇幅，俄侨文学被文学史遮蔽的部分逐渐显现出来，人们可以大致看到一个具有完整线索的20世纪俄苏文学发展史。布罗茨基、茨维塔耶娃、列米佐夫、蒲宁、什梅廖夫、索尔仁尼琴等人的各种类型的作品集不断出版问世，这些尘封多年的作品受到读者的广泛欢迎。一些重要俄侨作家得到重新评价，作品被重新解读。在国际大背景下，中国学术界也不断关注相关热点问题，并从整体上呈现出自己的学术特征。可以说，我国的在华俄侨文学研究始于对欧美俄侨作家的关注。也正是在改革开放后对俄苏本土俄侨文学“回归”浪潮的回应中不断发生学术位移，中国人对在华俄侨文学开启了“发现”和“接纳”的历程。

在华俄侨文化研究的有序进行逐步勾勒出了在华俄侨作家的整体轮廓，不过作品资料的严重匮乏制约了在华俄侨文学研究工作的深入开展。带来曙光的是2002年李延龄教授主编的《中国俄罗斯侨民文学丛书》的出版发行，这套丛书可谓开启了此项研究的新阶段和新局面。在华俄侨文学恢宏浩瀚，哈尔滨出版的诗集目前从有文字记载的资料上能够看到的就有70余部。这些诗歌作品集中描写了他们身居异国他乡阶段对祖国的思念，带着不同程度的怀旧之情，反映了他们远离故土身处逆境时的坎坷生活经历，还有一部分作品描摹了中国的风土人情并表达了内心积聚的中国情感。俄侨诗人的诗歌作品内涵丰富，全面展现了俄侨作家的内心世界和异国感受以及精神风貌，不仅是发生于1890—1921 年的俄国“白银时代”文学创作在中国的延伸，也是具有中国属性的特殊的诗歌创作现象。美国学者 B. 克雷德甚至认为中国俄侨作家的文学创作成果足以构成一个富裕国家的不太贫乏的文学遗产①，2005 年李延龄教授主编的700 多万字的 10 卷本俄文版《中国俄罗斯侨民文学丛书》的正式出版即印证了克雷德的判断。目前，齐齐哈尔大学成为该领域研究的重镇，与俄国、日本、美国、澳大利亚、荷兰、以色列等国保持着学术联系。事实上，黑龙江的学者一直在积极推动国际上的在华俄侨文学与文化研究。严峻的问题也同时出现：研究领地过于窄化，亟须进一步扩展，需要填补新的人才和力量。

真正意义的在华俄侨文学研究虽起步较晚，在一些学者的奋起直追和共同努力下，也在较短的时间里取得了长足的学术进步，并逐渐在一些方面呈现出自己的学术优势。2007 年出现了两本比较重要的著作，系统而全面地研究了在华侨民文学，一部是李萌的专著《缺失的一环：在华俄国侨民文学》，一部是王亚民的博士学位论文《20 世纪中国俄罗斯侨民文学研究》。《缺失的一环：在华俄国侨民文学》一书学术功力扎实而深厚。作者从 20 世纪 90 年代起关注这一领域，依据从世界各国搜寻来的大量第一手资料，为读者提供了一幅 19 世纪中期至 20 世纪 50 年代俄侨来华的历史和在华俄侨文学的全貌，使一些在之前的论述文章中被反复提及的作家的生活轨迹从概念和想象中走向复活和真实。作者认为俄侨文学与同时期的中国文学发展是完全平行的，没有相互交错、相互影响，只有明确这一点，才能解释为什么恰恰是在东北沦陷时期也就是“满洲国”时代，当许多中国作家或离开东北或转入与伪满政府的地下斗争时，哈尔滨的俄侨文学发展达到了顶峰。王亚民的观点则与之存在一些差异，她在论文的结尾部分直接

① ［俄］弗·阿格诺索夫：《俄罗斯侨民文学史》，刘文飞、陈方译，人民文学出版社 2004 年版，第 82 页。

论证了俄侨文学属于中国现代文学的一个组成部分，认为从中俄文化碰撞下的俄侨文学的思想意蕴、艺术特色、创作题材、创作方法、创作视角和俄侨与中国的亲情关系上都能认定“中国俄罗斯侨民文学不仅是俄罗斯侨民文学中一道独特的风景线，也是中国现代文学的特殊组成部分”①。作者用“特殊”二字来拨去争议，从而使俄侨文学具有了进入中国文学的合理性。

宏观环视、综合探讨、鸟瞰勾勒和重点解读一直是在华俄侨文学研究上的一个突出特点，相关工作继续跟进的同时，需要做的便是有血有肉的深层细致的微观考察。一些文章包括学位论文不再拘泥于巴依阔夫、别列列申、黑多克、涅斯梅洛夫等获得较高“荣誉”的作家，一些“非著名”作家也得到了一定程度的关注，涉及的作家有巴尔考、格尔曼·卡丘洛夫、拉丽萨·安捷尔先、莉迪娅·哈茵德洛娃②、玛利安娜·科洛索娃、米哈伊尔·谢尔巴科夫③、薇拉·孔德拉托维－西多洛娃④、维克多里娅·扬科夫斯卡娅等。总体来看，这些研究仍集中于作家生平、主题、题材、视角、形象、文化情结等方面，亦有原型和对话理论的运用，但为数寥寥，许多作品有待细致解读。

相信，未来的在华俄侨文学接受与研究会在更为广阔的视野和坐标中展开，研究者能够在开合有度的态势下发现作家的创造力和作品的丰富性以及作品的局限与不足，客观对待在华俄侨文化遗产。俄侨文化遗产拥有丰富的承载物，如建筑、饮食、服饰、语言、报纸、杂志、书籍等，有可移动物、不可移动物，有物质方面的、精神方面的，有基础性资料、研究性资料，等等，可谓形态多元。俄侨文化遗产的

① 王亚民：《20世纪中国俄罗斯侨民文学研究》，博士学位论文，兰州大学，2007年，第142页。

② 莉迪娅·哈茵德洛娃（1910—1986），记者，最富代表性的在华俄侨诗人之一。1916年到哈尔滨，并长期生活于此，1940年起去了大连、上海，在华出版诗集多部。1947年返苏。

③ 米哈伊尔·谢尔巴科夫（1890—1956），作家、翻译家。1922年从符拉迪沃斯托克来到上海，成为上海俄侨文化界最为活跃的人物之一，曾主持文艺社团“星期一”联谊会，为上海和哈尔滨的俄侨报刊撰写诗歌和文学评论。二战结束后去了越南，后在法国自杀。

④ 薇拉·孔德拉托维－西多洛娃，生于1920年，出版诗集《恢复原状》。

保护是一个需要抢时间进行的工作。一个问题是人们的保护意识不足。距离感造成了陌生感，作为文化遗产的俄侨文化已经很难被新一代哈尔滨人、上海人深刻感受到，人们往往会通过建筑和饮食等方面去感知俄侨文化与哈尔滨、上海等大城市之间的深度关联性，尤其是很多人对于这段历史的兴趣往往位于表层，所以很少会主动通过文献资料去近距离接触。俄侨文化遗产的保护需要政府的经费投入、政策性保护，需要中俄双方的共同努力，更需要研究者们加大研究力度。大力度地研究俄侨文学，便是对俄侨文化遗产保护的一种有效路径，特别是俄侨作家的中国书写更是为这份文化遗产存在的合理性做出了无声的证言。

第二章　在华俄侨作家的文化心态

苏珊·朗格认为："在一件艺术品中，其成份总是和整体形象联系在一起组成一种全新的创造物。虽然我们可以把其中每一个成份在整体中的贡献和作用分析出来，但离开了整体就无法单独赋予每一个成份以意味。"[①] 如果将在华俄侨文学整体看成一件艺术品的话，每一个作家、每一部作品都不能离开这个结构体而独立存在，当然我们也就有必要从整体上做出文化心态分析。

谈论文化心态往往要从一个群体或一个民族的文化整体氛围中进行。在俄语中，术语"менталитет"（心态）属于俄罗斯文化深层结构的表述方式，作为一个体系系统性地"包含思维方式、感觉和情感反应的方式，行为举止的规范、价值观念、共同的精神倾向，思想、信念和精神习惯等"。[②] 有人认为这与汉语表述中的文化（或传统）的深层结构（或精神内核）等概念内涵相一致。因为按照庞朴的观点，文化的深层结构主要是指文化心理状态，包括思维方式、价值观念、行为规范、宗教情绪、道德情操、民族性格等。[③] 在俄语中，文化心态的概念有着广泛的指向。此处论述到在华俄侨作家的文化心态时，

---

① ［美］苏珊·朗格：《艺术问题》，滕守尧、朱疆源译，中国社会科学出版社 1983 年版，第 129—130 页。

② 朱达秋、周力：《俄罗斯文化论》，重庆出版社 2004 年版，第 21 页。

③ 庞朴：《文化的民族性与时代性》，中国和平出版社 1988 年版，第 93 页。

也只能择其一二，不能面面俱到，并且会更多地指向思维方式、价值观念和民族性格等层面。文化心态层面位于一个民族文化的深层结构中，并使得民族文化深层结构具有更大的稳定性与持久性，且能够在相当长的历史进程中决定着这个民族的特性。俄侨作家所进行的中国书写，角度多样，内容丰富，这种创作现象既体现出作家个体特征尤其是某种个性化偏好，也从深层次显示出作家无可回避的集体无意识。俄侨作家所进行的中国书写体现出复杂的文化心态，作家的行为方式、思维方式、情感意识乃至潜意识等又都无可回避地打上了本民族文化的深层烙印。这种心态既是对于特殊环境中错综复杂生活关系的深刻洞察，也展现了俄侨作家在一段动荡岁月里所生成的人生体悟感与生命超越状态以及丰腴的精神世界。

第一节　俄侨作家的文化身份焦虑

一　作为“他者”的怀乡病

作为一个从个体心理学引入文化研究领域的内涵丰富的重要概念，身份的原意“就是一个个体所有的关于他这种人是其所是的意识”①，可以进一步解释为“我们认为我们是谁，他人又是谁，或者说他人认为他们自己是谁，他人（当然包括我们）又是谁”②。身份让我们知道了我们是谁，同时也让我们进一步明确了我们与他人的关系，以至我们与所处的生存世界的关系。身份包含个人身份、社会身份和文化身份等多种不同形式，其中的文化身份是在自我界定或他者表述等行动中用来标识自己不同于“他者”的方式之一，文化身份可以指一种归

① Peter Straffon and Nicky Hayes, *A student's Dictionary of Psychology*, London: Edward Arnold, 1988, p. 87.

② Jonathan Rutherford, *Identity: Community, Culture and Difference*, London: Lawrence and Wishart, 1990, p. 35.

属于某个特定的文化或亚文化群的意识，“它反映了共同的历史经验和共有的文化符码”①，因此文化身份问题总是指向国家、民族、族群、个体、知识共同体等方面。在批评家乔治·拉伦看来，“只要不同文化的碰撞中存在着冲突和不对称，文化身份的问题就会出现”。②对于身份的关切更容易出现在移民、亚文化成员中，对于相对处于边缘群落的流亡者而言，这种关切在其头脑中更易萌生壮大。当人们遭遇身份危机，“他丧失他的地方，他进入一种陌生的语言，他发现自己处身于社会行为和准则与他自身不同甚至构成伤害的人群之中”③，此时便会出现一种身份焦虑。所谓身份焦虑便是身份的某种不确定性，也就是“人和其生活的世界联系的被意识到的障碍和有关生活意义解释的困难与危机，以及随之产生的观念、行为和心理的冲突体验”④。在流亡者那里鲜明地体现为：在新的生活视域和环境体验中所自然而然生成的文化上的分裂感和疏离感，进而产生自我身份认同的焦虑：我是什么、又不是什么？我曾经是谁、现在是谁？我来自哪里？我将去往何方？这种焦虑是“对自身民族身份的寻找或者说认同时所产生的一种困惑而茫然的反应”⑤。米勒在《进入荒野的使命》中论述美国清教主义时指出，清教移民面临的最大困难并非岩石、风暴或印第安人，而是身份问题。从米勒的观点可以看出，清教徒在面对殖民地所出现的新现象时会不可避免地对自身身份产生怀疑并追问“我是谁”时的这种状态，也同样适用于俄侨作家群体。

---

① ［英］斯图亚特·霍尔：《文化身份与族裔散居》，载罗钢、刘象愚主编《文化研究读本》，中国社会科学出版社 2000 年版，第 208—226 页。

② ［英］乔治·拉伦：《意识形态与文化身份：现代性和第三世界的在场》，戴从容译，上海教育出版社 2005 年版，第 194 页。

③ ［英］萨·拉什迪：《论君特·格拉斯》，黄灿然译，《世界文学》1998 年第 2 期。

④ 钱超英：《自我、他者与身份焦虑——论澳大利亚新华人文学及其文化意义》，《暨南学报》（哲学社会科学版）2000 年第 4 期。

⑤ 吴奕锜、陈涵平：《论“新移民文学”中的生存焦虑与文化焦虑》，《暨南学报》（哲学社会科学版）2007 年第 1 期。

尽管文化身份焦虑在不同地域或者不同情境里显现的程度不同，甚至存在比较大的差异性，但文化身份焦虑普遍存在于移民族群和弱势族群当中属于一个不争的事实，也是一种比较普遍地存在于俄侨流亡文化圈中的文化现象。文化身份焦虑的一个表征是作家不断诉诸文学创作与文化研究，寻求“民族本质特征和带有民族印记的文化本质特征”①，以实现一种文化身份的确认。

（一）忘不掉的身份——作为“他者”的记忆

身份是通过差异建构起来的，或者说差异是身份的本质特征和重要方面，只有通过“他者”，一个人才能建构起自己的身份。

对于在华俄侨作家来说，原先的文化身份标签在新的居住国的主流文化面前显然处于弱势且边缘的“他者”地位。文化身份的形成是以对“他者”的看法为前提的，反过来也因“他者”的相对性，“他者”亦在“文化自我”的界定原则面前显示出价值、特性和生活方式的区隔性。这种源于古希腊的二元思维模式——如柏拉图将世界划分为物质和精神的二元对立立场——其结构和视角虽在后殖民和后现代社会被打破，但在20世纪上半叶的俄侨作家那里仍具有十分充分的理论意义和现实意义。置身于新的主流文化语境中，俄侨作家们对自身民族文化身份的寻找或认同成为一种挥之不去的“梦魇”。

在英国学者怀特·布鲁克的理论视域中，身份的建构由两部分组成，一部分是主体自我展现给外界的东西，另一部分则是外界对自我的辨认。② 两个部分属于有机联系且相互作用的统一体。在苏俄政府对在华俄侨的“异己”身份的认定与俄侨对相关认定的不认同态度上，“自我”作为一个俄罗斯人的“顺其自然”的美好情感与官方意

① 王宁：《文化研究的历史与现状：西方与中国》，载陶东风、金元浦、高丙中主编《文化研究》第1辑，天津社会科学院出版社2000年版，第64—79页。

② Maureen Whitebrook, *Identity Narrative and Politics*, London and New York: Routledge, 2001, p. 4.

识形态带给人们的政治困扰所形成的巨大反差，都导致俄侨作家内心生出巨大的无方向感。这种对自我存在的无法抑或无力掌控以及自我同一性的分裂与动摇，使得在华俄侨作家在不同程度上都存在着一种身份的焦虑。面对一个新的国度和一种新的文化环境，这种身份的焦虑不仅是生活的焦虑，还在文化存在层面上衍化为一种焦虑感的群体指向。本来，身份问题一直是俄国文学中的一个永恒话题，列夫·托尔斯泰、陀思妥耶夫斯基等人都在各自笔下进行自我追问。一种困惑与茫然的感觉一旦被激发出来，总会在不自觉中成为一种思维惯性或潜在的精神颠覆力量，这种不自觉如影随形，实在而恰切。拿民族情感和习惯来说，已在很多人那里并在很多时候成为一种习以为常的东西，或者可以说“民族情感和习惯是如此紧密地包围着我们以至于我们几乎意识不到它们的存在”①。正如库利所论述：“一个人越是彻底美国化，他就越是不能感受到美国习俗。他体现着这个习俗，他所做、所说或者所写的一切都带着美国习俗，但是他决不能真正地看见它，因为他没有从外部进行观察的机会。如果他到了欧洲他就能通过对比得出模糊的看法，虽然他不可能看出是什么东西使得他不能通过努力来使自己显得像个英国人、德国人或者是意大利人。”②在华俄侨作家就是在这种深切体验和对比中呈现出“他者”的记忆，以各种不同的表述方式书写社会生活，介入文化秩序，进而传达情感的失重状态。

（二）作为焦虑表征的怀乡病——“父辈的土地”“神圣的罗斯”

怀乡病是丰富的，也是相对的，并在多个层面显现，不仅在多种国籍之间、不同文化之间的碰撞中表现出来，在同一国家的族群间的文化交汇中也可以表现出来，甚至在同一国家的南北方的不同文化气

① ［美］查尔斯·霍顿·库利：《人类本性与社会秩序》，包凡一、王源译，华夏出版社 1999 年版，第 53 页。

② ［美］查尔斯·霍顿·库利：《人类本性与社会秩序》，包凡一、王源译，华夏出版社 1999 年版，第 53 页。

候中也会有所体现。在民国文学史中，南方作家们以一种“怀乡病”的样式极大丰富了关于南方的想象与叙述，如俞平伯与朱自清的同题散文《桨声灯影里的秦淮河》、郁达夫的散文《江南的冬景》等就是具体例证。

怀乡病“通常是指身在他乡异国而怀念故乡祖国的情感，同时也被用来指称对过往的旧物陈事缅怀或感念的情绪；很多时候，它还被用来特指身处现代都市生活的人们对业已逝去的乡村生活的伤感回忆，这种回忆往往伴随着痛苦和或多或少的浪漫愁绪。作为古今中外最具普世性的人类情感，涉及乡愁与怀旧的描述及表象在各国文学艺术中均屡见不鲜”①。不过，在20世纪上半叶的在华俄侨作家那里，当与整个时代背景和文化概念相联系，怀乡病就不像20世纪后期文学文本那样将旧时过往过于理想化和浪漫化，也不像21世纪所具有的美感、超越、满足、时尚等现代属性，而是与损失、不幸和沮丧密切相关，同时带有盼望回归的心理内涵。这种因时间错位和空间隔绝而引发的情绪化反应，如怀旧感或者乡愁意识，在俄侨作家那里是通过想象性记忆来释放内心的身份焦灼，释放因和周围陌生环境的联系发生障碍的身份焦虑的。位于回忆阶段的充满温情的俄罗斯祖国作为俄侨因当前身心创伤而急需寻求的精神庇护所，又是知识者们基于中国情境通过想象而建构出来的具有鲜明俄罗斯特质的“异化”形象。这种形象，反映出俄侨知识者们的双重窘迫境地，终归无法完全融入东方文化而只能以“他者”形象伫立于东方文明之外，又不能背弃自己的文化基因且害怕成为失去精神家园的荒野弃儿。这种两难的尴尬处境，只能以文学的特有表达方式而且是以感伤甚至寂寞的时代基调呈现于纸端。这种感伤与寂寞虽不是时刻保持浓烈的或者鲜明的，却始终伴随着一种文化身份的确认动作，当然这种确认动作不是能够从所有文

① 周星、王霄冰主编：《现代民俗学的视野与方向　民俗主义　本真性　公共民俗学　日常生活》（下），商务印书馆2018年版，第949页。

本中明显捕捉得到，往往会在不经意间做出真实而自然的流露，且是一种最为恰切的流露。可见，这种怀乡病更多在于“怀乡”而不是“病”，或直接指向“乡”之病。

作为焦虑表征的怀乡病可以通过“父辈的土地”“神圣的罗斯”等意象和表述元素被我们明确感知。“父辈的土地”意象属于在华俄侨文学作品中的典型意象。著名心理学家维雷娜·卡斯特认为，人们在焦虑时所感觉到的不只是焦虑，而是整个情绪场都会发生变化，紧张、压抑、惊恐、恐惧等皆属其中。① 弗拉吉米尔·斯拉鲍奇科夫②在《父辈的土地》一诗中对于父辈的土地的眷恋之情跃然纸上，朴实且有感染性，动人之处不在于语言有多华美，而在于怀乡过程中多种复杂情感的杂糅：“我们”盼望欢乐与爱抚的孩子，目光天真，流露出信任和期待；“我们”面前出现了可怕的怪物，那是个群魔乱舞的黑暗世界；在鸽子展翅飞翔的梦境里，在遥远北方白茫茫的苍穹下，有个国家属于传奇的勇士，那是个充满爱与奇迹的国家；正值青春年少，列队成行的大雁向北飞翔，莫名的屈辱让人止不住心跳；朝思暮想且让人心酸的国土，属于壮士的国土无边无际，那就是——我们父辈的土地!③ 通过诗歌原文提炼出来的上述表述文字，有多种层次，在一条主线情感的支撑点上书写“神圣的罗斯”之情。

费多尔·卡梅什纽克在《神圣的罗斯》一诗中直接这样写道：

> 心灵恭顺地辉映/亲爱的罗斯！……威力无比！/海洋一般的力量/点燃了心中辉煌的火炬！

---

① ［瑞士］维雷娜·卡斯特：《克服焦虑》，陈瑛译，生活·读书·新知三联书店2003年版，第16页。

② 弗拉吉米尔·斯拉鲍奇科夫，生于1913年，作家、记者。20世纪20年代初到哈尔滨，在这里读完中学并开始发表作品。1935年从大连去往上海，进入法国学校深造，并在法租界当警察，同时继续创作。后回国定居。

③ 李延龄主编：《松花江晨曲》，谷羽译，北方文艺出版社、黑龙江教育出版社2002年版，第191—192页。

> 心灵轻轻地贴近，/听命于水晶弦的旋律。/亮丽的花束/难以遏制地受到吸引，/在迷蒙的反光中凋敝。
>
> 心灵就这样久久飞腾，/飞向神往的高高天宇。/而花朵在惊慌中摇摆，/沾染了可怕的血迹，/石头般冷酷的哈哈大笑，/带来难以摆脱的恐惧。
>
> 然而痛苦的梦呓之中——/包含多少欣喜！/空中的幻想惟独追寻你，/我惟独对你，对你忠诚，/祖国啊，我心里只有你！①

卡梅什纽克的诗歌善于在苦难中追寻诗意，这种追寻不仅是诗人个体的，也是多数俄侨作家由心底生发的共同追求，诗意也不是为了掩盖苦难，而是要在恐惧、痛苦、惊慌中呈现一份最为“忠诚”的生存思考。

俄侨作家以母语为依托，面对生命的不确定感，以多种表达方式对母体达成历史书写、文化建构甚至是溯源想象，试图抵达现实中再也无法回去的故乡。在对“俄罗斯”的历史想象与记忆以及现实遥望中，传达出对现实的焦虑与关切，也有对一个族群人生悲剧的思索，还隐含着精神还乡时的迷惘与惆怅。于是乎，“祖国”的概念在这种情况下与其说是一个与出生地相关的领土概念，倒不如说是一个与族源相关的精神概念。

二　疏离背后的俄罗斯认同

威廉·布鲁姆认为：“身份确认对任何个人来说，都是一个内在的、无意识的行为要求。个人努力设法确认身份以获得心理安全感，也努力设法维持、保护和巩固身份以维护和加强这种心理安全感，后

① 李延龄主编：《松花江晨曲》，谷羽译，北方文艺出版社、黑龙江教育出版社2002年版，第161—162页。

者对于个性稳定与心灵健康来说，有着至关重要的作用。"[①] 俄侨作家首先要做的就是"身居中国的俄罗人"的文化身份的确认与建构，同时对于流亡作家而言，自身身份的尴尬处境导致其文化身份的建构伴随着一种十分复杂的心理过程。

相对于苏俄政权，很多俄侨作家的身份尴尬状态是有目共睹的，这自然影响到他们的心理境况，使之显出归属感的缺失，甚至带着明显的悲情色彩，比如涅斯梅洛夫的诗句："那展翅盘旋的老鹰，/是我们的宿命！/头顶之上，是湛蓝的天宇，/比苍穹更苦的是黑夜漫漫！"[②] 被祖国放逐者的内心深处既有对俄罗斯生命绿洲的眷恋，又在长久的中俄文化长河的汇融中激起了中国情感的浪花，具体来讲，哈尔滨与上海这两座城市在俄侨的心灵里激起了或憧憬或怀想的涟漪。虽然哈尔滨的俄侨十分珍视自己祖国的历史、文化和习俗，但是随着时间的不断推移，东方国度那种绚丽多彩的风俗习惯也成为他们日常生活的一部分，中国大地上的快乐和感伤以及所发生的一切也自然进入到他们寻找身份印记的过程之中，这种印记便成为一种混杂性的印记。于是，我们可以看出文化身份与族群的认同并非天生具有的，亦不是不可变更的。大量事实证明，文化身份存在着自然天成的因素，也有一些后天建构的成分，对于特殊时代环境中的俄侨作家来说，"一个人的民族和文化身份完全有可能是双重的甚至是多重的"。[③]

（一）文学疗伤与归返的向往

由上述逻辑而来，处于多重身份境遇中的俄侨作家的首要任务当然是要通过文学创作为怀乡病疗伤。作家们大都经历了坎坷与漂泊，被历史风暴裹挟着而进入背井离乡流寓他地的行列当中，心底隐匿着

① William Bloom, *Personal Identity, National Identity and International Relations*, Cambridge: Cambridge University Press, 1990, p. 53.

② 王亚民、杜晓梅、[加] 巴莉雅编：《伪满洲国俄罗斯作家作品集》，北方文艺出版社 2017 年版，第 171 页。

③ 王宁：《流散文学与文化身份认同》，《社会科学》2006 年第 11 期。

很多难以倾诉的创伤和痛楚。鲍利斯·沃尔科夫[①]这样表达:“我们来自自家人的大火,我们为浓烟浸透……”[②] 在诗人的意识中,亲爱的故乡被“大火”吞噬了,自己浑身熏透了烟的苦味。玛利安娜·科洛索娃感叹在国外的青年时代全部是在贫困中度过,“想办法填饱肚皮,/还得养活自己的亲朋近友”[③]。瓦西里·敖布霍夫[④]在《吟唱的抑扬格……》中写道:“我像个疯女人一样走开,/在远方的城市颠沛流离。”[⑤] 这是一种难以形容的心酸与疲倦感,这种感觉会通过对俄罗斯祖国母亲的眷恋书写来完成。一些人给自己开出的药方和答案是“倔强”和“坚决”:做一个普通的俄罗斯农妇,“我们爱恋,生活以及去死,/始终顺从不渝的,只对你”。[⑥] 是的!诗人要“始终如一地盯住自己祖国的面目”[⑦]。在此过程中,一些作家坚持俄国现实主义文学传统,描绘侨民流亡生活中的黯淡与不平,以宿命论的方式传达异域生活的苦痛,寄托思乡情结。尤其老一代俄侨作家的文学创作特点,多是由战争和革命的悲剧性经历、流亡生活的苦楚以及对俄罗斯祖国的怀念共同决定的,中国书写便在这种焦虑的状态中成为文学创作肌体的一个有机组成部分,成为一个十分鲜明的文化表征。通过对中国之书写来展现自己的怀乡之情,通过比较的方法来抒发自己的孤寂之感,中国的民风习俗文化传统真正为漂泊者的“怀乡病”

---

① 鲍利斯·沃尔科夫(1894—1953),诗人。1921—1925年居于哈尔滨,后去美国,直至去世。著有诗集《在异国道路的灰尘里》等。

② 李延龄主编:《哈尔滨,我的摇篮》,顾蕴璞、李海译,北方文艺出版社2002年版,第164页。

③ 李延龄主编:《松花江畔紫丁香》,李延龄、乌兰汗译,北方文艺出版社2002年版,第220页。

④ 瓦西里·敖布霍夫(1905—1949),诗人。曾在哈尔滨学习,并出版诗集《沙岸》(1941年),善写历史题材作品。

⑤ 李延龄主编:《松花江晨曲》,谷羽译,北方文艺出版社、黑龙江教育出版社2002年版,第63页。

⑥ 李延龄主编:《哈尔滨,我的摇篮》,顾蕴璞、李海译,北方文艺出版社2002年版,第269页。

⑦ 李延龄主编:《哈尔滨,我的摇篮》,顾蕴璞、李海译,北方文艺出版社2002年版,第214页。

疗伤了。

徘徊在时代和文化的十字路口上的这群漂泊的缪斯们，文学之于他们的重要性一方面来自俄罗斯文化传统的影响，一方面主要是出于表达之目的，可以说“一个人要成为一个人，必须要经过某种表达；若脱离表达，就不可能有更高的存在；表达不论以实际的或是想象的形式，在一切时候都存在”。[①] 表达可以呈现意义，“人可以忍受饥饿感，却不能忍受无意义感”。[②] 文学表达为俄侨作家的意义感的真实存在而存在着，于是文学想象充当了急先锋，文学写作既是一部分作家的谋生手段，又更多地成为作家治疗心灵和精神创伤的主要方式，并且通过文学小组集会和报刊媒介等途径比较细致地传达出一种“东方音调”。当然，与欧洲俄侨作家的“巴黎的忧郁症”相比较，“俄罗斯侨民文学远东分支的典型特征，就是其严峻的男性力量”[③]。与蒲宁在巴黎的失落灰暗甚至因为枉顾贵族生活的逝去所引发的忧郁症相比，在华俄侨作家的声音并非过度呻吟或者带着颤抖，甚至令人感觉达到了精神的坍塌，而是在困惑和迷惘中认真地寻找一个可以支撑自己心灵甚至灵魂的支点，这个支点在某种程度上可以称为“意志”。“意志”字眼及其内涵常在阿列克谢·阿恰伊尔的诗歌中出现，诗人通过《在世界各国漂泊》等诗歌传达出“渴望战胜尘世权力的意志”的理念，《台风》等作品的爱憎立场更为鲜明，“在他的诗歌中，失去祖国的忧伤，对难民悲剧命运的同情，是与对那些坚强、勇敢的人的歌颂结合在一起的”。[④] 在阿列克谢·阿恰伊尔笔下，那些愁眉苦脸且到处过着凄惨生活的俄侨“虽

① ［美］查尔斯·霍顿·库利：《人类本性与社会秩序》，包凡一、王源译，华夏出版社 1999 年版，第 67 页。

② ［德］古茨塔夫·勒内·豪克：《绝望与信心——论 20 世纪末的文学和艺术》，李永平译，中国社会科学出版社 1992 年版，第 58 页。

③ ［俄］弗·阿格诺索夫：《俄罗斯侨民文学史》，刘文飞、陈方译，人民文学出版社 2004 年版，第 66 页。

④ ［俄］弗·阿格诺索夫：《俄罗斯侨民文学史》，刘文飞、陈方译，人民文学出版社 2004 年版，第 79 页。

然屡受压迫匍匐在地，/但我们决不向命运低头。/正因为受到了国家驱逐，/我们带着俄罗斯四处奔走”。[①] 别列列申更是决绝，他“不为自己的心哭泣，/不为他人的苦哭泣，/不哭袒露在外的创伤，/甚至不哭失去的家乡，/世界的恶把它们摧毁，/再不为什么伤心流泪”。[②] 这几行诗句表面上给人感觉多么绝望甚至厌世，“但是，思乡和对自己孤独状态的意识，在诗人这里从未转变成厌世”[③]。当然，别列列申明显受到宗教意识影响，特别是一生中拥有三个不同的“家”，经历三种不同的语言环境和生活方式，这带来了思想形态的复杂性，不过“值得注意的是，尽管存在巨大的地理障碍，他还是设法保持了与俄罗斯身份的联系”[④]，作品中始终有一个核心形象即流亡者及其变化形态，而这些往往植入一个灵魂内核即失去祖国却精神不垮，这种命运体悟给予读者一种乐观向上的力量。就像阿列克谢·阿恰伊尔在《大海》一诗中所洋溢的乐观精神和充斥的哲理色彩，以及《雷雨过后》带来的精神力量：“七彩帆船涂满金光，抹着绯红，/‘亲爱的人儿，看：雷雨已停！……’//天空中鬃毛银白的马群奔驰——/又像战争结束浮现白色云旗……”[⑤] 这种力量是希望，是不弃，是锲而不舍的追求。费多尔·卡梅什纽克的《神圣的罗斯》全诗后半部分有这样一段文字：“你身上有北方无言的痛苦烙印，/有冻土带的苦寒、忧伤与沉寂，/寒冷月份开放的无数冰花，/春播季节的飞雪都是天赐赠礼。/冬天那么漫长！你默默祈

---

① 李延龄主编：《松花江晨曲》，谷羽译，北方文艺出版社、黑龙江教育出版社 2002 年版，第 20 页。

② ［俄］别列列申：《无所归依——别列列申诗选》，谷羽译，敦煌文艺出版社 2015 年版，第 12 页。

③ ［俄］弗·阿格诺索夫：《俄罗斯侨民文学史》，刘文飞、陈方译，人民文学出版社 2004 年版，第 72 页。

④ Rachel Wechsler, “A Case of Two Literary Identities in Harbin and Shanghai”, *Kedma*, Vol. 2, No. 3, Spring 2019, p. 86.

⑤ 李延龄主编：《松花江晨曲》，谷羽译，北方文艺出版社、黑龙江教育出版社 2002 年版，第 23 页。

祷，/相信春天，相信微笑的大地/必将被太阳的光芒普照，/紫罗兰的欢歌将四处洋溢。"[①] 诗的结尾是："一切都已了结！冬去春来！/阳光照耀曾经积雪的大地，/无边的原野焕发出笑容，/铃兰花唱起了欢快的歌曲。"[②] 当然，这种"力量"建立在思乡引发的忧郁和悲痛之情的基础上。

在很多时候，现实的压迫会导致作家心态的变形甚至扭曲，甚至变得无法辨认，不过在华俄侨作家在社会现实无形又巨大的压力下，虽然认知世界的态度和方式产生了一定变化，但是他们没有大规模地逃避或去寻找现实掩体。无论是阿列克谢·阿恰伊尔、别列列申还是巴依阔夫、黑多克，他们都在根的失落和人的离散中焦虑着，又在焦虑中追寻着，这种追寻又分明是一种归返的向往。

（二）固守语言与回望传统

在华俄侨与欧美俄侨作为同质性质民族的分散外迁，即使分散在世界各处，也总有一些无形的文化纽带将他们联系在一起，从二者的相互交流和关注能够看得出来。同有一个文化发源地，对于那片土地和文化传统的共同依恋，使得他们很难完全主动自觉地去拥抱和接纳另一种"异质"文化。对于俄罗斯人而言，这是一种"固执"。在鲍利斯·尤利斯基[③]的短篇小说《米隆·沙巴诺夫的结局》中，一批东正教旧教徒越境来到中国东北，聚居于一个村庄，坚持固有的生活习惯，十年后仍未有多少改变，只是选择性地接受一些生存必需的现代文明生活方式，其他方面则被视为多余的且要拒绝的东西。这种"固执"带着强烈的宗教仪式感。同时还要注意到，

---

① 李延龄主编：《松花江晨曲》，谷羽译，北方文艺出版社、黑龙江教育出版社 2002 年版，第 162—163 页。

② 李延龄主编：《松花江晨曲》，谷羽译，北方文艺出版社、黑龙江教育出版社 2002 年版，第 163 页。

③ 鲍利斯·尤利斯基，生于 1911 年，小说家。1921 年底随父母到哈尔滨，曾为哈尔滨报刊《俄罗斯言论》《边界》《我们的道路》《霞报》《亚洲之光》撰稿，还在哈尔滨的电台当过一段时间的记者。

作为心灵的依托，俄侨作家对母语的操持也成了他们进行精神还乡的重要手段。

俄罗斯人的这种“固执”表现在对俄罗斯语言的坚守。俄罗斯语言成为俄侨的心灵依托和进行精神还乡的重要手段，因此俄侨尤其是俄侨作家对母语的操持和维护成了自身的一项重要任务。

20 世纪 20 年代，上海俄侨曾撰文探讨过俄语问题，《上海霞报》的《请爱护俄罗斯青年》一文就谈了母语的重要性，并且认为这是唯一不可分割的财富，强调应当保持对俄罗斯语言的关注。19 世纪 20—30 年代，哈尔滨基督教青年会因同时教授俄语和英语而频频受到哈尔滨俄文报刊的抨击。其实教授英语并非没有道理，这是基于现实的考量，特别是在上海这样的大都市，要想充分参与此地的经济活动，就必须说英语或法语，语言掌握基础好的人有满足生存的工作可寻，上海的俄文报纸上到处都是提供语言教学的小广告。[1] 但是，一部分固执的俄侨也是从现实出发，是基于另外一种现实的考量。同时，他们对中国语言的疏离也是比较强烈的，以至少有人从语言上将自己完全中国化。俄侨在 1945 年开始纷纷离开中国，因为哈尔滨等城市已经与自身群体渐行渐远了，并且失去了“抱团取暖”的基本条件，此时的俄侨必须学习中文和接受同化，“但对同化的恐惧一直是哈尔滨俄罗斯人身份认同的重要组成部分”[2]。俄侨之所以如此强调母语之重要，第一是因为人们往往通过语言获得一个国度的文化属性，在中国的文化语境中强化俄语的母语地位，对于新生一代来说，俄语能够赋予他们理解世界和理解俄罗斯的基本框架，并会自然赋予他们俄罗斯化的人生态度和生命情感。第二，在华俄侨群体为了掌握自身的命运，一直努力去实现和维护民族文化的同一性，不过这种同一性

---

① Fraser Newham, “The White Russians of Shanghai”, *History Today*, Vol. 55, No. 12, December 2005, p. 23.

② Olga Bakich, “Emigré Identity: The Case of Harbin”, *South Atlantic Quarterly*, Vol. 99, No. 1, Winter 2000, p. 66.

在形成过程中是以不断削弱民族和宗教的整体性而强化语言和文化的地位来完成的，欧洲俄侨因地缘关系、文化习俗、宗教信仰的相似性而仅仅将同一性形成的范围拘束在俄罗斯族人和信奉东正教者这一基本圈子中，在华俄侨则不同，虽也有地缘关系，但文化习俗、宗教信仰等方面的巨大差异，使得他们无法继续欧洲俄侨的那种坚守方式，而是通过语言和文化进入俄罗斯“领地”。20 世纪 20 年代的数据显示，在华的俄侨共包含着前帝俄的 28 个民族，在这种情况下，语言就有了特殊的意义指向，是在华俄侨实现文化适应策略的重要手段之一。跨文化心理学家约翰·贝利（John W. Berry）将文化适应策略分为整合、同化、分离和边缘化四种，其中的整合是指既保留民族文化传统又接纳主流文化传统。大多数在华俄侨特别是作家层面的俄侨选择了这种适应策略，是在关注中国社会百态和国家动向的同时继续与自身种族文化保持深刻关联，在这一过程中语言特别是语言文化就发挥了重要的纽带作用。语言是“散居者”们维系情感和精神的共同纽带，文学则让这些纽带变得更加牢固甚至充满着一种弹性甚至韧性。在华俄侨作家的那些“漂泊者”之“言说”以及言说背后的诸多“漂泊”感喟，以及试图通过回忆或回望之方式而达到对美好未来的期许，即使此种未来带着几分虚幻色彩，这些举动都会促使我们做出一个基本判断：在华俄侨作家的心灵世界以及他们对待世界的态度，充分说明在很大程度上人类是在集体记忆和历史基础上建构身份的。

俄罗斯人的这种“固执”源自一种强大的文化传统和精神力量。回望 18 世纪，我们会看到俄国讽刺文学和反模仿性的斗争，看到他们对民族传统文化自信之努力，拒绝对西方盲目模仿之努力。从整体上看，与 18 世纪俄国所出现的“所有人都是西方主义者”的思想状态不同，19 世纪到 20 世纪初期，俄国思想家持续了这种对西方文化的批判态势，并使得“对西方文化的批判”成为俄国思想的一个重要论题。虽然这并不意味着俄国思想家普遍具有了民族主义思想倾向，不过到了19世纪，俄国知识界和文坛的主体性意识确实增强了。文学艺术家们面向俄国市民重新书写历史并想象帝俄不同于欧洲的伟大性，在文学艺术的生产、流通和消费机制重建的过程中日益彰显俄帝国之神奇、培育国民对帝俄的认同和文学自信，出现了所谓的“19世纪俄罗斯文学”。[①] 俄国文学之父普希金曾反对好友恰达耶夫的民族虚无主义，认为俄罗斯民族具有自己的历史意义和历史使命，并在1836年11月19日给恰达耶夫的一封长信中表达了相关观点。普希金作品中对于俄国历史道路和俄罗斯民族文化的肯定无疑影响了斯拉夫派。普希金等人用培养俄国读者认同帝俄的审美方式，去叙述俄国现实社会问题，也启发了知识者和普通民众。19世纪俄国文学的这种“自信”的一个表现便是对自身的书写和对读者自我审视习惯的培养。19世纪的俄国文豪们作为一批本时代的书写者，有着对于文学与时代的清醒认识，列夫·托尔斯泰认为“艺术家的目的不在于无可争辩地解决问题，而在于迫使人们在永无穷尽的、无限多样的形式中热爱生活”[②]，布留索夫则发出“绝不要落在时代的后面”的豪言壮语。别林斯基高度重视文艺与时代的关系并格外看重作家展示时代的责任意识，在作品中呈现了俄罗斯人特有的精神气韵。因此，“俄国文学写坚定与强韧并不总是豪言壮语而常常借助典型场景中的人们的眼神、动作和寥寥数语，便释放出一种‘现场味儿’。这是生命的原汁原味，最朴素却又最精纯，最真挚的情感与凝定的理性高度融合”。[③]

20世纪初期，西方世界虚无主义思潮的流行，加之俄侨的政治逃亡以及随之而来的身份“摇摆”和文化危机，重建精神尺度的问题更为急迫地摆在了俄侨知识者的面前。他们既关注着时代，又回望着传

① 林精华：《现代俄国自信始于何处：“19世纪俄罗斯文学”起源考》，《外国文学研究》2019年第5期。

② ［俄］列夫·托尔斯泰：《列夫·托尔斯泰论创作》，戴启篁译，漓江出版社1982年版，第4页。

③ 石英：《生命的吉光》，中国青年出版社2018年版，第160页。

统。俄国境外文学既有现实主义也有现代主义，在华俄侨作家亦是如此，作为20世纪特殊的俄苏文化产物，在华俄侨作家本能地继承了俄罗斯文化传统，与19世纪末20世纪初俄国“白银时代”文学相衔接和呼应，又因与故国的隔绝而不同程度地受到侨居国生活环境和文化氛围的影响。即使处于现代主义的俄国诗歌，也并未从整体脱离大的文学文化传统，“俄国现代主义是以对传统的决绝姿态出现的。从象征主义到未来主义，现代主义对传统的否定一浪高过一浪。然而，深入研究不难发现，一旦确立了自己的地位，现代主义各流派的代表诗人又都不约而同地、自觉不自觉地回归了传统，有勃洛克、阿赫玛托娃、马雅可夫斯基、赫列勃尼科夫的诗歌为证。这一耐人寻味的现象证明，真正脱离传统是不可能的，对传统只能在继承的基础上加以超越”。[①] 阿列克谢·阿恰伊尔等老一代俄侨作家是有国可思的，与之不同，带有回忆性的思念在尼古拉·谢果列夫那里则是一种奢侈，他的忧伤更在于无国可思，而这种忧伤显然是心向祖国的，其作品显然有着对于俄罗斯文化传统的深层依赖。另外，从俄侨在中国建立的文学组织及其活动以及作品的文学风格都能看得出他们对于俄罗斯文化传统的态度。与蒲宁、库普林等坚持俄国文学中的现实主义传统不同，在华俄侨作家更多继承了象征主义、未来主义和阿克梅主义等现代主义文学传统。特别是阿克梅主义对他们的影响更为明显，如阿列克谢·阿恰伊尔、别列列申、涅斯梅洛夫等人的创作，就是建立在阿克梅派的文学基础之上的，从哈尔滨成立的“阿克梅”文学小组的命名就看得出其文学倾向和路线选择。在华的俄侨文学小组的模仿性特征比较突出，作家们更多地仿制和移植了俄国文学机制，如哈尔滨的“诗人行会”文学小组便是对阿克梅派精神领袖古米廖夫[②]在俄国所建立的文学团体的模仿。上述行为都表明在华俄侨作家

---

① 郑体武：《俄国现代主义诗歌》，上海外语教育出版社2001年版，第4页。

② 古米廖夫（1886—1921），阿克梅派诗歌的创始人和重要代表。

依傍于文化传统的心态和渴望。作为知识者的作家本身就是十分敏感的，与普通俄侨相比，他们更加认同自身作为民族文化的传递者和继承者的身份和使命，“他们认为他们的首要任务就是在流亡中保存好他们积累下的精神文化、历史记忆和民族经验”①。

最后，我们要认识到俄侨作家在作品中所渗透出来的俄罗斯情感是以健康积极的基调而呈现的，并不是完全满腹牢骚、悲观绝望甚至是厌世沉沦的。对自己祖国的留恋作为大多数俄侨作家的主要情感基调，从出生那天起就已沉淀在精神世界，作为一种集体无意识而无法被任何其他东西取代。这些作家无论或主动或被迫流寓中国，无论怎样对祖国的现状和已有政权发出牢骚和抱怨，“俄罗斯祖国”永远是他们不变的信仰和灵魂之所在，对拒绝自己儿女的母亲的眷恋如“毒药般”令作家不能自控，作为重要主题贯穿于文学创作的始终。浓浓的俄罗斯民族文化情结还衍生出很多怀乡作品。当然，他们也有对苏维埃政权的不满和憎恨态度，就像一些俄侨作家因不满于中国一地的生活而显露过对中国人的敌意甚至是憎恨情绪，这在伊万·因诺肯季耶维奇·谢列布连尼科夫②的《我的回忆》中有所记叙。很显然，作家的认知态度总会千差万别。总体上，来华后久居与久居俄国后来华的作家在情感的积淀程度和萌发方式上存在很大差异，比如1933年在哈尔滨成立的“诗人行会”成员，诗作主题较少涉猎故乡，还不断抒发寻找归属感而不得的迷茫感，然而这只是集体意识的表层。俄侨作家对于文化俄罗斯的情感是一以贯之的，甚至转化为一种精神动力和思想源泉，成为一种集体得以生存的正能量。蒲宁作品《幽暗的林荫道》中的“幽暗狭窄的林荫道”意象就象征着俄罗斯，这种思念和眷

① Лечерица В. Ф. Духовная кульпщра русской эмиграции в Китае. Владивосток: ДВГУ, 1998.

② 伊万·因诺肯季耶维奇·谢列布连尼科夫（1882—1953），笔名为“老哈尔滨人”。曾担任过高尔察克政府和西伯利亚政府的部长，后随着溃败的白俄逃至哈尔滨。1920年秋在哈尔滨出版《西伯利亚学》。在天津时担任天津社会商业学校校长，并办有书店和赛连富印书馆，系天津俄罗斯民族协会的创始人，亦是该协会所办公报的编辑之一，最终病逝于此地。

恋弥漫着一种淡淡的忧伤，反而更加强化了这种思念和眷恋。在华俄侨作家也有蒲宁式的态度。

第二节　俄侨作家的中国情感指向

一　中国属于“温柔的继母”

从巴尔考、巴依阔夫、别列列申、黑多克、涅斯梅洛夫等作家的中国书写能够看出俄侨作家普遍存在的文化身份焦虑，这种焦虑深深打着俄侨群体的独特烙印。除了整体上的焦虑状态，我们还可以看到俄侨作家的中国书写所呈现的中国观感，其观感不是一成不变的，也不仅单向度地指向中国，存在较为复杂的形态。

（一）文化心态的复杂性

首先，如前所述，俄侨作家通过对中国特别是民俗方面的书写来展现自己的怀乡之情，通过比较方式来抒发自己的孤寂之感，中国书写为漂泊者的“怀乡病”疗伤。其实这是俄侨作家书写中国的被动状态，写中国实为写自己。

巴尔考的诗歌《几世纪前的故事》通过对中国木偶戏的观察将自己的主体情感投射在静态的客观事物上，爱憎之情自然流露。尼古拉·斯维特洛夫的《大街上》关注的是街上的一个生活小场景，一个街头民间艺人的举动，他能在观众面前快速地捏出军人、商人、美女、老头等神奇生动的小面人来，面人活灵活现。结尾这样写道：“面人在世上不会保存多久……/五分一个，两天饭钱混个饱，/很快就变干，扔进垃圾堆，/肢体破碎，被猪拱、被狗叼。//面人啊面人！与我们的经历/多么相似！人生实在糟糕！/只不过人付出的代价更高，/……”①

① 李延龄主编：《松花江晨曲》，谷羽译，北方文艺出版社、黑龙江教育出版社2002年版，第214页。

诗人大谈“遗弃”，对比自身境遇，面人正是诗人的象征。当然，对此诗的解读应该是角度开放的，譬如诗人还进一步思考着人类共同面临的悲剧命运。但是无论如何，这都是诗人经历特殊境遇之后的感慨，一种自我悲悯意识洋溢其中，眼前这一切都不断衬托出诗人的孤寂之情、漂泊之绪及其深刻性。

于是，一部分俄侨作家在书写中国民间贫穷凌乱的生活状态时就并不一定是真正出于同情中国人，而是将自己放在这些人的对立面来加以审视，有了自我伤怀，才需要借物传达。比如尼古拉·斯维特洛夫的《中国的新年》，在中国人发明的鼓、锣、鞭炮等用来过新年的器具的热闹声中，辞旧迎新的热闹景象呈现在读者面前。接下来描写鞭炮对中国人驱魔辟邪的作用，祈求神明保佑、祈祷平安如意是中国宗教信仰的真谛。然而，新年及其庆祝情形都是属于中国人的，中国民俗的展示既营造出热烈的气氛，也展现出诗人的孤独感：“中国人就是这样过年，/为的是一家平平安安，/还要祈求善良的神明，/保佑他们的买卖兴隆，/万事如意，心情欢快，/各种鬼祟不兴妖作怪。/生活充满美好的幻想，/就连走路都喜气洋洋，/人们说话像在俄罗斯，/见谁都说：‘新年新禧！’”[①]“中国人就是这样过年”和“他们”一词的使用造成了身份的区隔，“他们”与“我们”是不同的，“他们”的行为方式和俄罗斯是相似的，见面互相祝贺新年，但“他们”的情感性质和作者是不同的，字里行间透出弦外之音。

俄侨作家往往不断地在作品中苦苦寻找自己的俄罗斯人文化身份，这种寻找又伴随着各自多舛的命运经历以及相关感受，进而产生矛盾复杂的形态，这种寻找即使在一个作家的作品中也难免出现左右摇摆甚至难以琢磨的运动状态。涅斯梅洛夫于1931年创作了《关于俄罗斯》一诗，在诗的前边描写了在难免愁肠满怀中人们离开自己不幸的

① 李延龄主编：《松花江晨曲》，谷羽译，北方文艺出版社、黑龙江教育出版社2002年版，第208页。

祖国时的急迫心情与举动，在结尾时态度陡然一变，开始称赞起彼得时代俄罗斯的美酒，赞扬起自己的祖国："我欣赏着你，像运动员。/输了，也不当理由抱怨。/我以爱心重新思考的是：/彼得造船的酒令人惊叹。"[①] 涅斯梅洛夫的很多诗作都献给了日思夜想的祖国。1931年，他还出版了诗集《离开俄罗斯》，其中大量作品都是对祖国的怀念和对离开祖国后的反思，以及对祖国未来命运的忧虑与思考。

其次，俄侨作家的中国书写还表现为一种主动状态。在困惑与迷茫中，一些作家通过中国这一"他者"进一步强化自我的主体身份和确立自我的存在方式。在俄侨作家那里，遥远的中国东北文化和智慧已从"想象的地理和历史"中变得那样真实，是可以触摸得到的，"当晚霞时，从窗子望去，/一切线条，都那么清晰"[②]。尤其是"还有那些亲切的湖泊、湖泊！/我来这里舀取一点点安宁，/仿佛扑向母亲的胸脯似的，/我这不幸与耻辱的进贡者"[③]。于是，鲍利斯·贝塔[④]在《满洲的抑扬格》中才会这样描写：

不止一次我曾经考虑，
离开家门去荒僻之地，
住进那里的低矮平房，
房子的窗户窗格很密；
靠窗的火炕十分暖和，
窗上糊纸，不安玻璃。
用筷子吃炖好的猪肉，
喝的茶略微有些苦味，
坐着非常光滑的苇席。

① 李延龄主编：《哈尔滨，我的摇篮》，顾蕴璞、李海译，北方文艺出版社2002年版，第51页。

② 李延龄主编：《中国俄罗斯侨民诗歌赏析》，北方文艺出版社2015年版，第83页。

③ 李延龄主编：《中国俄罗斯侨民诗歌赏析》，北方文艺出版社2015年版，第294页。

④ 鲍利斯·贝塔，诗人。20世纪20年代来华，在哈尔滨、上海生活。

然后就抽烟，就画画，
就在绢上写写毛笔字——
我的生活将变得明朗，
明净开朗像这些字体。①

最后，还有一部分作家对于中国及其民俗物象的书写源自早已具有的对于东方神秘文化的向往和情结，加之日本侵华战争步伐的推进影响到了俄侨们正常的在华生活，从而形成一种特殊的中国观感。巴依阔夫是这个方面的典型代表。他的创作发端于早期对中国的神秘性的浓烈兴趣和潜意识上的情感冲动，这在一定程度上造成其观察书写对象和文学创作风格的相对稳定性。有的作家则在作品中超越了自己的民族情感和国家意识，借助中国民间元素表达对于整个人类的情感，通过文字寻找跨越种族、地域和文化的人类共性，弗拉吉米尔·斯拉鲍奇科夫的《琴弓》通过一把中国胡琴传递出人类的忧伤。

上述种种表明，在华俄侨作家的文化心态是复杂的，不能用一种声调去认定，更不能简单地认为当时俄侨作家对于中国和中国文化的感情就是非常亲密的，俄侨作品中的中国声调和中国声音主要是作家文化身份焦虑的具体表现，出于文化认同的困惑而拯救自我的一种手段与方式。俄侨作家对于中国的情感及相关书写都只是特殊时代特殊背景下的一种特殊表现，我们必须深入发掘潜藏在背后的复杂的生成因素和表现特征。

基于复杂的文化心态可以看出，俄侨作家对于中国的情感并非整齐划一，“感情深厚”只是一种局部的表象而已，中国最终仍是“人家的”，正如莉迪娅·哈茵德洛娃的《俄罗斯》一诗中所表达的：“我

① 李延龄主编：《松花江晨曲》，谷羽译，北方文艺出版社、黑龙江教育出版社 2002 年版，第 85 页。

将在人家中国土地上，/化作一阵不安的叹息。”① 塔玛拉·安德烈耶娃的诗歌题目甚至直接标为“中国的景色极其单调……”。于是，认为俄侨作家的诗歌中描写中国的一字一句都源自俄侨诗人对中国由衷的热爱，这样的判断显然过于武断，偏离实际，有太多一厢情愿的成分在其中。可以肯定的是，大多数俄侨作家对于中国的情感是“感激”大于“热爱”的。涅斯梅洛夫的《日落时分》一诗最能说明问题：

仿佛往事和我们重遇，
黄昏此刻我们在何处？
莫非重又在额尔齐斯河、卡马河，
此刻重又在亲爱的祖国？
莫非这浩浩荡荡的大江，
是壮士歌中的沃尔霍夫河、古老的奥卡河？

异国的美景：山河、草原啊，
我们永远离不开祖国，
不管你们怎样盘旋、闪耀，
我们总会想起祖国！

但你们多辽阔、宁静、舒适！
让我们栖留，对你们感激。②

（二）民族性格的矛盾性

俄侨作家的中国书写所呈现的中国观感的复杂性特点体现出俄罗

---

① 李延龄主编：《松花江畔紫丁香》，李延龄、乌兰汗译，北方文艺出版社 2002 年版，第 54 页。

② 李延龄：《哈尔滨，我的摇篮》，顾蕴璞、李海译，北方文艺出版社 2002 年版，第 40—41 页。

斯民族的基本性格。在俄罗斯欧亚主义观的核心思想家 П. Н. 萨维茨基看来，俄罗斯历史同一性的基础是它的中间性，它是一个独立的精神历史的地缘政治的特殊现实——“欧亚结合体”。于是，俄罗斯的欧亚实质常常被理解为一种物质的西方与精神的东方的历史对话，物质西方追求向自然的不断扩张，精神东方保持与大自然美妙和谐的回忆。东西方文化两种不同潮流在俄罗斯地缘政治的精神空间的碰撞，决定了俄罗斯精神内核的本质。① 可见，俄罗斯在东西方两股力量的碰撞作用中成了两个世界的结合体，并且在精神世界中时刻存在着东西方两种因素的相互角力，结果是“俄罗斯文化发展既受到东方文化的影响，又受西方文化的熏陶，使俄罗斯文化的深层结构具有既非东方又非西方，既是东方又是西方的独特的二元性”②。尤其是位于欧洲的尴尬位置，造成该民族的内心存在着一种强烈的需求认可的意识。这种意识反映在俄国文学作品中，我们往往可以感受到一种辽阔苍凉、厚重悲怆的情绪。俄罗斯民族性格中亦潜藏着二律背反性，心灵的自由与奴性、漂泊不定与墨守成规深刻地统一于这个民族的天性和潜意识之中。这种生活和精神中的矛盾自然会反映在俄国文学和哲学思想上，或者说俄国文学家与思想家的作品中会经常折射出这种状态。俄侨作家作为最为敏感的一部分俄罗斯人，在古老的东方国度中处于寓居境地，命运苦难与文化背景能够让他们在中国这块土地上找到似曾相识的感觉，甚至可以“落地生根”，同时民族性格中那种天然的二律背反性又使得他们在一个“心广体胖、随遇而安”的落差时段出现之后，又会悠然升腾起作为一个“漂泊和求索者”或“精神云游者”的孤独与伤感来，或者“他对任何暂时的、相对的和有条件的东西都感到不满”③，在力的相互作用中，使一个陷于国度与个体境遇的双重

① Замятина Н. Ю. Зонаосвоения（фронтир）и еeобраз в американской и русскойкультурах // Общест-венныенауки и современность，1998，№5.

② 朱达秋、周力：《俄罗斯文化论》，重庆出版社 2004 年版，第 21 页。

③ ［俄］Вл. 索洛维约夫等：《俄罗斯思想》，贾泽林、李树柏译，浙江人民出版社 2000 年版，第 271 页。

压力下的俄罗斯群落在中国的土地上显现出一种无处安放的焦虑感。东西方文化的双重性所造成的一种撕裂感，本就存在于文化传统和精神气质之中，当离开国土又进一步造成一种阵痛甚至是刻骨铭心的疼痛感，于是俄侨作家清晰地感受到了自我身份确认的重要性。东方文化所带来的心灵安慰，并不能彻底涤清内心的尘埃，这也说明俄罗斯人终究是俄罗斯人。当然，相较于欧美的俄侨作家，在华俄侨作家在文化上的自我身份确认始终没有达到欧美俄侨的艰难性，这是地缘关系在一定程度上发挥的作用，也充分证明了在华俄侨作家的中国书写行为所带来的作家群体心理压迫感的降低，这里面既有“战时”环境下的心理应急反应，也有从内心深处所生发出的亲近之感，还有其他若即若离的多种想象存在着。

可能俄罗斯人的性格生来如此，在吸收其他文化精髓的同时还能够保持住俄罗斯人的本性。别列列申的表现有力证明了俄罗斯人的本质。别列列申自称中国是他的第二故乡、第二祖国，但这毕竟是“第二”，在《怀乡病》一诗中明确地传达了他的真实感受：“我不能把心分成分、成片，/俄国、俄国，我金子般的祖国。/我博大的心爱宇宙一切国家，/但，惟独对你的爱超过对中国。”[①] 中国最终不过是他“温柔的继母”：“我长在温柔继母身边，黄颜色之国。/黄皮肤，矮身材的人们成了我的兄弟。/这里独一无二的童话令我幻想，/夏夜的星星也对我奇异地闪烁。”[②] 别列列申又庄严地宣告：“我是彻头彻尾的俄罗斯人，/迷路的英雄阿耳戈”[③]，或者作为一个“迷途的勇士”而存在着。对继母、兄弟的亲切感都不能不说是一种爱的境界，然而别列列申等人的“中国之爱”毕竟没有达到那种爱之深、恋之切的程

① 李延龄主编：《松花江晨曲》，谷羽译，北方文艺出版社、黑龙江教育出版社 2002 年版，第 92 页。

② 李延龄主编：《松花江晨曲》，谷羽译，北方文艺出版社、黑龙江教育出版社 2002 年版，第 92 页。

③ ［俄］叶莲娜·塔斯金娜：《哈尔滨：鲜为人知的故事》，吉宇嘉译，哈尔滨出版社 2018 年版，第 215 页。

度，毕竟他们的根脉在俄罗斯。于是，会有尼古拉·谢果列夫在《思绪纷纭》中的深情表露：“我高兴：/我身上的血液——/俄罗斯民族的血液，/竟然光彩闪耀那么新鲜！”① 这种情感表达与中亚华侨作家群所创作的华裔东干文学作品中所显露的中国情感有着很大程度的不同。中亚的东干族源于清朝末年移民中亚的中国西北回族，目前主要居住于吉尔吉斯斯坦、哈萨克斯坦、乌兹别克斯坦，“中亚东干人百余年来坚持以中国西北方言作为民族语言，并且创制了拼写独特的东干文字。……中亚东干文学是东干文化的重要表现形式，中亚东干文学由民间文学和书面文学两部分组成”②，经典作家有亚瑟儿·十娃子和阿尔里·阿尔布都，二人并称为中亚东干文学史上的“双子星座”。与俄侨作家一样，他们也表达对于中国的情感，比如亚瑟儿·十娃子的《给妈妈的信》一诗也将中国视为母亲，其亲切的口吻以及思念之情是血浓于水的，是没有隔阂的，因此诗人的情感释放也是充分和彻底的，这种感情也表现在其他东干族作家的创作里。

俄侨作家、文艺理论家、历史学家罗曼·鲍里索维奇·古里③在回忆录《我带走了俄罗斯》中写道：“俄罗斯一直同我们生活在一起，生活在我们身上——在我们的血液里，在我们的心理中，在我们的内心结构中，在我们对世界的看法中。无论我们是否愿意，似乎在无意识之中，我们的工作和写作全部都是为了它，为了俄罗斯……甚至在一个作家公开否认这一点的时候，他也仍然是在为她而写作。”④ 这段话表达出流亡者对于祖国的深切情感，祖国在他们心中是神圣而不可侵犯的。要注意这里的“俄罗斯”概念的纵深性和历史文化内涵，只

① 李延龄主编：《松花江晨曲》，谷羽译，北方文艺出版社、黑龙江教育出版社2002年版，第279页。

② 杨建军：《论中亚华裔东干文学与中国俄裔侨民文学》，《浙江工商大学学报》2014年第6期。

③ 罗曼·鲍里索维奇·古里（1896—1986），曾参加白军，1918年底被驱逐出境，流亡于德、法、美等地，1966年起任美国纽约《新杂志》主编。

④ Роман Борисович Гуль. Я унес Россию // Новый журнал. Нью-йорк，1979，№1.

有认识到这一点才能深入体会到俄侨作家的真切感受，理解他们明确的立场和站位。维列杰尼科夫认为："俄罗斯文化特点是高度爱国精神，相信俄罗斯的未来。"① 用他们自己人的话说："我们是俄罗斯人，上帝与我们同在！"② 也正是相信未来和抱有一份深沉的俄罗斯情感，当1945年8月苏联红军进入中国东北后，才会有很多俄侨特别是年轻人对返回苏联产生强烈向往，"他们坚定地渴望回到祖国去"③。不仅是相信未来，知识者们对俄罗斯未来发展道路的思考不曾止歇，尤其面对20世纪初期俄国国内的各种社会矛盾和革命化态势，"一些知识分子虽然被迫流亡国外，但仍然执著于俄罗斯未来命运的探索"。④ 作家参与了这种探索，因文学化的想象而产生了一种更为独特的思考意识。

二 中国成为"远方的桥"

前面我们曾经做出过一个判断，即大多数俄侨作家对于中国的情感是"感激"大于"热爱"的。由此必须看到，在华俄侨作家的主观投入和客观呈现二者相游离的意识态度问题。所谓主观投入即在心理上与中国表现出一种情感联系，客观游离是文学作品反映出的语调的深沉与严肃，少戏谑，重呈现，在同一首诗中所出现的中国与俄罗斯意象则往往是一个俄罗斯憧憬者（或者失落者抑或弃儿）与中国观察者二者的矛盾统一体。部分作家至少在某段时间将自己认同为文化上的中国人和现实中的中国人，虽然总会不可避免地生出"远"与"近"的无意识上的心理区隔和精神距离，当然在一些作家那里会鲜明地表现出一种

---

① Веретенников Н. Я. Российская ментальность и современность. Саратов，2000. С. 20.

② ［俄］A. H. 克尼亚杰夫：《我们的学生时代》，载李延龄主编《中国，我爱你》，李蔷薇、荣洁、唐逸红译，北方文艺出版社2002年版，第349—350页。

③ Лариса Кравченко. Харбин изначальный. Новосибирск：Новосибирское книжное издательство，1991. С. 386.

④ 杨勇：《俄国"白银时代"俄侨知识分子的地缘政治思想》，《俄罗斯中亚东欧研究》2008年第3期。

“倔强”性格，这需要针对具体问题做出具体分析。至少说明，在俄罗斯影像挥之不去的同时，中国现实就在眼前，这显然是不能回避的。

（一）适应中国与心理安全感的找寻

俄侨作家们对自身境遇的感喟是需要对所居住国的眼前事物来充当现实表达元素的，我们不会看到那种完全处于一种封闭状态的自足型的文化形态和文学文本。经由俄国十月革命和国内战争而流亡到哈尔滨、上海的俄侨们深深懂得，要想使俄侨社区在中国复杂的社会环境中处于良好的存续状态，就必须研究中国人民，要学会和他们更好地相处与沟通，学会适应中国。经历了艰难岁月的俄侨作家们，执起笔杆时所反映的绝不仅是对于所居住国的疏离感，有时还恰恰相反。特别是在物理空间流动轨迹中遇到的哈尔滨、上海、天津等城市，其天然的开放性为作家们敞开心扉接纳所居住国的现实镜像创造了基本情感条件。当时的哈尔滨本身就是一座移民化城市，上海更加国际化。俄侨的这种“自愿性”并不与忠贞于俄罗斯之势相冲突和矛盾，至少在一部分俄侨作家的文本中我们充分感受到了那种情感的火爆和真诚，它们代表的是被驱逐与被尊重二者的巨大时代反差所带来的物质上的满足感和心理上的归属感。时过境迁，再次审视这段历史，我们不能怀疑那些字里行间所渗透出来的对“中国兄弟”的感谢之意。

俄罗斯著名文学评论家叶列娜·塔斯金娜在其著作中所使用的“远方的桥”这一词汇，恰切地说明了中国在俄侨日常生活中的重要作用。她写道：“可是，我们仍然希望，在两国人民之间架起的这座已被淡忘的远方的桥的主题能得到充分的肯定，并能得到专家们的充分研究。不仅仅是俄国专家的研究。因为世界上所有的桥，不论是现实中存在的桥，还是作为一种形象杜撰出来的桥，按照逻辑，它的运动都应该是双向的。”① 作为中介的桥梁，其能够被架设的现实基柱是

① ［俄］叶列娜·塔斯金娜：《远方的桥》，载李延龄主编《中国，我爱你》，李蔷薇、荣洁、唐逸红译，北方文艺出版社 2002 年版，第 158—168 页。

在中国，中国桥的一端对于他们来说是在远方的，同时又是在身边的，那些有关“中国新年”“中国风景”的吟诵之声，是历历在目、真实可感的。巴依阔夫的小说《大王》等作品进一步印证了“中国桥”存在的必要性。巴依阔夫一类的俄侨作家在中国的长期经历促使他们的精神世界不断加速“中国化”，随着生活时间的增长，以中国为写作灵感、为书写对象在这些作家的意识中显得越发重要。

于是，在颠沛流离的生活中，为了获得心灵的安宁，一部分俄侨作家幻想脱胎换骨，主动地部分融入或者完全融入中国社会之中。在失去国度甚至失去信仰的同时，他们意识到有必要找到一套新的价值观念去寻求新的精神寄托，安慰精神苦闷，依照它建构起一种有积极意义的生活。在新的文化环境中，俄侨作家需要从心理层面获取深层的认同来弥补现实生活中归属的缺失，以加强心理安全感。中国文化本身博大精深，尤其是民间传统文化具有的吸引力和开放性推动一些俄侨作家主动拉近了与中国的亲近感，不管这种亲近感是流于自然还是矫揉造作，都将是无法切割出去的。

（二）文化认同与族群生存的需要

文化认同方面，别列列申属于典型代表。别列列申深受中国文化的熏陶，对中国生活方式、价值观念的认可和接受是比较强烈的。在《中国》一诗中，“中国”之于诗人而言已成为“被遗弃的孩子”的精神寄托与心灵归宿：“这个奇异的又喧闹的天堂，/好似久游之后回归的家舍，/经过了这么一些居住生活，/我已经了解你了，我的中国。”[①] 从俄侨诗歌中，我们还能够看出他们对于中国文化传统的认同态度。佛禅的感召心灵、宠辱不惊之力和道家的超然物外、无为不争的生存智慧显然已成为俄侨作家群体面对纷乱的现实生活的心灵补偿之所、慰藉之地，助以摆脱世俗的枷锁，无困于物欲之中。佛教和道

① 李延龄主编：《松花江晨曲》，谷羽译，北方文艺出版社、黑龙江教育出版社2002年版，第91页。

教的教义应和了一部分作家解决自身文化身份困惑的深层目的，作家们从中获取创作灵感，从而成就了文本深刻的思想内涵。

俄侨作家通过对中国文化的不断了解进而走向认同，一方面在于，“俄罗斯文化的特征之一是欢迎无论在哪里出现的伟大的东西，并把它接纳入自己的精神机体中来”①。在文学批评家眼里，“别列列申的诗歌体现了俄国文化最本质的特征之一：对世界所有文化的开放性，以固有方式对世界文化的掌握和吸收”。② 俄罗斯文化本身是具有开放性的，这与中国文化的开放性特点高度契合。一方面，我们还要看到俄侨作为一个特殊群体而展现出来的特殊属性。当俄侨以群体面貌出现时，在一定条件下，他们的情感和思想会在同一个方向上形成同一种相似的心理倾向。比如在一些国家大事件的影响下，成千上万的人会在心理上产生聚集的趋向性，从而获得这个群体较为明显的普遍特征。俄侨群体在远离国土之后，由于支配这一群体的外在刺激因素的性质已经改变，他们首先会保持种族固有的基本特征，这是一般情感的不变来源，同时俄侨作家因为宗派、等级或阶层组成等方面的接近以及境遇的相似性，会在心理上呈现出一些新的具体特征。一般来看，“在群体的心理特征中，有一些可能与孤立的个人没有什么不同，而有一些则完全为群体所特有，因此只能在群体中看到”。③ 在俄侨尤其是俄侨作家那里，我们当然可以经由一些个体看到群体特点，比如他们的中国观和中国情感，不过我们更想强调他们作为一个群体所显现的独特之处和特殊意义。将俄侨作家作为一个群体来看待并加以详尽分析和考察，我们会在他们的俄罗斯种族体系中剥离出一些“异质”成分，这些所谓的“异质”成分恰恰构成了他们作为一个群体的特殊存在价值的重要部件。叶列娜·塔斯金娜说过这样

① Гудзенко А. Русский менталитет. Москва：Изд. Аиф Принт，2003. С. 16.

② ［俄］叶列娜·塔斯金娜：《远方的桥》，载李延龄主编《中国，我爱你》，李蔷薇、荣洁、唐逸红译，北方文艺出版社 2002 年版，第 158—168 页。

③ ［法］古斯塔夫·勒庞：《乌合之众：大众心理研究》，冯克利译，中央编译出版社 2004 年版，第 14 页。

一段话："半个世纪以来，俄国远东侨民与中国人和定居此地的东方其他民族的接触，不能不在他们的一些科学文化活动中得到反映。"①

文化认同与个体偏好相关，亦是族群生存的基本需要。现实生存是相当残酷的。在这里，我们可以举出俄侨教育的例子。在华俄侨非常重视俄式教育。当时，上海的中文报纸《新闻报》② 对俄侨的大量报道显示出明显的负面倾向，如《摸窃日人金表之俄妇查获》（1922年6月16日）、《俄妇偷窃三百余家押五年》（1928年5月5日）、《俄窃贼两窃某洋行》（1933年9月20日）、《无业俄侨　偷窃公墓花瓶》（1935年11月5日）、《俄籍积窃　三名落网》（1940年6月30日）、《俄窃闻判嫌重　当庭操刀自割　左臂受伤流血不止》（1946年5月25日）等文，这些持续报道含有猎奇成分，也说明了当时很多俄侨的生存和教育已成为一个社会问题。不过，从目前的研究结果来看，人们认为"俄国人一向注重教育，他们的文化教育普及率相对较高，即便是在哈尔滨亦是如此，因而大部分俄侨都具有较高的文化素质"。③ 叶列娜·塔斯金娜强调："在那个年代，学校开设的文学课和历史课对一个人个性的形成起到了非常重要的作用。这些课让学生了解到祖国文化、历史的博大精深，让学生深刻了解到自己人民的历史和文化。……教音乐课的老师，在培养学生的审美情趣时，也注重培养学生的爱国主义情操和道德情操。"④ 很多俄侨没有考虑将中国东北作为永久居住地，而是将此视为一个"露营地"，因此"'暂时停止'的感觉是大多数孩子接受俄罗斯教育的原因"⑤，于是"满洲俄国学校以自

① ［俄］叶列娜·塔斯金娜：《远方的桥》，载李延龄主编《中国，我爱你》，李蔷薇、荣洁、唐逸红译，北方文艺出版社2002年版，第158—168页。

② 1893年2月17日创刊，1949年5月停刊改组，由《新闻日报》继承，至1960年5月31日停刊。与《申报》《时报》《时事新报》并称为上海四大报纸，"重经济而轻政治"是其主要办报特色。

③ 石方、刘爽、高凌：《哈尔滨俄侨史》，黑龙江人民出版社2011年版，第198页。

④ ［俄］叶列娜·塔斯金娜：《老师》，载李延龄主编《中国，我爱你》，李蔷薇、荣洁、唐逸红译，北方文艺出版社2002年版，第327—337页。

⑤ Olga Bakich, "Emigré Identity: The Case of Harbin", *South Atlantic Quarterly*, Vol. 99, No. 1, Winter 2000, p. 54.

己的方式成功地完成了隐藏民族因素和强调爱国主义两大任务”①。固有节奏暂停了，生活还要继续，他们需要在一个重新创造的“俄式世界”中成长，在这个过程中如何实现与所居住国文化的有效对接，这是俄侨学校教育必须要完成的一大任务。

俄侨作家通过东西文化的互补性给身处文化身份认同困境之中的自身带来了生存的希望，也为自身的创作带来了丰富的题材。学者李萌在论述涅斯梅洛夫小说时这样认为：“在涅斯梅洛夫的冒险题材作品中，与他那些以逃亡中国的亲身经历为基础写成、因而不难使读者信服的小说相对照，他基于想象对苏联‘现实’的描写，显得非常苍白。”②“他的苏联题材小说，以及那些以政治宣传为目的的国内战争小说，构成他众多短篇小说中最薄弱的一环。”③这自是由于政治原因，也是由于不熟悉苏联国内情况。作家艺术成就和独特风格的达成所倚靠的是自身逃亡经历的传奇性和对中国风物的感知程度。中国元素与俄侨文学熔于一炉是生存的需要，也是必然的选择，其实二者本身在最初时刻就不是游离的，这也是决定“在华俄侨文学”独特性的一个本质性因素。

最后特别强调一下，对在华俄侨作家的文化心态以及作品所体现的中国观和中国情感等相关问题的思考，不是脱离历史语境而进行的一种印章加盖或光环冲印行为，这是一种研究，也是一种反思和借鉴，而非吹捧和夸张。在华俄侨作家的中国书写，丰富了中国想象，拓展了中国形象的建构空间。准确把握在华俄侨作家的文化心态是我们进一步认知在华俄侨中国书写的基础环节，在此基础上我们才会进入有关中国书写的具体实践环节。

---

① Казанин М. И. Записки секретаря миссии. Москва：Изд-во восточной литературы，1962. С. 145.

② 李萌：《缺失的一环：在华俄国侨民文学》，北京大学出版社 2007 年版，第 195 页。

③ 李萌：《缺失的一环：在华俄国侨民文学》，北京大学出版社 2007 年版，第 195 页。

第三章　在华俄侨作家的中国自然与民俗书写

在华俄侨作家的中国书写具体表现在他们从不同的感受角度记录下独特的中国景观和中国物事，特别是其中的自然风物与民俗风貌具有明显的中国格调和中国气质。这些中国自然与民俗元素不仅成为俄侨作家实现心理补偿与寄托的文学要素，也从时代和社会层面映射着整个群体的想象力、情感深度和生命气蕴以及该群体所代表的特殊的民族文化心理，展现了俄侨作家在精神裂变和主体超越背后所生成的独特的文化意识。俄侨作家群体中，“更有作家的创作几乎完全都是以中国东北及少数民族地区的中国民俗的记录和阐释为其创作的内容和主题”①，这对于我国的民俗学研究尤其是民国时期东北地区的民风习俗研究具有一定参考价值。这种创作还可以在自然风情和民俗生活的多样描述中逐步带领我们进入社会文化解析层面，发现位于复杂的社会政治经济结构和文化发展环境下的侨民心理特质以及文化交流的特性和内涵。

---

① 王亚民：《20世纪中国俄罗斯侨民文学研究》，博士学位论文，兰州大学，2007年，第143页。

第一节　俄侨作家笔下的中国自然与民俗风貌

一　中国自然与民俗风貌的总体呈现

俄侨作家笔下的中国自然风物与民俗风貌涉及中国的自然生态、城市民俗、建筑民俗、语言民俗、宗教民俗、民间艺术、民间传说等多个方面，“东方的现实、素材、风景，万千次地进入了中国俄罗斯诗人的诗歌里。满洲的山冈、黄颜色的松花江、面孔、风光、街景、中国的小花饰、音乐、节日、和尚念经、台风、龙、庙宇、黄包车、道教神仙，这一切都第一次大量地、五彩斑斓地、生气勃勃地反映到俄罗斯诗歌的内容中去了。每个诗人都描绘了‘第二祖国’那最珍贵的一角”[①]。展现在多种文体上，我们会充分看到：巴依阔夫、黑多克、涅斯梅洛夫小说中的民间风俗描绘，别列列申等人纷纷将中国民俗作为诗歌创作的重要主题，伏谢沃洛德·伊万诺夫[②]随笔中揭示了民俗风貌的写作倾向，等等。

（一）中国自然风物

俄侨作品中的中国自然风物有松花江、山丘、动植物等，尤其巴依阔夫的小说，“大部分是纯净的自然之色，以东北密林风光和生活在密林中的人及动植物为主要描摹对象”[③]，其中的《大王》被视为一部杰出的生态文学作品。巴依阔夫用丰富而细腻的笔墨，见证了中国东北原始森林的壮美，民风习俗的淳厚，自然与民俗在作家那里既是文学美感的提升元素，亦属于作家深入思考人与自然

---

① 李延龄：《李延龄文集》，北方文艺出版社2008年版，第90页。

② 伏谢沃洛德·伊万诺夫（1888—1971），作家、编辑。1922年10月经由朝鲜到哈尔滨，长期在哈尔滨、天津、上海生活，20世纪20年代中期曾在山东为军阀张宗昌的部队当过军事顾问。第二次世界大战中曾在上海为“苏联之声”电台工作。1945年返苏。在华期间创作的诗歌作品关注中国的民风民俗，特别是注重表现平民阶层的生活，情感色彩鲜明。

③ 刘晓丽：《异态时空中的精神世界——伪满洲国文学研究》，华东师范大学出版社2008年版，第184页。

关系的文化基础和佐证材料。黑多克的小说对中国东北幽深茂密、宁静平和的原始森林的美妙自然风光也做了充分扫描，并发出由衷赞叹。

俄侨作家的中国自然风物书写呈现如下特征。

1. 壮阔性

小说家们对自然风物有一种敏锐而独特的感知能力，有一种不被拘束的发自内心的自然观感，对充满浓郁地域色彩的美丽自然景色展开全面描摹，在静谧中渗透着所居住国人情风俗的朴实之色，在壮丽中流露着自身对异国他乡的深沉情怀。

巴依阔夫笔下的自然时而庄严肃穆，时而惊恐万状。纪实散文集《在篝火旁》里，雪松、落叶松与岩石峭壁相结合所构成的奇特图景，是雄伟和壮丽的。小说《牝虎》以苍凉的笔致展现了中国东北密林深处壮美而迷人的景致，特别是在写到冬天过去后春天到来之时，万物复苏之态达到声情并茂。黑多克的《阿列克赛·别里斯基的幽灵》中的自然景色给人一种强烈的感觉冲击，比如：

> 临近傍晚的时候，原始森林上空下起了一场倾盆大雨。这场暴雨来势凶猛，一眨眼工夫白蒙蒙的雨帘裹住了周围的群山。随着暴雨的来临，日光渐渐消失，暮霭在隆隆的雷声中像一顶黑色的帽子盖住了一切。①

俄侨作家以“他者”身份存在进入文学创作状态，所书写的中国自然风物是脱掉文化负重或者去掉其他束缚之后的产物，提供了比较独特的观察视角，在壮阔性之外还会融入一些有意味的思考，就像别列列申的《游山海关》：“登上长城的‘天下第一关’，/看雾气蒙蒙的雄伟群

① 李延龄主编：《兴安岭奏鸣曲》，冯玉律等译，北方文艺出版社、黑龙江教育出版社2002年版，第338页。

山，/看山脚下沉寂的城市与荒村，/视野开阔，直望到天边。”①

2. 神秘性

主要体现在描述中国东北原始森林自然景色的作品中。壮阔的自然风景中自然会渗透出某种神秘性，本身原始森林就有太多不可知的成分，在生活视野中反复出现的各类自然景象在作家丰富的文学想象中便有了一种神秘感。在《牝虎》中，行进途中人们遥望老爷岭山脉壮观景色，对于此情此景，小说中说，连久居密林中的人也凝立于山巅之上看得入神了。这种入神，既是壮美使然，又是神秘性引发人的联想和好奇使然。巴依阔夫对中国东北自然风土的神秘书写为我们提供了一种审视和理解“满洲”的独特话语，小说《大王》曾被菊池宽评价为是保存了“满洲”风土的特异小说，其实这种特异就包含着神秘性，变幻莫测的自然书写为东方原始森林蒙上了奇异色彩，使之具有了生命和灵魂，于是这类小说便不止于神秘性，还有了深入的追问和深刻之思考。

类似的思考还有善于创作幻想题材作品的小说家瓦西里·罗基诺夫。小说《满洲森林里的“鲁滨逊”们》开篇是这样的：“这条小道是人们踩出来的，很窄，但踩得很平，几乎成了黑色的。它为谁所用？什么人在小道上行走？大概只有掌管满洲群山的山神才知道。你听，在原始森林低沉的呼啸中，在林中野兽的吼叫中，在一簇簇映山红温柔的欢笑中，在挺拔的高粱地里，到处都听得到山神的重重的呼吸。”② 结尾是：“窗外零下四十度的极地严寒依然劈啪震响，冰雪覆盖的神秘莫测的满洲原始森林正蔓延着谜一般的梦幻，它把野兽的轻盈灵巧的身影隐藏在红松林的深处，把植物的强大生命力隐藏在坚硬的土地里，把奔腾流淌的河流溪水隐藏在冰雪下面——而这一切，有

① ［俄］别列列申：《无所归依——别列列申诗选》，谷羽译，敦煌文艺出版社 2015 年版，第 56 页。

② 李延龄主编：《兴安岭奏鸣曲》，冯玉律等译，北方文艺出版社、黑龙江教育出版社 2002 年版，第 539—540 页。

一个伟大的名字：生活。”[①] 在神秘的森林物象和场景之后则是“生活”字眼所表达的忧郁的气息。俄侨作家的部分作品是为了满足外部读者的好奇心和猎奇心理，还有部分作品则是遵循着文学创作的正常规律而在神秘气氛的建构中营造文学本身应该具有的艺术张力。

这种“秘话”文本，既给人一种强烈的视觉冲击，也感性地记录了特定时代所具有的原始风貌，为人们了解逝去的中国东北自然环境的原始形态提供了重要的文学蓝本，这种文本是民国时期中国作家所无法提供的。

3. 丰富性

在作品中，无论是天空、雾色、山巅、城墙，还是大江、大河、森林、鸟兽，都直接映入读者的眼帘。大自然是多彩的，《牝虎》中有树木、有河谷、有黄昏、有星月、有原野、有白雪。大自然里又有野生动物的身影，《大王》通过拟人手法细致描述了25种植物的原始形态和36种动物的生活习性，借此展开对散居密林间的生灵与人性的多重思考：有对勇敢的称颂，有对善良的赞扬，有对恶者的感喟……背后的情感也是多样的，有直接作为中介传达俄罗斯情感，有对自然风物的单纯好恶，有通过对外在风物的品味而深入自我的精神与灵魂世界，静听自身心雨的滴答声，还有的透露出一种对于眼前事物的陌生之感，更有像别列列申那样的执着者：“我爱这些墙垣的五光十色，/还有这些院落、松树、花朵儿。”[②] 这说明地域环境对一个敏感的作家具有潜在的暗示性。

这种丰富性有助于作家充分发挥文学意象的隐喻象征功能。黑多克的《满洲公主》中有这样一段话：

---

① 李延龄主编：《兴安岭奏鸣曲》，冯玉律等译，北方文艺出版社、黑龙江教育出版社2002年版，第549页。

② 李延龄主编：《松花江晨曲》，谷羽译，北方文艺出版社、黑龙江教育出版社2002年版，第91页。

> 太阳早就落山了，我面前的沼泽地里升腾起一股雾霭。天迅速黑下来……山沟里的麻鸦叫了……接着别的鸟也叫了……草丛里发出窸窸窣窣的声响……夜间的种种声音渐渐响起来。沼泽地里奇妙的夜生活开始了：蛇在悄无声息地靠近蛤蟆，老虎在芦苇丛里偷偷逼近麝，一场无声的争斗正在进行，就像人间一样。
>
> 在这一切的上空我觉得好像有两个幽灵——除了彼此需要之外一无所求的一个男人和一个女人……①

在这里，环境描写发挥了渲染气氛的重要作用，衬托出人物的心理活动，使人物内在精神世界与外部客观环境相叠加。因此，自然风光的书写就绝不仅是自然风光了，富有了隐喻和象征的深刻含义。特别是在诗歌作品中出现的松花江、兴安岭、大海、樱桃花儿等自然意象，它们所承载的意境和蕴含的意义，有唤醒书写者记忆和想象的功能，也寄寓着诗人无限的人生感慨。当作家们立体地欣赏自然，并调动自身的视觉、听觉、触觉和味觉等多种器官去面对自己的生活环境时，不只是要勾勒事物的轮廓，还要用心发现事物的结构和质感以及变化形态，传达出作为一个侨居者之于周围环境的依赖感或者隔膜感，还有那颗积蒙尘垢的心灵的敏感与细腻、坚韧或自卑。这些耐人寻味的意象在俄侨作品中具有不可替代性。

（二）中国民俗风貌

从俄侨作家的作品中我们还可以领略到中国之人情世态：节日、音乐、乡村弄里的百姓生活、中国的宗教寺庙和神仙，等等。

诗人们对描写中国节日尤其是中国新年情有独钟，如尼古拉·斯维特洛夫的《中国的新年》、巴尔考的《阴历新年》等作品。《阴历新年》渲染了中国人欢度春节的热烈气氛，朴素而鲜活：“蓝色的盘子

---

① 李延龄主编：《兴安岭奏鸣曲》，冯玉律等译，北方文艺出版社、黑龙江教育出版社 2002 年版，第 334 页。

里盛水饺，/床单上绣的都是小龙，/女式棉袄，变化多端，/绣花绣动物更显婵娟。//可突然炮仗乒乒乓乓，/终止大家安谧的休闲，/……按规矩相互拜完了年，/节日烟雾笼罩的人们，/就欢度大年初一的夜晚，/客主一块打麻将，在桌前。”① 从中可见中国民间年俗生活的多姿多彩。

涅斯梅洛夫更多关注到民间生活环境中的中国人的生存状态。他既注视着“中国农村的不幸者”，又在“荒无人烟的旷野上”观察着“快乐的渔民”，虽然作品中“中国人”一词的使用折射出了作家的心理区隔，但平和的景象也是一个旅居者的现实体验与真实感受，这是在当时的中国东北本土作家的文学作品中很难看到的场面，一定程度上丰富了中国东北民间生存状态的书写内容。总体上看，俄侨作家们“所见到的中国田园生活是一种自由的生活画面，是他们流落异乡而疏远的农村田园风光，是他们渴望的平静安宁的幸福生活。这种不疾不徐的生活方式有助于帮助他们摆脱流亡的痛苦，失去亲人、朋友以及物质利益的悲伤”②。

巴依阔夫的小说十分典型地触及了中国人的民间信仰问题。《牝虎》中上了年纪的窝棚主人是一位讨人喜欢的老者，为异国来访者讲述了中国皇帝在老爷岭巡猎的故事，当看到皇帝设过祭坛之地——一个想把不流血的“牺牲”献给虎大王的场所，本地的猎户们也有在此祭神的，于是“老人离开我们，屈膝跪下，向天捧起两只露筋而干瘪的手，开始作虔诚的祈祷”。③《大王》描绘了东北原始森林村落中人们的日常生活，这里的人有自己的生存法则和道德观念，有自己的生活方式和民间信仰，小说中这样写道：

① 李延龄主编：《松花江畔紫丁香》，李延龄、乌兰汗译，北方文艺出版社 2002 年版，第 16—17 页。

② 苗慧、白佳男、李恒仁、韩东：《俄侨文学作品书写的中国农民形象与秋收景象》，《边疆经济与文化》2014 年第 12 期。

③ 王亚民、杜晓梅、［加］巴莉雅编：《伪满洲国俄罗斯作家作品集》，北方文艺出版社 2017 年版，第 60 页。

据民间传说，一位伟人的灵魂，经轮回投胎，转世为大王；大王一死，灵魂又转世为一朵凡人肉眼看不到的黄色莲花。灵魂在这朵莲花之中达到彻底的净化，并同宇宙的世界之灵融为一体。松花江的江水充溢着圣山神龙的热气，所以能够给予人以充沛的精力，并且具有治病的功效。

对老虎的崇拜，如同对龙的崇拜一样，深深地植根在中国人的心里，并且习以为常，进入家家户户的生活之中。

这在山地和林区的居民中表现得特别明显。在那里，人生活在荒野的自然环境中，不时会同森林之王迎面相遇。①

小说还通过细节描写、通过狩猎者的举动来表现人们信仰的虔诚：

年迈的捕兽者把房子里简单的家什整理了一番，仔细地打扫了地板和房子周围的场地，面对刻在一大块雪松树干上的神灵牌位做了祈祷，用木棒把挂在槭树枝头的生铁铸钟敲了几下，便下跪叩起头来，默默地感谢山神爷保佑他狩猎顺遂。②

这些描写充分展示了中国人独特的虎崇拜文化，也足以看出作者对中国民俗文化的知悉程度。老虎作为百兽之王，曾经一度在亚洲的许多山林中横行咆哮。挣扎于严酷的自然环境中的人类先民，自然也对虎充满敬畏之心，在东亚地区，许多民族都迷信虎，认为它代表着神明，“老虎在东亚各国人民心中产生的威慑力和神秘的恐怖感有着极为古老的渊源，还得追溯到人类历史的早期，地球还由野兽主宰的

---

① 李延龄主编：《兴安岭奏鸣曲》，冯玉律等译，北方文艺出版社、黑龙江教育出版社 2002 年版，第 32—33 页。

② 李延龄主编：《兴安岭奏鸣曲》，冯玉律等译，北方文艺出版社、黑龙江教育出版社 2002 年版，第 43 页。

时候”。[1] 虎图腾是中华民族最早的图腾之一，倾注了中国人十分复杂的情感和理念。中国东北有着历史悠远的虎崇拜文化。辽宁丹东附近的后洼出土文物中出现了公元前6500年左右的玉雕虎，黑龙江流域发现的数千年前的古代岩画中已有虎的岩画。这都说明虎神在中国东北大地所具有的重要位置。在中国东北，许多县志里都记载着关于虎的习俗，关于虎的民间故事和风俗传说也是举不胜举。尤其在中国东北的偏远之地，虎崇拜更是必不可少的民间文化因子。于是，《大王》中的居民们为大王修庙烧香并向愤怒的大王献祭以祈求宽恕等许多举动就不足为奇了。伴随着弥漫在小说中的民间虎文化意识的流动，人们可以看到东北原始森林中居民们朴素的生活情景和心理面貌，以及崇山峻岭中动物们所展现的自然灵性的生动与俊美，这些一一映入读者眼帘，令人心生震撼。在东斯拉夫人的观念中，自然界的一切事物都是有灵性的，对水、动物、植物等的崇拜同样基于敬畏和感恩两种情愫之上。《大王》将中国东北地区东部山林的和谐生态图景跟中国虎文化意识以及俄罗斯人的动物崇拜心理有机地结合在一起，为我们提供了一幅关于中国自然与生态的完美画面。

鲍利斯·尤利斯基在小说中引用中国关于龙、狐狸、森林之王、山大王的神话故事和民间传说，并体现了自己的理解和创造。涅斯梅洛夫的小说中还提到中国鬼神，诗歌中出现一些民间化的词汇和场景，还有对“红胡子”（土匪）生活情景的大量书写，比如这样的诗句：“很远地对一个红胡子吹口哨，/另一个红胡子用口哨应和。”[2] 描写可谓活灵活现。涅斯梅洛夫在小说中描写中国乡村生活时，更偏重于中国人性格特征中的阴暗面，描绘和塑造了一些中国人的负面形象，这与作者的民族优越感有很大关系。

---

① 李延龄主编：《兴安岭奏鸣曲》，冯玉律等译，北方文艺出版社、黑龙江教育出版社2002年版，第33页。

② 李延龄主编：《哈尔滨，我的摇篮》，顾蕴璞、李海译，北方文艺出版社2002年版，第23页。

二 中国自然与民俗风貌的书写成因

(一)“家”的直觉与文化错觉

与中国东北流亡作家群的漂泊不定的生活状态不同，俄侨作家在中国最初多集中于哈尔滨这座城市。在这里，俄侨形成了自己相对稳固的生活社区。与巴黎、布拉格、上海等地俄侨的居住方式不同的是，哈尔滨的俄侨主要集中于埠头（今道里）、新市（今南岗）、马家沟等区，这样的集约式的居住方式使得他们易于保持民族的文化传统，易于固守原有的生活习惯和生存方式。俄侨作家由此寻找到了一种“家”的感觉，并形成了一种无法回避的文化错觉。

在使用“俄罗斯的哈尔滨”这一概念时，俄侨指认哈尔滨是一座“俄罗斯”城市，这一概念包含的殖民主义内涵主要体现在早期俄侨身上，他们作为沙俄利益的代表者带着特殊的使命来到中国，目的是要完成沙俄政府的资本输出，掠夺中国的资源与财富。虽然几代俄侨来到中国的政治社会背景并不完全相同，但他们几乎有同一个感觉，即大都把这里当成自己新的家园，哈尔滨也以超凡的气度接纳了他们。总体而言，中俄民众之间的关系还是和谐的，特别是贫民阶层。其实，此种情况也经历了一个演变的过程。起初哈尔滨的俄侨基本都可以拥有固定的工作，俄侨的生活是优裕而稳定的，因此很多俄侨会把华人看成是低下的，加之语言表达、民族生活习惯等方面的障碍，大多数俄侨是不与中国人交往的。俄国十月革命后，随着沙俄上层人士把持的各种大权逐渐被中国政府收回，苏联政府又正式宣布放弃一切在华特权，在哈俄侨与中国人之间的地位关系发生了较大的变化，这也在一定程度上影响了俄侨的心态。瞿秋白在1920年的通讯中指出：“以前俄国人有势力的时候，很欺侮中国人，感情稍坏，现在俄国人气焰已衰，彼此亦相安些。”[①] 在

① 瞿秋白：《哈尔滨四日之闻见》，《晨报》1920年10月31日。

1898—1931 年的哈尔滨，尽管也有许多事件和冲突，俄侨生活也有许多动荡不定，但居民在政治上是自由的，书籍出版同样如此。宽松的条件能够保障文化人以创办学校、成立文艺社团、出版诗文集等方式绘声绘色地建构自己的精神生活，“俄国人住在这里，像自己家里一样”①。

随着各行业的俄侨涌入哈尔滨，不属于同一个阶级的俄侨们在哈尔滨社会的结构中渐渐获得了相同的地位。因享有一定特权而获得特别的社会尊重，由于群体经济利益的控制与垄断地位而获得“地位的特别垄断”，固有的相对独立的生活风格与文化实力，足可以拥有一定话语权的相当数目的人口基数，这些条件促使同核质的“地位群体”的形成，促使俄侨在哈尔滨形成了一个结构完备的“社会”存在，拥有了一个相对稳定的生活空间。俄侨们在一种稳固力量的关照下进行着社会活动，从而产生了较为广泛的影响。20 世纪的前 20 年是哈尔滨近代化的关键时期，俄人在政治经济文化上的强势与主导形态逐步凌驾于中国东北自然生成的本土社会结构之上，使得俄侨“地位群体”在哈尔滨的社会结构中处于上层位置，并处于整个城市社会结构的中心，俄侨成为哈尔滨进行城市化与近代化的创造主体，尤其依托其金融活动改变了哈尔滨发展的历史进程。虽然俄侨文化进入中国大地后迅速系统化，俄侨们保持着自己特有的生活方式和教育体系，但俄侨界并未完全封闭而不与外界来往沟通，而是通过一些方式与哈尔滨人进行着交会融合，如俄侨在哈尔滨所办的一些学校亦招收与俄国学生享受平等待遇的中国孩童，俄侨与中国居民的商业关系以及各种业务往来、俄资企业里中国雇员与俄侨员工之间的交往、中俄艺术家之间的交往都是存在的。据资料显示，“哈尔滨人大都会讲俄语，大部分俄侨家庭都有中国佣人——厨师、园丁、保姆等，给哈尔滨俄侨留下最温暖记忆的是中国保姆（中文叫‘阿妈’）”。② 俄侨文化与

① 瞿秋白：《瞿秋白文集》卷 1，人民文学出版社 1953 年版，第 47 页。
② ［俄］左贞观：《俄罗斯音乐家在中国》，人民音乐出版社 2017 年版，第 20 页。

中国本土文化的诸多元素的融合逐渐推动哈尔滨这座移民文化色彩浓重的城市更加移民化，最终俄侨文化化作哈尔滨移民文化的一部分而共成一体。移民文化的开放性为俄侨文化在哈尔滨的生长提供了自由空间，也必然促使主体文化结构发生一定程度的变异。

由于“哈尔滨大部分俄罗斯居民的文化水平都非常高”[①]，能够生成一种比较开放的文化心态，尤其俄侨作家本身的知识者属性促使这种开放性变得更加阔大了。他们能够接受新鲜事物，能够比较主动接受中国文化的影响。于是，他们在文化思想的交往传递过程中不约而同地将眼光放在所居住地文化身上，通过异域文化尤其民俗文化的呈现来表达心中难以排遣的焦虑之情。这既是一种生于斯长于斯的情感亲近之故，更是政治优势和文化自信造成的文化错觉和情感错觉。

殖民拓展之路所带来的政治地位的优越感让俄侨产生了一种主人在场的感觉。当时的《喉舌报》上有这样一段话比较典型：“在这对我们所有人来说都非常亲切的哈尔滨，我们产生了一个身处故乡的错觉……”[②] 俄侨在哈尔滨沿袭着在昔日俄罗斯特别是“旧俄罗斯”的传统，延续着自身的宗教、文化、生活习惯，还通过印刷语言纽带支撑着侨民群体的精神生活，俄侨用几代人在中国东北哈尔滨这座城市几乎复制了一个“小俄罗斯”，中国俄侨与中东铁路研究者阿布洛娃写道：“从俄罗斯逃亡的人们后来在东方省特区不仅能找到工作，还能找到故乡文化家园。对于大多数过去的俄罗斯公民而言，在哈尔滨积极投入征用地带的俄罗斯社会的精神生活中，同样也是俄罗斯祖国的感受。”[③] 其间，“有多少旧俄的东西流入了哈尔滨俄侨的生活之河中啊。有些侨民把这儿的生活看作是《蓝鸟》‘回忆国’中产生的

① ［澳］诺·拉依安：《回忆俄侨的哈尔滨岁月》，高春雨、吴彦秋译，《俄罗斯文艺》2012年第1期。

② ［俄］叶列娜·塔斯金娜：《回忆国》，载李延龄主编《中国，我爱你》，李蔷薇、荣洁、唐逸红译，北方文艺出版社2002年版，第35—49页。

③ Аблова Н. Е. История КВЖД и российской эмиграции в Китае（первая половина XX века）. Минск：БГУ，1999. С. 74 – 75.

‘家园错觉’。这绝非偶然”。[①] 事实上，哈尔滨又不是他们的，其内心深处十分清楚，在“是”与“不是”之间便产生了一种梦幻般的感觉，就像巴尔考在诗作中对松花江的描写：“夜令人陶醉，用谜和幻想，/这，是不是松花江？/雾霭之中，可不是别的江？/在向我流淌着银光？”[②] 心理学对错觉的解释是，人们观察物体时由于物体受到形、光、色的干扰，加上人们的生理、心理原因而误认物象，会产生与实际不符的判断性的视觉误差。本文中的文化心理错觉主要是指恋乡的潜意识心理因素造成的俄侨作家思维上的错位，认为脚下的土地属于“俄罗斯的沙漠绿洲”。让他们感到幸福的是，虽然失去祖国而居住在“一个中国城市里，但是在精神上，它却仿佛是一个真正的俄国城市”[③]，甚至有时感觉自己就在俄罗斯，起码在日常生活中由建筑、食品、服饰等带来的视觉判断已经足够说明问题了，哈尔滨就是自己的“家”或者“故乡”，这种情感错觉也导致俄侨作家在题材表现上不约而同的“中国化”。作家们在旧与新的完整感受中乐于书写眼前的“家园”景象，这是一种无法排斥的情感。

（二）中俄文化的相互适应性

从深层次看，中俄两种文化存在着一定程度的相互适应性。一般说来，两种文化之间的适应性越强，两种文化的价值规范矛盾越少，则两种文化之间的相互抵制力就越弱；反之，摩擦就越多，相互之间的抑制性就越强。文化的适应与政治、经济、文化传统、社会环境等因素密切相关。

1917 年以前，沙俄的侵略性质是十分明显的。随着沙俄帝国的崩溃，俄侨失去强大的政治支撑，尤其俄国国内战争的进行使得大批逃

① ［俄］叶列娜·塔斯金娜：《回忆国》，载李延龄主编《中国，我爱你》，李蔷薇、荣洁、唐逸红译，北方文艺出版社 2002 年版，第 35—49 页。

② 李延龄主编：《松花江畔紫丁香》，李延龄、乌兰汗译，北方文艺出版社 2002 年版，第 2 页。

③ ［俄］尤斯吉娜·克鲁简什捷伦－别捷列茨：《关于〈边界线〉》，载李延龄主编《中国，我爱你》，李蔷薇、荣洁、唐逸红译，北方文艺出版社 2002 年版，第 92—96 页。

亡到哈的白军和难民累年俱增。20 世纪 20 年代中期，苏俄实现了对中东铁路的拥有权和使用权，加强了对俄侨的管理，要求愿意加入苏联国籍的俄侨限期到总领事馆注册入籍，否则不承认是苏联国民。1925 年 4 月，中东铁路管理局局长命令停用中苏两国国籍以外的员工。一些不愿放弃政治信仰者，既不想入苏籍也不想入华籍，变成无国籍白俄，很多人失去工作，生活受到直接影响。俄侨身份地位的变化说明俄侨的侵略锋芒的不断弱化，由政府主导的带有官方色彩的集体行为逐渐变成富有民间性质的生存行为。即使反对苏维埃政权的官兵和政治人物也都在考虑生存或者离开的问题，无处可去最终选择留在中国者，“活下来”成为多数俄侨面临的首要问题。日本统治中国东北，俄侨的生活状况更加恶化，生存更为艰难。伪满洲国的成立，政治格局的变化，标志着此处俄侨的平静生活即将结束，日本关东军为防控苏联间谍，严密监视中国东北境内的俄侨。除俄侨投机分子唯日伪政权马首是瞻，普通俄侨大都生活在政治恐怖的阴霾中。俄侨作为被统治阶层与中国普通民众有了相似的社会地位。当众多俄侨发生明显的身份转换时，俄侨与哈尔滨的命运是捆绑在一起的，有了一种“同呼吸共命运”之感，于是一些人为日本侵略中国感到愤慨，为中国抗击日军取得的一些胜利而欢欣。俄侨与中国人民一道经历了日本侵略所带来的战祸和灾难，这在一定程度上加深了俄侨作家与中国的情感联系，中国文化对俄侨作家产生了潜移默化的影响，于是俄侨作家将民俗文化元素注入创作之中，产生了大量贴近现实生活的作品。这说明，当日常生活行为不再负载太多的政治任务的时候，文化的相互适应就会逐渐转化为一种自然状态。

部分俄侨在中国东北居住期间，从事了许多文化、教育以及其他有利于文化交流的活动。这些俄侨向中国人介绍了欧洲文化与科学技术，促进了西方文明和先进的科学技术在中国的传播。同时，许多俄侨也对中国进行了多方面的深入研究，并且取得了丰富的研究成果。这一切都有利于东西方文化的接近，更有利于外部世界对中国的了解。

这些行为背后，一个深层原因在于俄侨作家作为文化者易于受到本国文化传统的影响。

从历史上看，中俄之间有着悠久的文化交往传统，尤其是13世纪以后蒙古汗国的长期统治在俄人内心世界打下了深深的东方文化烙印，这显然带着一些东方文化的“同化”色彩。此后，中俄两国更是相互关注。18世纪的俄国出现了“中国热”，在接纳中国文化方面表现出非常大的热情。到了19世纪，俄国研究和介绍中国文化的势头更盛。一般而言，19世纪及其以前的中俄文化交往主要表现为俄国对中国文化的接受。承袭这一文化传统，20世纪的俄国作家同样给予中国与中国文化以高度关注，更有一些人士对中国命运做出思考。可以认为，俄侨作家的文化态度既是在与中国的长期接触中培养起来的，又是在于精神文化传统所发挥的作用。即使在20世纪20年代的哈尔滨，“俄侨与苏联上的对立并没有导致文化上的完全隔阂”[①]，文化交流一直存在着，亦可谓这种精神传统一直在发挥着作用。在中国，“每一位侨民诗人都以一定的方式使自己的诗才与先前的文学传统相吻合”[②]，传统影响着作家的思维方式，推动着作家与中国文化主动接触或者产生多样理解。同时，了解东方文化，从中寻找智慧，也成为一种内在需求，因为这既利于个体生存发展，又可以服务于俄罗斯祖国。在近距离审视中国文化时，作家们也逐步强化了自己本来或曾模糊的中国文化观。伏谢沃洛德·伊万诺夫曾指出在古老的俄罗斯精神中蕴含着一些东方精神。米哈伊尔·谢尔巴科夫认为东方人与自然界和谐的思想是人类存在的主要思想。在此情境下，俄侨作家在进行题材选择的时候都不约而同地进行着中国书写，将中国的江河森林、风土人情等作为诗歌创作的重要题材之一，以贴近中国人的审美情感，或者满足部

---

① 李萌：《缺失的一环：在华俄国侨民文学》，北京大学出版社2007年版，第22页。

② ［俄］A. 扎比亚科：《哈尔滨俄侨文学之“树”的两个“分枝”——谈A. 阿恰伊尔和H. 谢戈缪夫的抒情诗》，载黑龙江大学俄语语言文学研究中心编《俄语语言文学研究　文学卷　第2辑》，人民文学出版社2003年版，第23—29页。

分俄国读者和俄侨读者的阅读需要。俄侨作家与中国文化土壤的近距离贴合产生了中国关注与中国思考，中国人的自然风物与民风习俗大量成为俄侨作家文学创作的描写对象和表现主题。中国文化对俄侨作家思维和审美情趣产生了影响，带来了文学创作的丰富色彩和独特艺术魅力。由于政治和地缘关系，俄侨整体上因语言、宗教、习俗等方面的坚守而一直保持着俄罗斯文化的自足局面和自有格局，俄侨作家不断突破这种“隔离”状态而表现出来的中国关注态度，是难能可贵的。

总而言之，在华俄侨作家的中国自然和民俗书写既有内在的动因也有外在的刺激，两者共同影响着作家的中国题材选择与创作倾向，中国自然风物和民俗文化在俄侨文学作品中落地生根，伴随着作家们悲欢离合、生离死别的人生大剧，演绎出一部那个特殊时代的特殊精神史诗，悲切而壮观。基于此，在华俄侨文学“更像是一种朴素的平民化的文学”①。

第二节　巴依阔夫小说中的人与自然

一　《大王》:“原生态”之寓言

巴依阔夫拥有世袭的贵族家庭背景，这使得他有机会接触博学多闻的著名旅行家普洛日瓦立斯基，后者的讲述和著作激发了幼小的巴依阔夫对东亚自然界特别是中国东北神秘大森林的憧憬与向往，这几乎影响了他的一生。后来，从军的巴依阔夫又有机会接触高加索博物馆馆长拉德博士、著名化学家门捷列夫等人，受到他们的影响与鼓舞，开始了对中国森林的实地考察、科学研究和文学创作。来华之前，巴依阔夫已经在俄国报刊上发表有关中国东北的文学著作。上述经历奠

① 《隆重庆祝〈中国俄罗斯侨民文学丛书〉问世》,《俄罗斯文艺》2003 年第 4 期。

定了巴依阔夫的知识基础，最主要还是激发了其浓厚的探索兴趣。

在阅读巴依阔夫小说作品时，“常令读者想起美国著名作家杰克·伦敦，还有俄国经典作家屠格涅夫，描写中国东北的关东沃土，显出无比的瑰丽，无比的厚重”。[①] 这是因为，不仅当时的人们对巴依阔夫笔下的中国东北异域自然风光和民情习俗存在很深的印象，到了现今，人们在评价和分析巴依阔夫的“满洲”系列作品时也是以“自然”作为切入角度。特别是巴依阔夫在作品中所塑造的“老虎”的丰富形象，使其拥有了“虎人”作家的封号。

(一)《大王》里的“原生态”

在代表作《大王》中，我们能够看到丰富的中国自然和民俗意象，并且是“原生态”的。这种“原生态”中既有原始美妙的自然风光，也有诗情洋溢的和谐生态，还散发着朴素而隽永的哲理意味。

1. “原生态”之美

在飘浮着蘑菇香味的密林里，一年四季的景色变化突出了美丽、奇妙、多变、粗犷的特点。早春是静谧的：“山里的空气像水晶一般洁净，充溢着花香和泥土的气息。”[②] 夏天是喧闹的：“暴雨下了整整一夜。急流沿山坡而下，在深深的峡谷里喧腾。乌云把雄伟险峻的大秃顶子山团团围住，云层中不时传出阵阵雷鸣，闪电如一条条火鞭似的划破漆黑的夜空。”[③] 静谧宁静与喧嚣热烈形成鲜明对比，带给人们强烈的审美感受。作家写出森林里各种树木、植物的姿态与色泽，还有早晚不同的气候，以及阳光在早晚与四季的冷暖变化状态。巴依阔夫用独特的文字为我们勾勒出一幅神奇的原始画卷，“作者通过广角镜头、长短镜头、特写镜头相结合的方法，用细腻的笔触，将‘满洲’森林春天的妩媚娇嫩，夏天的湍急喧腾，秋天的绚丽缤纷，冬天

① 上官缨：《“白俄”作家拜阔夫》，《吉林日报》2003 年 3 月 29 日第 7 版。

② 李延龄主编：《兴安岭奏鸣曲》，冯玉律等译，北方文艺出版社、黑龙江教育出版社 2002 年版，第 1 页。

③ 李延龄主编：《兴安岭奏鸣曲》，冯玉律等译，北方文艺出版社、黑龙江教育出版社 2002 年版，第 20 页。

的晶莹剔透尽收眼底，描绘出一幅鲜活生动的‘满洲’森林一年四季自然风光的全景图”。[①]

2. 这种美是真的

巴依阔夫对中国东北自然环境尤其是原始森林的描摹，是基于对地理环境的详尽考察和调研的，特别是在1901年来到中国东北之后，带着多种目的对这里的自然、地形、社会经济发展状况等进行勘察和调研，“这一时期他大量的科考探险和野外狩猎、观察思考和所见所思的文字、图画记录、标本收集都成为他日后文学创作的源泉和翔实的资料的基础”。[②] 巴依阔夫的这种“主观为自己”的行径是需要我们客观审视的，因为他曾将“以窥视和侵略中国为目的而修建的中国东部铁路理解为俄罗斯最伟大的历史现象”[③]，同时镜泊湖、凤凰山等自然风貌对他造成的深度吸引，也带来了“客观为他人”的积极效应。巴依阔夫笔下所记录的中国东北自然的原生态状况、民众的民俗文化生活情形以及隐藏在背后的社会政治经济文化背景格局，为我们提供了有关那个时代的鲜活的文字材料。巴依阔夫的“原生态”表现是在基本遵循自然生态规律的前提下而做出的文学性升华，这种“美与真”是“巴依阔夫式”的。

3. 这种美是诗性的

《大王》的语言风格清新明丽，无处不渗透着美感和诗意。这种诗意既有自然的纯真，也有自然之阔大，从树木到鸟兽，无不唯美、浪漫、生机、古朴。对大王本身的描写也处处体现着诗性，特别是大王死去的情景。诗性风格亦体现在《黑大尉》等作品中。《黑大尉》营造了田园诗般的浪漫情节，将我们引入一个和谐的境地。这种诗性

---

① 王亚民：《“满洲”密林的生态书写与哲学性思考——以伪满洲国俄侨作家尼·巴依科夫的〈大王〉为例》，《沈阳师范大学学报》（社会科学版）2016年第6期。

② 杜晓梅：《满洲自然书写第一人——俄侨作家巴依科夫东北写作考》，载刘晓丽、叶祝弟主编《创伤：东亚殖民主义与文学》，上海三联书店2017年版，第504—523页。

③ 杜晓梅：《满洲自然书写第一人——俄侨作家巴依科夫东北写作考》，载刘晓丽、叶祝弟主编《创伤：东亚殖民主义与文学》，上海三联书店2017年版，第504—523页。

不仅展现在语句中，还升华为主题和情节的诗性，诗意化地建构起人与自然、人与动物之间的融洽关系，这种美是一种更高层次的并不停留于文字表面的美。

这种诗性也指向作品中所使用的象征拟人手法。《大王》将中国东北原始森林的唯美、浩瀚和神秘的特征表现出来，也使我们在作品中感受到身居其中的虎、熊、狼、野猪、羚羊、蝙蝠、胡獾、山鹰、喜鹊、金花鼠等生灵的性状，它们才是大自然真正的主人，它们的喜怒哀乐正是大自然充满生机的脉动。《大王》的鲜活灵动之处在于不仅将动物作为人来写，还赋予了某些动物以人类社会的各种品性与风格，狡猾、嫉妒、聒噪等特征打破了人与动物的界限，诗意地幻化出自然的灵性与生命力。因此，大自然是单纯的又不再是单纯的，而是成为一个有血有肉的生命体，带给人们丰富的联想和形而上的思考。

4. 这种美是完整的

在《大王》中，我们不仅感受到了一年四季的自然变化，也看到了自然的喜怒哀乐，以及自然与人之间种种被忽略的交往和关系。作者将这种自然之美一以贯之地呈现于其他文本之中。比如对老虎的描写，不仅出现在《大王》之中，亦在《兽情夜》《满洲猎人笔记》等文本中不同程度地展现了老虎作为森林之王的威力。《满洲猎人笔记》写道："森林的居住者听到这恐怖的吼声都躲藏在自己孱弱的农舍和巢穴中。森林的皇帝、大王，时不时发出轰鸣般的声音，人和动物都在仔细倾听，一切都断续不清，只有古老的森林在静静地发出喧嚣，低唱着自己古老的歌。"① 老虎的神圣感尽显。

这种美的完整性还在于，它是从文本之中渗透出来的力量感，在人与动物之间实现了比较好的流通性，这不同于当时的儿童文学，也不同于通俗文学，更不同于民间文学，它以浪漫主义的手法让我们看

① Байков Н. А. Записки маньчжурского охотника. Тяньцзин: Книгоизд-во "Наше знание", 1941. С. 158.

到了一种面对自然和生物而升华出来的生命之壮美感，并且颇具反思意识。

（二）有关“原生态”的寓言

《大王》对东北原始生态的关注和大幅表现以及寓言式的书写，所表达的意蕴是多重的，也是深刻的。首先，《大王》是一种生态寓言。当重新拾起关于中国东北原始森林的原始记忆的时候，我们会发现巴依阔夫在最初展开的关于人类生态的想象具有一种持久的象征意义和延展空间。作品对于人类不节制之欲望的反思，穿越时空而生发出一种有着震撼意味的警示作用。其次，《大王》通过“原生态”之危机，森林法则之崩毁，万兽之王的殉难，构建起一则生命之寓言。《大王》对森林动物做出认真审视并进而将审视目光延伸至人类社会的生活形态和情感表达，体现出对于生命的敬畏感，是一种生命的艺术。

在同时代的中国作家那里也有动物写作，其中有关“人”的建设和“生态”伦理的思考却成为一大瓶颈。在中国文学的现代化建设过程中，一直在强调“人”的文学，最终还是立足于社会发展进步，立足于人类中心主义的立场，是不断地释放欲望的一个过程。《大王》等作品对人类中心主义做出反思，认为人要超越这种狭隘的束缚，自觉地与自然生物达到和谐甚至和解，节制欲望，敬畏生命。这种表现不仅成就了巴依阔夫作品的深度、厚度和高度，对于忙于“启蒙”与“救亡”并深深挣扎于战争中心或社会边缘的民国文学来说，无疑是一种有力的补充。

现代中国关注个性解放和社会革命，这是主流。在文学方面，虽然也有关注自然、渴望归乡意识的暗流涌动，比如沈从文强调的人与自然之契合，崇尚自然人性，不过沈从文、废名等人对于乡村和自然世界的重新发现与书写，立足于现代文明对传统文化以及自然世界造成破坏之相关问题的反思视域，其视角仍然是为作为群体的“人”服务的。巴依阔夫独特的生态观虽然不是完全凭借中国文化语境和中式思维而呈现的，但是其生态呈现对象和生态表达语境毕竟是中国化的，文学文本是值得关注的。巴依阔夫的作品无法成为中国文学与外部世界达成对话的大窗口，却在中国文学内部封闭的形态演变中打开了一个通道。20 世纪 80 年代以来，中国作家的思想意识中开启了当代性的生态文化意识自觉，在中国文学发展进程中体现出一种独特的生长态势，《大王》等俄侨文学作品在中国内部比较早地萌芽和发生，它们如何进入中国文学的生态意识完整体系里，也应该引起研究者的关注。

二 人与自然：明朗和忧郁共生

巴依阔夫在《大王》的日文版自序中认为，此书如果能够获得好评，在于作品具备了现代文学前所未见的主题和题材。当然这是一个特色，也是能够成为文学经典的一个重要原因，还有一个特色是这部小说在表现艺术上尤其是情感色调的调制上所形成的自我风格。巴依阔夫的人与自然之描写实际上渗透或衬托出一种忧郁的底色，或者说明朗的主色调之外还暗藏着一种忧郁，二者共生，才成就了《大王》的触动人心。

目前，人们对《大王》的解读往往侧重生态伦理角度，比如，孙海英的《敬畏生命伦理观照下的〈大王〉》（《宁夏师范学院学报》2014 年第 1 期）认为《大王》属于世界生态文学的开山之作，蔡佩均的《“发现满洲”：拜阔夫小说中的“密林”与“虎王”意象》［《沈阳师范大学学报》（社会科学版）2016 年第 6 期］认为《大王》的生态中心主义属于一种“去政治化”的书写，李丹的硕士学位论文《巴依科夫小说〈大王〉生态思想解读》（云南大学，2011 年）全面剖析了这部作品的生态观及其成因，特别分析了《大王》生态思想中的中国文化因子。这些研究普遍关注到以《大王》为代表的众多作品所表现出来的巴依阔夫思想的现代性、超前性特征，以及“去政治化”书写所带来的思想的世界性和人类性。在巴依阔夫的作品中，生态思维和生态思想是很重要的，也是作品的主要支撑点，是我们解读包括《满洲猎人笔记》等作品在内的一个重要视角，如果脱离了这个方面，巴依阔夫的研究价值将大打折扣。同时，我们还必须注意到巴依阔夫作品至少是《大王》这部作品的中国自然和民俗书写所反映出来的写作心境问题，这也是作者所要传达出来的重要内容，通过分析我们还能够比较清楚地认识到巴依阔夫作为一个“情系‘满洲’的俄侨作家”① 的实质。

在文学创作过程中，既会有作家意识的明确表达，又会有作家的无意识投射，或者说在创作中，作家不仅被他的创作目的所指引，同时也会被他的无意识所驱使。这种集体的、普遍的、非个人的意识推动着一些作家在创作中不由自主地以各种意象或事物来表达自己的思想感情，而不只是对事件和过程的具体描写，或者停留于枯燥的意识思考层面。在《大王》中，巴依阔夫利用中国（东亚）的虎崇拜文化来传达出一个俄侨身份作家的潜意识思想和情感。

巴依阔夫等俄侨作家对中国东北老虎性情的描写能够与俄人的勇猛气质和战斗个性相契合，还能够充分展示出原始森林的雄性之风，给读者以阅读感觉上的强烈震撼。从虎崇拜文化来看，《大王》中佟力的举动自然也就可以为人所理解了。或者说，虎崇拜文化在这里发挥了一种十分重要的调节作用，这也是作品建构合理性的一个重要纽带。但是，对于巴依阔夫自身而言，描写异国他乡的虎崇拜文化和有关虎的习俗，并不仅仅是为了生态问题和人类性思考，单从作家的主体情感表达来看，在有关虎的具体形态和生活习俗等方面的描写中，作家充分传达了自身作为一个俄侨身份者的孤独感和对祖国母亲的依恋之情，这些情感潜在地支配着作家的写作，并不断以诸多不易显现

① 杜晓梅：《尼·巴依科夫创作和研究中的“满洲主题”——兼论其对我国东北自然研究的贡献与价值》，《沈阳师范大学学报》（社会科学版）2016 年第 6 期。

的形态游走于作家笔端。

我们看《大王》中对大王母亲即母虎的描写。在“大王的降生”中，小说渲染了母虎与虎子之间的情感依恋，母虎的慈爱亦跃然纸上。在离开家乡的独立生活中，大王不断地行走，作家不断地通过各种情境烘托大王的孤独和忧郁，甚至带着些许伤感的情绪。当大王在不可抗拒的力量的驱使下，在冬天一个寂静而又多雾的夜里，从河口处跨过松花江，在密布森林的小兴安岭盘桓，直到第二年春天抵达黑龙江岸边，站在悬崖上观赏眼前的全景时，我们会透过大王的目光有所发现，轮船、铁路等事物的存在对大王们的生活空间造成了严重挤压，同时我们还应该发现作品要试图进入的另外一个层面，即眼前的“挤压”景象是为大王徘徊而无路可循的孤独状态和忧郁性格而服务的。于是，当宽阔的大江阻止大王走向北方时，大王便决定回到南方老家去，接着作者写道：“有一批不相识的外来人正从北面修建一条铁路，穿越了群山和林海。”[①] 生态的破坏是对大王生存环境的破坏，生存空间的缩小属于外在压力，其实这种压力进一步强化了大王的“徘徊于无地”的心理处境。“大王焦急而又深情地遥望远方，遥望家乡的山岭，心里是多么忧伤，使它无法平静。”[②] 对家乡的思念如此之强烈！当它最终回到家乡，家乡已然物是人非，人们那种热火朝天的干劲儿不能不让人产生联想，巴依阔夫在这里将自己置于一个对“改天换地”的家乡的无法返归的哀怨式想象当中：

> 锯子刺耳的尖叫声、斧头呼呼的敲击声以及赶马人的吆喝声，自从开天辟地以来第一次如此嘈杂地充溢在这片未开垦的清纯空间。

① 李延龄主编：《兴安岭奏鸣曲》，冯玉律等译，北方文艺出版社、黑龙江教育出版社 2002 年版，第 80 页。

② 李延龄主编：《兴安岭奏鸣曲》，冯玉律等译，北方文艺出版社、黑龙江教育出版社 2002 年版，第 81 页。

> 原始森林在呻吟和痛哭，一大滴一大滴树脂的泪水从开裂的深深的伤口掉落到冰冷的松软雪地上。
>
> 它在悲叹自己的命运；它那告别的歌声在冬季冷漠的天空中忧伤地回荡。[①]

这种对家乡的依恋，对自身命运的喟叹，弥漫着一种依恋母亲、渴望回归母体的原始经验和情绪，是在一种无助中产生的失落感和留恋感，是在饱受磨难之后在幻觉的避难所里发出的如泣如诉的歌吟。巴依阔夫在《大王》中传递生态思考意识的同时也掺入了作家自身的主观情绪感受，否则大王的那种忧郁甚至伤感的气质就无法解释了，难道这仅仅来自外在环境的破坏吗？大王的那种对故土的依恋情怀和无法割舍的情感，甚至大王还位于母体里以及脱离母体时的种种表现，无不是为了渗透出它的那种带有原始性的情感意识。如果不是环境的破坏，也会有其他的外在压力，包括林中的长舌鸟儿们，“它们叽叽喳喳的刺耳叫声好像机枪子弹一样连续不断，震动了冻结凝滞的空气，打破了深山野岭的宁静”[②]，它们的议论行径和热闹情形与大王的孤独状态相映衬。当“林中的长舌鸟儿们把所有的熟人、远亲近邻评论一番之后便散开了，带着种种新闻和可靠的情报各飞东西”[③]，原始森林也变得安静起来，此时“大王同它的女伴从大秃顶子山的峰顶上下来，它又瘦又饿”。[④] 这预示着大王的悲剧结局。

巴依阔夫通过大王的人生轨迹和悲剧结局成功地完成了一次带着悲壮感的精神还乡，这次还乡既指向祖国母亲，又指向人类整体，多

---

① 李延龄主编：《兴安岭奏鸣曲》，冯玉律等译，北方文艺出版社、黑龙江教育出版社 2002 年版，第 88 页。

② 李延龄主编：《兴安岭奏鸣曲》，冯玉律等译，北方文艺出版社、黑龙江教育出版社 2002 年版，第 71 页。

③ 李延龄主编：《兴安岭奏鸣曲》，冯玉律等译，北方文艺出版社、黑龙江教育出版社 2002 年版，第 73 页。

④ 李延龄主编：《兴安岭奏鸣曲》，冯玉律等译，北方文艺出版社、黑龙江教育出版社 2002 年版，第 73 页。

种情感的交织造就了《大王》文本的复杂性和解读空间的开阔性。基于俄罗斯性，融入中国性，通向人类性，多重视角的融会全面提升了作品的价值和内涵，其中，俄罗斯性是基础，巴依阔夫笔下的人与自然之所以是明朗和忧郁共生的，“为俄罗斯而忧郁”在俄侨作家那里往往是十分必要的。崛起于20世纪30年代的中国东北流亡作家群的作品中也普遍弥漫着一种忧郁色调，东北流亡作家群的忧思、愁苦甚至悲凉的气质，首先与作家的处境有关。哈尔滨俄侨作家与东北流亡作家的人生境遇有相似之处，又存在本质的不同，然而他们毕竟曾同处于中国东北地域环境之中，同处于中国东北文化系统之中，各自呈现出丰富的意蕴，同时也是对整个中国东北文学意蕴的丰富。

那么，我们应该如何看待巴依阔夫的中国自然和民俗书写呢？

第一，我们要认识到巴依阔夫的观察属于旁观视角的观察，属于别样的爱，而不是身为“地主”所完成的一种自然流露。虽然在巴依阔夫的笔下有很多中国元素，但他的思维并非仅仅停留于中国。如谈及虎的崇拜民俗，作家这样写道：“老虎在亚洲有些国家的人民中所具有的威慑力有时也会扩展到外来的欧洲人身上。比如，有些捕猎猛兽的猎人在同老虎相遇时竟然不能举枪射击，因而丢了性命。”[①] 其观察视野是跨越中国土地的，此种情形之下，中国尤其是“满洲”原始森林便成为一个故事的发生场所。另外，小说中的中国人与俄国人是被有力区分开来的，且分别做着各自的事情，两种人会相伴，但不会长期“共事”。在《牝虎》中，无论是烟斗的燃烧使室内充满了刺鼻的烟雾，还是娜丝齐亚忙碌于厨灶之间炸面包、烫水的情形，诸如此类的生活画面和日常习俗仍是俄式的。正是保持了一个局外人的心态，保持了比较“平静”的心理，并与中国的时代风云、社会变动保持了相应的距离，作家本人才可以独立自主地深入思考一些问题。

① 李延龄主编：《兴安岭奏鸣曲》，冯玉律等译，北方文艺出版社、黑龙江教育出版社2002年版，第33页。

第二，巴依阔夫的这种书写无法排除“猎奇与满足猎奇需要”之嫌。

巴依阔夫本人从小就培养起有关中国东北原始森林的想象和向往，来到中国东北之后，进一步设身处地体察此处自然界的原始性和独特性，罕见的美丽风貌让他感到震惊，这种身临其境的现实感觉，逐步激发和增强了巴依阔夫的写作欲望。然而，对于这样一个非普通写作者来说，“兴趣使然”不足以说明问题。

随着鸦片战争开启中国国门以及随之而来的频繁的中西文化交流，中国人和中国文化特别是民俗文化开始逐步走出西方世界尤其是英语世界的想象空间，在这一双向互动中开始逐步进入西方人的实际视野之中。不过，由于东西方文化传播能力的差距和经济军事实力的悬殊，有关中国文化的作品还是很少能够进入西方普通大众读者的手中，外国普通读者往往通过英文读本完成自己的东方（中国）想象。比如赛珍珠的首版时间为1938年的小说《大地》，在一定程度上跨越了东西文化间的巨大鸿沟，有力地改变了不少西方读者对中国所秉持的那种固有印象，即中国是一个历史悠久而又软弱落后的神秘国度。在老舍的长篇小说《二马》中，我们也能清楚地看到西方国家对中国的态度和认知。1919年，英国作家毛姆来华游历，其间途经北京等地。此时的北京在西方人眼中并非一座普通城市，主要是以未被现代工商业的畸形丑态所扭曲和污染的原始形态而出现在西方人的视野和想象之中，当时的北京恰好符合西方人看待中国的眼光与方式，符合了西方人头脑中所具有的那种东方观念和东方认知。于是在毛姆笔下，虽然中国满目疮痍，北京城则充满了某种神秘性，人也变得优雅而有风度，甚至狭窄街道所驶过的马车都满载着东方之奥秘与神奇。在暮色中衰落甚至消逝的东西，才是毛姆所感兴趣的，这些正是能够激发起西方社会民众阅读热情的一个重要兴趣点。在历史长河中，无论西方人眼里的中国形象发生怎样的变化，“至少说明了一个事实：在西方人构造的激起欲望和恐惧的‘中国神话’中，中国是否是他们眼中实在的国家经常已不重要，无论是被敬慕、被迷恋、被希冀，还是被轻视、被敌视和被恐惧，在西方人那里，中国历来就是一个被西方化了的中国，是西方真正的‘异类’和‘他者’”。[①]

由上述分析可知，巴依阔夫大幅展开中国东北自然和民俗书写的作品能够在20世纪30年代和40年代风靡全世界并受到很高的评价，一个重要原因便是作品充分满足了西方世界的东方想象，加上巴依阔夫深厚的笔力，所描绘的中国东北原始森林的景象别开生面，从而造成了文化审美的陌生化效果。需要指出的是，作为西方文化“二道贩子”的日本，其猎奇需求与侵华行径高度一致，政治和军事野心明显。日本政府的移民侵略政策以及对国民的高度灌输行为，导致日本本土特别是城市里的中国“满洲”气息十分浓烈，在日本举国上下憧憬着开发“满洲大陆”的热烈气氛中，巴依阔夫的著作“显然激起了日本民众对满洲的热望，日本青年学生更是纷纷给他写信，内容均称狂喜于他书中描写的神奇的满洲大自然以及强健体魄和灵魂的满洲人”[②]。因此说，东西方读者的阅读兴趣与潜在期望值，加之高超的艺术处理能力和创作主体浓厚的体验趣味，都无形中促成了巴依阔夫的中国书写，促成了中国自然和民俗书写的丰富性和独特性。

巴依阔夫的中国自然和民俗书写不仅有整体的特征和共同的成因，也有明显的个性化特征和个体化的表达缘起，因此我们给予单独阐述，其目的还是为了看清巴依阔夫的真实面貌，俄人在作品中的主体地位、不能忽略的潜藏在文字中间的大国沙文主义思想、深入骨髓而无法挥发掉的西方优越感，诸如此类，我们都不能在阅读中视而不见。其实，巴依阔夫在不同时期的中国书写也是随着个人心境和人生境遇的变化而有所变化的，在俄国十月革命前“拜阔夫能够从容游猎山水、调查动植物生态，自是受惠于当时中俄之间的政治情势与铁路利权。然而，

① 施爱国：《傲慢与偏见——东方主义与美国的“中国威胁论”研究》，中山大学出版社2004年版，第29页。

② 王劲松：《流寓伪满洲的白俄“虎人”作家拜阔夫》，《新文学史料》2009年第4期。

十月革命与俄国内战后，历经波折迁徙至‘满洲’的拜阔夫，已成了前帝俄时代的失势贵族、无法见容于新政权的败战军官，以及时局变幻下丧失祖国的政治难民”。[①] 这自然会影响到作家的创作，也符合一个作家在创作发展方面的基本常态。

第三节　黑多克小说中的自然风物

一　《死人回乡》："归乡梦"的隐喻

1929年，被称为“满洲之星”的阿尔弗雷德·黑多克开始在《边界》发表作品。在哈尔滨期间的黑多克是比较勤奋的，白天教授俄语和英语，利用晚间刻苦写作。此时，他开始翻译东方哲学著作，还研究过老子哲学。在不断的探索中，黑多克逐步形成了自身独特的文学风格。他所发表的作品中相当一部分篇幅是以中国的人事、民间文化作为小说写作的基本内容，具有浓郁的中国东北乡土气息，因此被视作“一位描述东方精神的神秘幻想小说家”[②]，这种神秘性、奇幻色彩集中体现在《满洲之星》中。黑多克长期从事气功练习，由此也能看出他对中国文化的态度。

黑多克的一部分书写中国的小说能够客观、理智地再现现实生活，清醒地对待社会现实和各种现象，并将人物内心世界最为隐秘和真实的部分及其复杂形态呈现给读者。作者虽然不能充分认识精深的中国文化以及中国人的日常生存状态，但是他的一个长处是能够将眼前的事物内化为作品中的重要构件，并通过这些构件完成作为一个俄侨作家的种种人生思考，或者面向现实的多重考量。黑多克的短篇小说《死人回乡》便通过一种习俗、一个情节片段实现了一种“归乡梦”的隐喻，挖掘出人物内心的观念冲突以及由此带来

① 蔡佩均：《“发现满洲”：拜阔夫小说中的“密林”与“虎王”意象》，《沈阳师范大学学报》（社会科学版）2016年第6期。

② 吴彦秋：《阿尔弗雷德·黑多克和他的〈满洲公主〉》，《俄语学习》2018年第3期。

的自我情感的有效传达。

《死人回乡》以短小的篇幅记载了中国贵州当时的丧葬风俗：活着的人无论贫穷富贵都要设法回到故乡，在临终前一定要和亲人见上一面。客死他乡的话，其亲属们也一定要把死人接回老家安葬。主人公“我”最初感到诧异和不解，认为灵魂一旦离开了躯体，躯体葬在哪里不都一样吗？当听完老侯讲述贵州家乡的道士如何让“死人回乡”的民间丧葬方式后，“我”开始相信死去的人自己会回来的：“此时此刻，我也像老侯一样相信：在遥远的山区，直到如今还有死人在活人的陪伴下行走”①。最后这段描写是作者心境的最真实表达。作者的目的并不在于对异国习俗的记录和展示，这本非作者兴趣之所在。实际上，在作品中“通过两个人的对话，作者向我们展示了两种文化、两种思维方式和世界观之间的冲突”②。在“我”的意识世界中相信一种更为世俗的甚至实用的生活观念，当然这更依赖于“我”（作者）的东正教信仰，俄国东正教追求现世拯救之实现，建立地上天国的梦想亦是俄罗斯民族的心灵渴望，“俄罗斯民族性格的形成受到东正教文化很大的影响”③。加之黑多克在中国受到佛教思想影响，佛教的因果报应等观念在他的意识和作品中与其自身天然的东正教信仰发生融合，也显示出一定的冲突色彩，甚至在一些作品中我们还可以看到一种晦暗不明之情形。老侯的言语令我们看到了其所在文化环境特别是宗教信仰方面的属性，他说：“山里住着许多修行的人，那儿没有诱惑，人很容易沿着伟大的道教之路走向真理。”④ 接着作者通过老侯之口较为详细地描述了中国民间习俗“赶尸”的过程。老侯的观念

① 李延龄主编：《兴安岭奏鸣曲》，冯玉律等译，北方文艺出版社、黑龙江教育出版社2002年版，第411页。

② Мяо Хуэй. Особенность отражения китайской культуры в рассказах А. Хейдока // Гуманитарный вектор. Серия：Философия，культурология，2014，№2.

③ Веретенников Н. Я. Российская ментальность и современность. Саратов，2000. С. 20.

④ 李延龄主编：《兴安岭奏鸣曲》，冯玉律等译，北方文艺出版社、黑龙江教育出版社2002年版，第410页。

是在一种具有象征意味的关系网中生发出来的，死者与生者之间的紧密关联，特别是人与祖先、人与家乡的深层联系，而不是那种更加看重灵魂自身的修行及其不朽之问题。也正是在两种不同的语境中，我们可以感受到：这不光是一个简单的习俗问题，而是关涉到两种不同文化和不同思维处境之人对这种习俗的不同理解的问题。正是这样一种合理的设置，让作品有了丰富的解读空间。我们可以从中看到中国习俗，感受中国人的信仰及其背后的心态，最为主要的是，可以从中解读作为旁观之“他者”会通过中国民俗想要传递的东西，黑多克确实做到了丰富而细腻的情感投射和伦理思考，这才是这部作品的精练、独特之处。

在这篇小说中，作者并未让秉持两种文化思维的人产生多么激烈的冲突，而是在一种平和的言谈中交代了两种文化之间的隔阂，以及打开隔阂而通往精神理解甚至融合的可能性。正是这种适度把握，才最终达到“我”的思维的顿化和情感的升华。如果是那种极度陌生甚至互不理解的，便难以达到理想化的审美效果。

小说中，中国习俗的选择十分巧妙，“死人回乡”习俗中的生死离别问题恰是一个人必然要面对的重大问题，这个显然不分古今，亦不分中外，“我”所代表的黑多克甚至是俄侨一方，也存在着“落叶归根”的重要现实需求。中国习俗是实现相互理解和沟通的中介。关键还在于，作者所设置的“我”不是立足于审视的、不认同的甚至是批判的立场来展开这场对话的。这与当时中国作家的启蒙追求不同，与通过作品展现出民间审美认同的做法也不同。作家通过老侯的口吻所讲述的“赶尸”过程，是一种中性的传达，就像老侯最初所强调的“你别取笑我们民族的信仰”[①]，到最后“我”一直保持着一种客观的态度，保持认真聆听的姿态。一开始“我”对老侯这个中国人的话显

① 李延龄主编：《兴安岭奏鸣曲》，冯玉律等译，北方文艺出版社、黑龙江教育出版社2002年版，第410页。

示出一种不信任，以致“我”的脑海中涌动着许多反驳的意见，随着聆听的进行，情绪发生了变化，“我”开始怀疑自己观点的正确性，开始相信这种古老的中国信仰和传说。“我”的认真聆听和态度转变不能说明“我”有多么在乎这些中国“故事”，而是因为它们对于“我”来说是有价值的，是有启发意义的，“死人回乡”传递出了俄侨至死也要回到祖国的共同心声。

中国习俗表达了一种人在死后的信念：一个人的灵魂回到了一个地方，而他们的家人和祖先就住在那里。这种死后的信念对于活着的人来说是意味深长的。家庭观念、祖先意识、父母亲情，这是构成一个人真正的现世生活的重要元素，尤其对于一个中国老人来说，生活即是永恒的回归，回到亲人的身边。对于漂泊者们来说，漂泊虽有各种各样的原因和经历，但归返故乡的愿望在不同时代和不同国度都存在非常相似的表达方式，即至少在临死之前回到自己的家，只不过中国人的意识更为浓烈，仪式感更加凸显而已。小说写道：“即使最穷的中国人家庭，砸锅卖铁也要把死人从异国他乡运回老家。”[①] 这说明在中国人的风俗习惯中，所有活着的人，无论是富人还是穷人，在死前都必须回家，并且要竭尽全力回家。这些话语其实进一步加深了作者的归乡之情。难道仅仅是中国人吗？通读小说全篇，可以听出弦外之音：在阳光下的所有人，无论是在哪个国家的人，或者到了哪个国家的人，信仰什么宗教的人，一个外国人尤其像黑多克这样一个庄重地讲故事给人听的人，他们的灵魂都必须回家，回到祖先所葬之处。老侯与“我”二者之间虽有距离，但最终走近了，达到了情感的互融。事实上，相对于老侯对“死人回乡”的坚信从而表现出来的虔诚甚至天真，“我”则并不完全在乎这个表述的真实性和可靠性。对于“我”而言，认识到归乡的重要性了，这才是完满的结局，这个结局

① 李延龄主编：《兴安岭奏鸣曲》，冯玉律等译，北方文艺出版社、黑龙江教育出版社 2002 年版，第 409—410 页。

一直藏于内心而未被道破，如今已然不是无意识中的那种亦幻亦真的存在了，令人亦喜亦忧！

因此，我们说《死人回乡》是作者“归乡梦”的隐喻，是俄侨群体“归乡梦”的隐喻。结尾“母亲”一词和意象的运用恰恰最能表明作者的用意：“他们要感受母亲的手在他们脑袋上的抚摸……”① 作者的情感经受了一场洗礼：“在大自然面前，在保存着生死秘密的大自然面前，我的种种悲观想法渐渐隐退。”② 这种悲观想法的隐退实则是希望的升腾，归乡之梦必将成为一种现实。作家在这里暗藏着个体的期许，更是发出了一个群体的希冀。《死人回乡》篇幅短小，但韵味悠长，是我们深入理解在华俄侨作家的中国书写及其文化心态的一把钥匙。

“归乡梦”作为人类一种复杂的普遍性情感，当凝结于作家精神之中，便会通过文学作品实现一种有效的传达，文学最终成为人类精神体验的阐释方式，这种阐释“源于作者灵魂深处‘归乡情结’的缠绕，抑或源于作者灵魂深处挥之不去的孤独漂泊之苦与身世落魄之悲凉，又或许源于作者对精神家园迷失的困惑与寻找理想出路的迷茫”。③ 这些都不同程度地交织于俄侨作家的身上，黑多克亦难以逃脱，在其作品中所出现的“死人归乡”仪式已经不是寻常事物了，而是浓厚的乡愁情结和割舍不掉的家园情怀的寄托象征之物。中国东北流亡作家群通过对东北地区民风习俗的展示也实现着一种精神还乡，追求着自我文化身份的确认，如果把他们对中原（传统）文化的精神依恋和回归意识归结为一种“文化恋母”情结的话，这种情结在具有相似经历的俄侨作家的意识中也明显存在着，不同的是，俄侨的依恋是在俄罗斯。

① 李延龄主编：《兴安岭奏鸣曲》，冯玉律等译，北方文艺出版社、黑龙江教育出版社 2002 年版，第 411 页。

② 李延龄主编：《兴安岭奏鸣曲》，冯玉律等译，北方文艺出版社、黑龙江教育出版社 2002 年版，第 411 页。

③ 王炳利：《问天堂》，春风文艺出版社 2018 年版，第 161 页。

二　自然风物：壮美与颓相并存

俄侨作家的文学创作对中国东北地区的通俗小说诸如探险、言情等类别的发展都产生了影响，除了巴依阔夫、涅斯梅洛夫，黑多克的《满洲公主》和《米阿米》都“充满了神秘的东方文化色彩和理想的爱情至上主义，都在东北文坛上产生了较大的影响”①。黑多克的创作是独特且可以自成一家的，可以拿收录于《满洲之星》中的神秘小说和奇幻小说为例。这类小说的神秘奇幻性往往会通过梦境方式实现，梦境成为黑多克艺术体系中的重要手段和符号，依托于此，作家将东西方两种生活神奇般地结合一处。黑多克的这种神秘主义追求与其自身作为一名神智学家有关，此时的神智学学说已经成为留寓哈尔滨等地的俄侨适应异域文化并构建新生活的乌托邦模式，加上黑多克所接受东方文化因素尤其是中国佛教中的生死轮回、因果报应等观念，这些都为黑多克作品笼罩显著的东方神秘色彩起到了催化作用。这种神秘性体现在自然风物上，例证便是《死人回乡》，中国的“赶尸”习俗恰好符合了作者营造“异世界”体系的需要。为了营造这种神秘性，作者在开篇便展开一段别有意味的环境描写：“在一个凉爽的傍晚，我们坐在河岸上倾听河水懒洋洋的拍溅声。晚霞尚未退尽，但是一层紫色的烟雾已经遮住了远方的群山，一座座山峰在山谷里投下黑影。”② 结尾是：“远处的山坡上冉冉升起一层雾霭，发暗的河面上铺着一层幽灵似的布。深邃无垠、雄伟壮丽的天空和熟睡的大地散发出夜的神秘气息……”③ 黑多克的艺术处理能力显露无遗。神秘主义带着一种不确定性，从而带来艺术表现空间的开阔性，也展现出作品强烈的现代色彩。

---

① 詹丽：《伪满洲国通俗小说研究》，北方文艺出版社 2017 年版，第 118 页。

② 李延龄主编：《兴安岭奏鸣曲》，冯玉律等译，北方文艺出版社、黑龙江教育出版社 2002 年版，第 409 页。

③ 李延龄主编：《兴安岭奏鸣曲》，冯玉律等译，北方文艺出版社、黑龙江教育出版社 2002 年版，第 411 页。

黑多克笔下的自然风物所显露的神秘色彩是与中国自然风物本身所具有的壮美属性分不开的。这种壮美往往通过所处环境的原始性展现出来。和巴依阔夫一样，黑多克也喜欢描写中国的自然景色，不同之处在于，黑多克的小说世界里除了原始森林，还有荒漠与草原。《疯狂大漠》和《狗吠声声》中的故事都是发生在蒙古草原上，从中足见草原的空旷与野性。在《阿列克赛·别里斯基的幽灵》中，我们可以感受到巴依阔夫小说中那种壮阔之美和原始冲击力：

> 在夜幕的背景下，一晃而过的闪电把一棵棵树木照得格外分明，那些黑色的树枝就像从树干上伸出来的瘦骨嶙峋的请求饶恕的手。……
>
> 在这样的夜晚，原始森林显得十分潮湿、阴森而恐怖；猫头鹰宛如黑色的头巾在头顶上悄无声息地飘过，而一丛丛灌木似乎在悄悄提醒你：别走动……别走动……①

这种描写融会了现实观感和浪漫想象，令人不寒而栗，作家笔力可谓雄健。《满洲公主》描写了浪漫而富有激情的画家巴格罗夫慕名来到中国的长白山区，“我”带他去欣赏到了这样的景色：

> 两座陡峭的山峰夹着的一道山沟缓缓向前延伸扩展，穿过一片大草地后被一个半圆形的山包拦腰挡住，形成了一个死胡同。与周围山峰决然迥异的是，这山包上没有树木，上上下下长满了地毯般的青草，中间点缀着火焰般的蒲公英、母菊和大量的白花。
>
> 阳光下，这座被阴森森的群山环抱的山包显得格外亮丽。②

---

① 李延龄主编：《兴安岭奏鸣曲》，冯玉律等译，北方文艺出版社、黑龙江教育出版社 2002 年版，第 338 页。

② 李延龄主编：《兴安岭奏鸣曲》，冯玉律等译，北方文艺出版社、黑龙江教育出版社 2002 年版，第 323—324 页。

黑多克与巴依阔夫的共通之处是对中国自然风物的偏爱甚至迷恋，两个人的差别是，黑多克在书写中国景物时往往并不专注于壮美，甚至带着一些不足，在不足中甚至还带着一些阴郁的气质，这种阴郁裹挟着离愁别绪、人生思考和生命意识。因此，黑多克所展现的自然风物既是壮美的，又是具有颓相的；既是现实的，又是梦境的；既是真实的，又显现为幻觉的；既是现世的，又可以是位于彼岸世界的，在相互融合间将读者带入一个全新的想象境界和体验状态之中。

我们所强调的颓相，一方面是自然风物的衰败感和不和谐感，一方面则是自然风物所隐藏和携带着的作家的困惑感和无奈感，颓相背后是一个方死方生的生存境地。在《满洲公主》中，眼前的事物让“我”想到遥远和深邃，眼前的事物能激发主人公关于爱情与生死的思考，正是在一种带着忧郁气度、神秘色彩、感伤格调的黑多克式的复杂思考维度中，读者感受到了壮美自然景象背后暗藏的复杂思绪。作者在景色描写之后写了这样一段话：“在山包脚下与山顶的中间部位，还有一间令人瞩目的由石头围墙围起来的四方形房子，门口有两棵罗汉松，中间是一个个坟包——永久安息的地方。它赋予这个繁华点缀的山包一种忧伤、宁静、昏睡、死亡和平和的魅力。”① 这段描写文字显示了黑多克对于中国风俗和传统文化的认识与看法，“小说中无论是象征死后万古常青的‘罗汉松’，还是中国特有的墓地式样‘坟包’；无论是墓地选择的传统习惯，还是与父亲葬在一起的是儿子而非妻子，这一切都为小说打上了浓厚的中国民间风俗色彩的烙印。因为，我们知道，对于俄罗斯人来说，象征着最高荣誉与地位的理想埋葬之地是教堂，而非像中国一样是群山环抱、郁郁葱葱、远离尘世喧闹的风水宝地。在作者看来，这样的风水宝地恰恰应该是一个人无

① 李延龄主编：《兴安岭奏鸣曲》，冯玉律等译，北方文艺出版社、黑龙江教育出版社 2002 年版，第 324 页。

论是生前还是死后，天地、阴阳两界能够对话的最佳地方，反映了作者对中国传统民间文化的认同感。”[①] 壮美与颓相并存的书写态势，实际上寄予着作家对中国及中国文化的一种理解方式。同时，这种书写态势也有利于作家游刃有余地穿梭于现实世界和精神世界之间，那些看似费解的物象之上其实寄托着作家深刻的思考，无形中增强了作品的耐读性。譬如有关中国东北山谷的书写，“山谷的幽深与人类内心的深邃相互映衬，在情景交融中，作者将自然景致与人的内在景致相融合，从而为作品营造了一种诡异之气，透视了宇宙的神秘不可测”。[②] 作家抓住自然的无法把握性，渗透出关于人类、人生存在的魔幻思考。因此，当有人认为黑多克小说变成了“有些枯燥的脑力游戏”[③] 时，我们认为黑多克文学风格的神秘性和杂糅性正是在华俄侨作家群体文学智力提升的一种体现。

黑多克笔下的壮美与颓相在一定层面上体现了作家对于中国东北落后状态的一种审视态度。一个作家生活在特定的地域，自然会将自己所受到的地域文化尤其民俗文化的熏染、体验、感受和领悟潜存心中，作为人物活动的外部环境进入作品之中，带给作品极强的审美力量，这在中国东北作家那里尤为明显。俄侨作家因自身生活环境的特殊性，中国东北民俗文化对他们所产生的约束力实际上要弱小很多，不过落后和蛮荒就会造成神秘，神秘自会招致围观与探问，中国东北自然环境的粗犷、民风的淳朴确实会影响到那些有创建意识的作家的创作，造成他们题材选择和表达趣味上的“东北化”和“民间化”，黑多克和巴依阔夫便是如此。

最后，要指出一点，即在华俄侨作家的中国自然与民俗书写跟中国作家有所不同。上面已经多次提到东北流亡作家群了，这些作

---

① 王亚民：《20 世纪中国俄罗斯侨民文学研究》，博士学位论文，兰州大学，2007 年，第 112 页。

② 万红、石金焕：《在华俄侨作家 А. П. 黑多克“诡秘”写作探析》，《黑河学院学报》2020 年第 10 期。

③ Крапивин В. Тень стрелы. Москва：Подвиг，2004. С. 285.

家的东北自然与民俗描写很具有代表性。中国东北本身就是他们的土地、他们的家园，土地家园沦丧，忧患意识丛生。俄侨作家则不同，中国东北本身并非他们的土地，并非他们的家园，他们去国去家，身为异乡异客。对于东北流亡作家来说，东北自然与民俗意味着思念意识的承载物，因生存需求而不由自主地走向主动表达。对于俄侨作家来说，东北自然与民俗并不是属于他们表现思念意识的必然需要的承载物，即使需要也必须经过一个转化的过程，甚至会投去观察与审视的目光，于是他们的中国自然和民俗书写可能会晦暗，也可能会明朗，还有可能会模糊不清。东北流亡作家忧郁而低沉地去书写自己熟悉的乡风民俗，那种亲近感和象征意味都是不言而喻的，于是在他们的整个文学建构空间中会弥漫着一种难以摆脱的苍凉与愁云。与东北流亡作家相比，俄侨作家在中国自然和民俗书写方面并不是全面的，也并不是真正“中国化”的，却是多种色调的，令人耳目一新的。

第四章　在华俄侨作家的中国城市书写

对于城市这样一个复杂的系统，作家的心中往往会有一种发端自现实又面对远方的特殊情感指向，特别是生长于城市的作家会对城市不断进行体验、感知或者发现性解读，并通过文字建构起理想中的城市意象，这些意象又映现出各类具有代表性的心理内涵和精神趋向。由此，作家与城市之间的关系十分密切，也往往成为一个理论话题。

20 世纪上半叶，当中国作家站在自己的视域里试图通过乡土文学这一载体来表达对世界、家国、文化和人生的看法时，文学领域也适时开始了对中国城市空间的独特观照，城市书写呼应着乡土书写，成为一个非常典型的文学表达领域。来华的俄侨基本生活于中国的几个主要城市，自然与城市产生了千丝万缕的联系，俄侨作家对中国城市进行了相当规模的书写和表现。因此，俄侨作家与城市是一个难以避开的话题。俄侨作家的中国城市书写从文学视角丰富了中国城市文化的意蕴，并向我们展示了具有复杂意味的“另类”中国城市形象，作家作为置身并扎根于中国城市的异域人，其隐秘而丰富的内心世界与具有复杂意味的城市灯火交相呼应，不断浮现于历史生活的表象或深层。

第一节 俄侨作家笔下的中国城市景象

一 中国城市景象的总体呈现

俄侨作家在创作题材、写作对象等方面都显示出独特性和多样性，自觉以城市空间为审美对象，建构了一种独特的城市景象，总体特征呈现如下。

（一）触及多个城市及城市的多个层面

在中国，俄侨居住的城市很多，如哈尔滨、上海、天津、北京、大连、长春、齐齐哈尔、青岛、香港等。当然，并非有俄侨居住的城市就会浮现于俄侨作家的笔端。哈尔滨和上海是我们所熟知的俄侨聚居地，被视为俄侨文化在中国的两个重要“小岛”或“小站”，自然属于作家重点观照的对象，“虽然北京、天津、青岛也有俄侨的文学生活，但是只有这两个城市拥有较大的出版机构、较强的编辑力量和作家队伍，以及广泛的俄国读者”。[①] 此外，俄侨作品中的城市形象还有长春、齐齐哈尔、北京、大连等。俄侨作家勾勒了中国城市的众生相。不过，许多城市形象只是掠影，甚至是模糊不清的。很多诗作在对城市外观及其他景象进行描写时，往往会随带一种由景生情的感慨，如巴尔考的诗作。大连这座城市带给巴尔考以联想，也带给她丰富的思考：“又是锣声，不是送葬钟声？/大雾吸收了所有声音光线……/四周死寂，空旷而且凄然……/世俗的心灵，你只管无言!”[②] 这里的思辨意识是明显的。

作家写到不同规模的城市，其中小城市的书写更具中国韵致和意

---

① 李兴耕等：《风雨浮萍：俄国侨民在中国（1917—1945）》，中央编译出版社 1997 年版，第 300 页。

② 李延龄主编：《松花江畔紫丁香》，李延龄、乌兰汗译，北方文艺出版社 2002 年版，第 9 页。

境。与西方社会相比，当时中国社会的现代化程度并不算高，除了“十里洋场”的上海，作为大都市的北京其现代城市文明发展也是相对滞后的，有人称呼这个时期的中国现代（都市）文明为“前现代文明”，与真正的现代工业文明相比还存在一定差距。封建文化形态尚未隐退，资本主义文化形态尚待滋长，这样的文化混合体式在各个中小城市特别是所谓的小县城表现得尤为明显。小城市在俄侨作品中出现，有时反而显得面貌清晰，这是因为小城市的乡野生活气息浓重，甚至还带着荒凉和寂静的意味，能够更好地衬托出俄侨的心境。

一座城市不只有车水马龙、水泥钢筋、高楼大厦等可观可感的物象，还是多种文化信息、不同生存方式、诸多关系要素等组成的集合体。俄侨作家的写作触及中国城市的诸多方面，比如城市的风光面貌、大街小巷的市井商贾、楼房街角的风土人情以及城市居住者的喜怒哀乐。且看日常市井生活。米哈伊尔·斯普尔戈特的短诗《坐在小酒馆里同中国人吃饭……》勾勒出一个北方中国城市里的普通生活场景，其中“烫嘴的烧酒几乎弄昏了头脑”[①] 一句便使生活归于日常。

城市里的人也有多种，如中国人、俄国人、日本人、犹太人等，像上海这样的大都市还会有更多，他们共同构成了城市的活动主体。俄侨作家笔下的中国城市是拥有灵魂的，之所以有灵魂，是因为城市里有人，且不光是有俄国人。俄国人可以成为城市书写的主要对象，因为是俄侨身份使然，至少总会有一种难以规避的俄罗斯人的思维方式、生活观念，虽然熟悉而又显得有些陌生，这当然是作家所需要的。其实，一座城市之于俄侨的丰富意义更在于城市带给作家的复杂感受，即对所栖居的城市或是留恋，或是伤怀，或是回忆，或

① 李延龄主编：《哈尔滨，我的摇篮》，顾蕴璞、李海译，北方文艺出版社 2002 年版，第 231 页。

是试图挣脱而去，这是人的情感的多个层面，有时形成掺杂融合之势。特别是对于短暂居住或者匆匆而过的大小城市，则完全是一个外来人对于一个陌生场所的真实感受，这种感受带着某种夹生感，也带着某种唏嘘之音。

（二）时间感和空间感相结合的城市

俄侨作家面对中国城市产生的复杂感受，不光在于目光所及的中国城市与自己曾经居住的俄国城市在样貌上所存在的明显差异，还在于城市是他们行走与活动的主要场所，城市的四季阴晴变化早已深深地镌刻在记忆里，人生轨迹的变化也不断催生着新的城市记忆，城市俨然成为俄侨们的精神坐标。特别是经过俄侨作家的细致观察，作品中的城市既完整真实又似乎破碎虚幻，四季轮回，复杂的内心思绪也不断沉淀和积攒着。因此在作家的眼中，城市往往是充满着季节变化的。比如作家们在表现对于哈尔滨的总体感受时，充满了明显的时间感，特别是流动于诗人们的诗行之间。

在维克多里娅·扬科夫斯卡娅的《上海寄语》等篇章中，城市有着一种明显的空间感。这些作品通过各种具体的物象和城市空间的不断变换，使我们看到了城市在真切中的虚幻感，所以城市在这里承载了复杂多样的情感。有时候，诗人面对着中国城市，想象力又驰骋于那些遥远的地方，思维在城市里游弋，伴随着心灵的跨越感，“我在平淡无奇的城市里竟会在刹那间/被蒲公英给愚弄……”① 岁月穿梭，星云变换，沧桑流逝，心灵空间和真实空间的结合，不仅是辽远开阔之境，还让人明显感觉到诗人凭空远眺的身影，他们在大地之上天空之下存在着，天空或许是差不多的样子，而脚下的大地则是承载着遐思、追寻、回忆甚至缅怀的地方，小块城市的样子在他们的心灵世界是有所拘束的，因此城市空间既是永恒的，也是暂时的，不变的是空

① 李延龄主编：《松花江畔紫丁香》，李延龄、乌兰汗译，北方文艺出版社 2002 年版，第 167 页。

间转换中以复杂形态而生的情感。

城市栖居所造成的视野与视力的限定，也在一定程度上决定着俄侨作品反映生活的深广度和准确度。与中国作家对于广袤乡土的热衷书写不同，俄侨作家的笔触局限于城镇及其周围乡村，即便是小说中那些进入深山老林的冒险者，他们最终还是把城市作为返归的场所。那些热衷于诗歌写作的人们，站在街巷或窗前，这些空间不会束缚他们的时间感知，反而以此为起点飞向记忆深远处，所以城市对于这些诗人来说，或许是最为合适的一个抚今追昔的首选场所，因为在他们的头脑中不仅要考虑在异国他乡的生存，还会在潜意识里存在着这样的意念：脚下毕竟仍是异国他乡！

（三）去政治化表达

近代以来，中国社会一直处于救亡图存、民族国家创建的紧张与焦虑的气氛中，中国文学积极参与了这场创建行动，因为“紧张”与“焦虑”，文学与政治的关系也变得重要且敏感，二者的咬合时紧时松，却一直都是发生关联的。在梁启超把文学视为新民之道、呈现出政治化文学价值取向的同时代，王国维则因看重西方的无功利美学观而站到了文学的审美之一维，显然前者的观念是处于主导地位的。在中国新文学的建立过程中，五四文学在追求审美的同时与通过文学进行启蒙实现大众改造的社会使命相叠加，共同构成五四文学的功利性诉求，虽然与传统的封建制度下的文以载道观念已经拉开了一定的距离。文学之“用”从未脱离中国政治、经济、军事、革命等构成的社会变动大环境，总是与大时代及其社会变动构成或隐或显的对应或呼应关系，也导致作家在文学审美之外有太多的纠缠，纠缠是无法避免的，甚至是时代发展必然趋势之所在，而一旦无限度地走向事物的反面，这就需要反思了。

从俄侨作家的中国城市书写可以看到一种去政治化表达的写作特征，这种“离心”趋向并非无意间发生的，这种去政治化表达也不是说不谈政治或者没有政治。这些都需要从俄侨作家的寓居身份来谈起。

当他们根本无须纠缠于中国社会变革动荡及其所引发的心理危机，即使存在某种需要也不用像中国知识者那样本能地将救亡图存作为一种矢志不渝的追求目标，当约束力减轻了，俄侨作家可以透过遮蔽以一种个性化的审美意识去呈现另一种形式的中国城市景观。城市在俄侨作家的眼中不只是革命、炮火、占领、政客、资本、罢工、流民等词汇累积起来的形象集合体，也可以在城市或城市生活的精准描述之外寻找城市的符号意义或者街市景观的象征意义。基于文学审美的角度而建构出来的城市认知是必要的，深入心灵状态将表现对象的有形特色内化为精神景致也是必要的。当中国城市身影及其内部构件成为俄侨作家传达自身思考和情感的形式载体时，那些置身于中国城市肌体里看似陌生化的情绪，并不是疏离政治、远离社会而随心所欲自由出入得来的，相反他们是那样看重自身之于俄罗斯祖国的使命感和责任感。

二　中国城市景象的书写特色

深居中国城市，中国自不会退场，俄罗斯也从未退场，俄侨作家的中国城市书写中，俄罗斯气质与中国气质同在，比如在作品中经常出现的教堂意象。在这里，我们主要探讨中国城市景象书写中的中国气质。

（一）城市风情富于中国色彩

城市生活会触及经济、政治、文化、宗教、民俗等诸多方面，在城市里生活久了，作家们都会对城市提出自己的理解，首先映入眼帘的自然是城市里的市井日常、民情风俗。俄侨诗人对中国城市民俗的熟知程度令人惊叹。比如诗人伊吉达·奥尔洛娃的《来福》一诗中出现了这样的语句：“水泥马路上车声人声嘈杂，/混乱的星光蛇影腾飞在一起，/刺人的烟味，疯狂的人力车喇叭，/晶体眼珠里闪烁着麻醉剂。//大街拐角处有一家茶馆，/弦琴单调地哭泣，/悲伤的细眼堂倌来福送水，/手中端着瓷器茶具。”[①]“来福”的中国式称呼，生活场景的中国式气氛，都让人无法想象这首诗是出自一个俄侨诗人之手。全诗娓娓道来，令人回味，如泣如诉，十分动人，特别是悲伤的细眼堂倌来福的经历书写，令人读来感触颇深。别列列申在《中海》《西湖之夜》等诗作集中反映出他对中国民俗风情的熟知程度。《西湖之夜》的游子情怀感人至深，诗句所涉及“此”与“彼”、“近”与“远”、这座城市与远处家乡的关系问题，立意深远，不空洞，有物象，充分利用民俗思维与具体意象而使自己的情感表达更加饱满。“屈原投身湍急的溪流，/他的心难以承受忧伤；/皓首的李白陷落井底，/捞取水中醉酒的月亮。”[②]从眼前之景进入具体的人文语境，最后又落脚到古城和眼下的西湖之夜，“悠久的古城静悄无声，/我在幻想中物我两忘”[③]。题为“西湖之夜”，却不止于西湖之夜，最终又能够顺利回到西湖之夜，这首诗的中国风是别列列申式的，蕴藏着丰富的中国元素，同时也蕴藏着非常强烈的俄罗斯情感。

（二）中国城市是中国、中国历史文化、中国沉重现实的象征符号

拿北京来说，这座城市被俄侨作家赋予了一种特殊的内涵。玛利娅·科罗斯托维茨[④]在《北京》的开篇即将北京定位为一座“世界上最奇异的城市”，数百年飞驰而过的它仍然沉睡在梦里。这种定位引发了人们去对照历史与现实，也对照喧哗与寂静：“庙宇宫殿那些壮观的/巨大的建筑群，/和着知了不断的鸣声，/做着一场场梦。//沉思着的柳树，/观察着湖水的镜面，/凄然地观察着/荷花地毯似的一片。”[⑤]这些

① 李延龄主编：《松花江畔紫丁香》，李延龄、乌兰汗译，北方文艺出版社 2002 年版，第 197—198 页。

② ［俄］别列列申：《无所归依——别列列申诗选》，谷羽译，敦煌文艺出版社 2015 年版，第 90 页。

③ ［俄］别列列申：《无所归依——别列列申诗选》，谷羽译，敦煌文艺出版社 2015 年版，第 90 页。

④ 玛利娅·科罗斯托维茨（1899—1974），女诗人，曾生活于北京、上海。

⑤ 李延龄主编：《松花江畔紫丁香》，李延龄、乌兰汗译，北方文艺出版社 2002 年版，第 121 页。

物象将人们从远景甚至概念化影像带入到具体场景之中，也是第一段诗句所呈现的总体判断的具体展开。诗歌后面又写到忽必烈、成吉思汗，书写二者是想要体现当年的中国辉煌，却从侧面透露出俄罗斯人的中国史观，可见中国元朝和蒙古族铁骑对于他们的深刻影响，这是一种不同的观察角度。奥莉伽·斯阔毕浅克也有过这样的表达："成吉思汗经冰冷台阶，/也曾来到这里做佛事。/对我们他是遥远影子，/那已消失的帝国的皇帝。"[①] 作者将北京城特别是承载着历史文化的北京城置于一个宏大的历史背景中，反衬北京的当下性，于是北京成为被列强凌辱且昏睡的中国的象征，这种象征极具现实意味。诗人的眼光是敏锐的，这种敏锐的基础是熟悉中国历史文化。俄侨作家在观察北京时，总是不能忘记它的历史，带着一种历史感审视这座城市的古老和悠久，这座城市在作家眼中也当然可以是代表古老中国的。收在文学艺术文集《喇叭花》（1931 年）中的伏谢沃洛德·伊万诺夫的特写《北京》一文，观察视角独特，熟稔北京文化。在文中，作者将博物馆藏画中所表现的历史与现实生活中所观察到的画面相融合，勾勒出一个有着非凡精神魔力的整体。[②] 尼古拉·沃赫金创作于 1979 年的《长春》一诗突出了难忘的城市记忆，也掺杂着中国的历史、文化、变革等内容。在俄侨作家那里，中国城市可以是个性思绪的外化物，也可以通过穿越时空强烈地加深城市的历史感以及与之相关的深度思考。

（三）中国街景的呈现，是对中国特殊时代的记录

虽有文学的想象与升华，城市街景记录仍然具备史料价值。薇拉·孔德拉托维－西多洛娃的小说《黄包车夫》描写了哈尔滨中国大街（今中央大街），苏军进驻后，这里的人们依然各自过着平静的生活，商店

---

① 李延龄主编：《松花江畔紫丁香》，李延龄、乌兰汗译，北方文艺出版社 2002 年版，第 51—52 页。

② Резнцкова Н. Багулъник：Литературно-художественный сборник，Харбин，1931，Кинга 1 // Рубеж，Харбин，1931，№44.

照常营业，剧院广告仍邀请人们参加苏联新电影的播映季，“马尔斯糖果咖啡店的橱窗展示着巧克力蛋糕、木哈咖啡和装着蓬松泡沫乳脂的烟斗来吸引甜食爱好者”。[①] 这不仅是城市街景的简单勾勒。在这篇小说中，苏联军人瓦夏面对中国的一个又高又瘦的黄包车夫和车上半躺着的一个肥大臃肿的女人所生出的那种义愤填膺和怒火，体现出一种鲜明的判断和立场。小说为我们记录了一个外国人对中国贫富问题的观察动作和相关态度，不禁意味深长，这不免让人想起中国作家老舍的《骆驼祥子》、鲁迅的《一件小事》、郁达夫的《薄奠》等作品。在城市一隅所发生的喜怒哀乐、悲欢离合，总会在不同的作家笔下显现出不同的姿态和色彩，出身和经历有差异的中外作家可以描绘出千差万别的现实世相和历史面相，当然有时也会存在殊途同归之妙。

城市在历史演进中制造着文学故事，文学以想象的方式缔造城市的历史。可见，“城市和文学文本共有着不可分割的历史，因而，阅读城市也就成了另一种方式的文本阅读。这种阅读还关系到理智的以及文化的历史：它既丰富了城市本身，也丰富了城市被文学想像所描述的方式”。[②] 一部城史在某种程度上就是城市历史和文学想象的混合物。作家在描写城市时往往会在充分发挥自身想象力的过程中不断用“现实”与“记忆”元素构建一种场景，并将读者引入一种感性的、带有想象色彩甚至些许神秘色彩的“阅读”空间中去，换言之，在不同的时期，不同的作家会将“记忆”和“想象”带入一座城市，从多个层面烘托出一座城市的生气和氛围。阅读这些文本，也就是通过一个个镜头阅读着这个人的城市想象和审美方式，这些文本也就是这个人在政治、经济、文化、历史、人生、精神等方面所达成的城市寓言与象征。一座城市应当怎样被描述和书写，涉及一种态度问题：一种

① 李延龄主编：《兴安岭奏鸣曲》，冯玉律等译，北方文艺出版社、黑龙江教育出版社 2002 年版，第 528 页。

② Richard Lehan, *The City in Literature: An Intellectual and Cultural History*, Berkeley: University of California Press, 1998, p. 289.

生活态度抑或是一种审美态势，还应该是一种判断、品味与观感。当回头再去集中观看那些文本时，我们会发现在一个时代的横剖面上那些作家所留下的集体记忆。俄侨作家的中国城市书写便是这种集体记忆组合中的一个个碎片。俄侨作家的中国城市想象实际上是将城市建筑、历史文化和现实生活气息等方面多个向度地融合起来，城市经验经过文本的转化和文字呈现而最终被记录下来，我们现在可以通过作者的敏锐目光和文字所传达的具体感受，去重新发现城市的历史，重拾城市的记忆。当城市空间被置于某种时间维度之中，并与“远方”“家园”等名词概念相对应，在某些文本中彰显出“认同”危机和“浪漫体验”的断裂，在某些文本中则通过具体的人间风物落实到严峻的现实考量中，这便构成了俄侨作家的中国城市书写的重要意义。

第二节　俄侨作家的哈尔滨想象

一　“东方莫斯科”：“我的小祖国”

一座城市的形象是现实的、物质的，又可以是文学想象而成的，作家书写一座城市其实就是在想象一座城市。哈尔滨对于俄侨激发自身想象力起到了非常好的催化剂作用，并成为俄侨文学文本中十分重要的表现对象和情感投射对象。无论基于现实还是借助联想，俄侨对于哈尔滨的城市印象都是深刻的，甚至难以言表。

（一）哈尔滨是一座特殊的东方家园城市

哈尔滨的建城史并不长，不过在西方学者的眼中，“在二十世纪的满洲历史上，哈尔滨这座城市显然占据了中心位置”。[①] 第一代和第二代俄侨基本上是伴随着哈尔滨的建设发展成长起来的，见证了哈尔

① David Wolff, *To the Harbin Station: The Liberal Alternative in Russian Manchuria, 1898 - 1914*, Stanford (California): Stanford University Press, 1999, p. 169.

滨最初的建城史。

中东铁路的修建极大地推动了哈尔滨的发展，大批俄国工商业主、商人、教育工作者、文学艺术家等群体到来，在这里修厂开矿，成立商行，开办文化教育设施，促使哈尔滨由一个小渔村急速发展为大都市。资料显示："到20世纪20年代末，俄侨对满洲的经济贡献居第二位，仅次于日本人，是中等收入中国人人均的十倍。"① 这样的经济状况促使文学艺术有了发展基础，特别在第二代和第三代俄侨那里，文学艺术已经成为一种重要的生活方式。文学艺术的发达说明俄侨作家们不断参与到哈尔滨的文化建设中，不断地将自己的记忆融入这片土地之中。

哈尔滨俄侨的社会地位和生活条件不尽相同，商店的业主、房主、企业主们属于有经济保障的阶层，有一技之长、精明强干的工程师和大企业管理者自成一个阶层，当地的老居民、苏联铁路员工以及其他国籍的外国人也属于一个阶层，这些人群各自拥有不同的生活习惯、伦理道德标准，持有不同的等级观念，但在异乡的生活中基本消除了彼此间的隔阂，在思想精神领域达成了共识，即"他们所有人都渴望重新回到祖国的怀抱"②。然而，这种共识只是多数人的美好愿望而已，年老者更是遥遥无期很难实现了，"他们带着满腹的忧伤客死异乡"③。特别是在20世纪30年代和40年代的社会大变动中，俄侨们经历了难以忘怀的生存困苦，俄侨无法回归"红色俄罗斯"，日本人对俄侨不断打压，这些变化都引发了俄侨精神世界的巨大变动。俄侨的哈尔滨生活经历了一个艰苦、滋润又艰难的过程，这一过程中俄侨与哈尔滨的连带关系逐步加强了。

---

① ［俄］维克多·尼古拉耶维奇·乌索夫：《中国末代皇帝溥仪1906—1967》，张晓东译，群众出版社2018年版，第149页。

② ［俄］叶列娜·塔斯金娜：《在时代和文化的十字路口上》，载李延龄主编《中国，我爱你》，李蔷薇、荣洁、唐逸红译，北方文艺出版社2002年版，第132—144页。

③ ［俄］叶列娜·塔斯金娜：《在时代和文化的十字路口上》，载李延龄主编《中国，我爱你》，李蔷薇、荣洁、唐逸红译，北方文艺出版社2002年版，第132—144页。

与其他城市相比，俄侨在哈尔滨投入了非常多的情感，因为作家们大多都将自己的爱恨情仇放在了哈尔滨这座特殊的东方家园城市，对这座城市而言，他们更像一个个殉难者。作为“东方莫斯科”的哈尔滨被叶列娜·涅杰利斯卡娅[①]称为“我的小祖国”，由“东方莫斯科”的总体感受到“我的小祖国”的切身体会，看似平常实则深远，作家是在将哈尔滨作为“小祖国”的感情基础上走出哈尔滨的，所以他们在文学作品中重构哈尔滨形象的时候，笔下的城市总体印象总是与作家的切身体验相关联。

（二）哈尔滨是温馨可爱的、有人情味的

叶里扎维塔·拉钦斯卡娅[②]说：“哈尔滨的魅力在于她把大型文化中心的所有特征……与给人以温馨感的小地方色彩和井井有条的老式的纯俄罗斯的生活方式结合在一起。”[③] 哈尔滨集合了都市之大和城镇之小、俄式的“老”与中式的“新”，显得新潮化又具生活化气息。在叶列娜·伏拉吉[④]的《煎饼》一诗中，哈尔滨拥有了非常生活化的一面，傅家甸在热烈的叫嚷声中显得温馨而可爱：“收破烂儿的闭着眼睛，/大门阴影里哼哼唧唧。/傅家甸在热烈叫嚷中，/商品的旋涡飞腾不已。”[⑤] 大街上充满香喷喷的空气，大煎饼使劲儿地发散着香气，“故乡哈尔滨，中国城市，/使劲挥放春天的气息！”[⑥] 米哈伊尔·什梅谢尔[⑦]眼中的“松花江上的白天”是晴朗恬静的，岸上到处是阳光一片、春意一片。俄侨也接受着哈尔滨的生活习惯，比如涅斯梅洛夫在

① 叶列娜·涅杰利斯卡娅（1912—1980），女诗人。俄国十月革命后随父母移居哈尔滨。

② 叶里扎维塔·拉钦斯卡娅（1904—1993），女诗人、作家。1918 年到哈尔滨，在华出版有诗集、小说集。

③ Елизавета Рачинская. Калейдоскопжизни. Париж：YMCA-Press，1990. С. 121.

④ 叶列娜·伏拉吉（？—1990），又译作芙达莉，女诗人。在哈尔滨生活多年，作品具有很高的文学价值。

⑤ 李延龄主编：《松花江畔紫丁香》，李延龄、乌兰汗译，北方文艺出版社 2002 年版，第 129 页。

⑥ 李延龄主编：《松花江畔紫丁香》，李延龄、乌兰汗译，北方文艺出版社 2002 年版，第 129 页。

⑦ 米哈伊尔·什梅谢尔（1909—1986），作家、记者。诗歌作品擅长借景抒情。

《宝石》中所描写的赊账买酒和肉饼的情节都是中国化的。这些诗作中的情景具有一定民俗学和社会学参考价值。

哈尔滨的温馨可爱是与这座城市的人情味密切相关的，哈尔滨具有吸引力是在于它的宽容。在这里，俄侨特别是俄籍犹太人可以获得更多的个人自由。人们能够获得精神上的轻松和舒畅。在大量俄侨文章著作中，哈尔滨被描述为一个融多种文化和宗教信仰为一体的宽容而多元的城市，富有独特的格调和色彩。斯塔拉谢尔斯卡娅在回忆录中这样表达："要是哈尔滨的俄国人从来不会感觉到自己是外国人的话，那么上海则是一个国际城市，俄侨感觉到他们是这个城市社会的一部分。而天津俄侨的感觉从来都是该市的临时居民，好像是在遥远的路途上要歇会儿一样。"①

人情味不仅指城市建筑等物质元素、城市中人与人之间的和谐，还有城市的生命气韵、气质和气度等内在要素，这往往是最能打动人的，是能够渗透城市魅力的。人情味的一个具体体现就是家和避风港的感觉。诗人娜塔利娅·列兹尼科娃认为，当回忆哈尔滨的生活岁月时，"没有一个俄侨不会感到深深的感激之情"②，同时她还坚定地认为："世界上无论哪一个国家的俄侨都没有产生像在哈尔滨那样的如同在家的感觉。"③ 哈尔滨的陈腐守旧也给俄侨留下了一定的印象，俄侨作家在作品中会写到哈尔滨的一些让人不快乐的事物，但这些都阻挡不了他们对于哈尔滨的正面观感。叶甫盖尼·雅什诺夫④的《选自〈日记片段〉组诗》中写道："宴会上我们轮流把盏/已经疲倦。但酒又斟满！/我们生活的哈尔滨时代，/每一杯酒都要饮尽喝干。"⑤ 虽有迷

① Старосельская Н. Повседневная жизнь русского Китая. Москва: Молодая гвардия, 2006. С. 276.

② Резникова Н. Врусском Харбине // Новыйжурнал, 1988, №172 – 173.

③ Резникова Н. Врусском Харбине // Новыйжурнал, 1988, №172 – 173.

④ 叶甫盖尼·雅什诺夫（1881—1943），诗人、东方学者、经济学家。20 世纪 20 年代到哈尔滨，曾在天津、北京、上海等地居住，作品具有东方文化色彩。

⑤ 李延龄主编：《松花江晨曲》，谷羽译，北方文艺出版社、黑龙江教育出版社 2002 年版，第 332 页。

茫、梦幻，但诗人在内心深处还是与脚下这片土地融为一体。哈尔滨的人情味更像是一种绅士风度，这种风度一旦上升为一种文化宽容，与之相适配的便是作家诗意的升腾与流动，在这一刻，城与人相互辅助，都拥有了无限活力。

（三）哈尔滨是俄罗斯人的哈尔滨

俄侨作家意识中的那种“家”或“第二祖国”的感觉往往伴随着一种“自我”情绪，或者作为“主人”的先验性情感。诗人伏谢沃洛德·切乌索夫写道：“我感觉这是一场梦，/当我醒来，一切如旧——/哈尔滨教堂的钟声萦绕于耳畔，/我的城市银装素裹。”[①] 哈尔滨成为“我的城市”。瓦西里·罗基诺夫的诗歌题名直接称呼哈尔滨为“松花江上的都城”。

哈尔滨之所会成为“俄罗斯人的哈尔滨”，当然是长期生活使然，另外在俄侨的意识里，他们在整个哈尔滨的成长发展过程中起到了“特殊”作用，做出了“特殊”贡献。在众多回忆中，俄侨作家往往会将哈尔滨“从无到有”的建设之功归于俄侨，即使在这个过程中出现了中国人的影子，中国人也只是一种合作关系。拉丽萨·克拉夫琴克[②]的回忆录《初始哈尔滨》中所描述的哈尔滨的创建过程即说明问题，回忆录将来自俄国的各色人等视为“拓荒者”，并精细考证了这座城市开始的时间，认为“拓荒者”所做的一切对这个此前未被开发的地区来说是一种幸福，祖先们值得在哈尔滨贡献自己应该贡献的东西。伏谢沃洛德·伊万诺夫更是直言：“短短的 20 年里，在中国人和俄国人的共同努力下，在松花江与东省铁路交会处，一座城市从无到有，从小到大，已经傲然耸立在松江平原上。”[③] 涅斯梅洛夫的《哈尔滨的诗》这样写道：“亲爱的城市，你高傲、匀称，/这样的一天将会来临。/人们不会再记起这史

---

① Троицкая С. Русский Харбин：Воспоминания. Врисбен，1995.

② 拉丽萨·克拉夫琴克，1929 年生于哈尔滨，诗人。1954 年返苏。

③ ［俄］伏谢沃洛德·伊万诺夫：《20 年代的哈尔滨》，载李延龄主编《中国，我爱你》，李蔷薇、荣洁、唐逸红译，北方文艺出版社 2002 年版，第 16—28 页。

实：/建城时俄罗斯人也曾参与。//纵然这样的命运很苦涩，/但我们不会垂下眼睛：/请记起我们，历史老人，/请记起我们这一群人。”[①] 《旧墓——致哈尔滨的建设者们》中说：“我路过这里，常想起在这里/摞起骄傲和悲哀的人们，/想起用最初的界石做标志/把荒原标成街道的人们。//他们曾举起丁字镐和铁锤，/有为的一生曾美好无比——/它证明俄罗斯人到处强有力，/不管把他们派到哪里。//因此这个墓以一些回忆/令我们激动：在神圣的时刻/我们看见它——往事的遗迹。”[②] 涅斯梅洛夫的情绪是复杂的，但还是表明了他对这段奋斗历程的肯定态度，充溢着一种历史的悲壮感和在场感。“俄侨诗人的作品清楚地反映了他们扎根于中国土地之后所发生的心态变化过程。”[③] 特别是和父辈经历相异的年轻一代人，从未闻过故乡泥土的清香，从未有过登临故地的实在经验，所以当他们驻足松花江畔时，“只能隐隐约约地想到涅瓦河。俄罗斯大地已渐渐地退入梦中，显得如此遥远，可望不可即”[④]，甚至是如烟般缥缈，如诗般抽象。哈尔滨在现实世界如此触手可及，这块土地使他们在深夜平安入眠，可以作为“快乐的坟墓”。说哈尔滨是“俄罗斯人的哈尔滨”，在俄侨作家的意识里容易产生别样的共鸣。对于哈尔滨来说，他们的主人翁感觉似乎比其他城市都更为明显。[⑤] 基于此，很多小说家将故事背景设置于哈尔滨，比如涅斯梅洛夫的小说《狼》（1944 年）的故事叙述便开篇于此地，在小说《循着爱情的轨迹》中哈尔滨变身为 H 城，“H 城里卷起发黄树叶的冷风带着感伤的音调；巨大而灰暗的铁路公司建筑透出一种奇怪的、阴

---

① 李延龄主编：《哈尔滨，我的摇篮》，顾蕴璞、李海译，北方文艺出版社 2002 年版，第 21 页。

② 李延龄主编：《哈尔滨，我的摇篮》，顾蕴璞、李海译，北方文艺出版社 2002 年版，第 43—44 页。

③ ［俄］弗·阿格诺索夫：《俄罗斯侨民文学史》，刘文飞、陈方译，人民文学出版社 2004 年版，第 86 页。

④ ［俄］弗·阿格诺索夫：《俄罗斯侨民文学史》，刘文飞、陈方译，人民文学出版社 2004 年版，第 86 页。

⑤ 李萌：《缺失的一环：在华俄国侨民文学》，北京大学出版社 2007 年版，第 13 页。

郁的美”[①]。当然，俄侨在提到“俄罗斯的哈尔滨”“俄罗斯的上海”等概念时更多地指向所在城市的俄侨文化圈，而不是霸道地把整个城市视为他们“自己”的。

二　中国的哈尔滨：不只是摇篮和避风港

“东方莫斯科”如果总是停留在幻想中，这种幻想将会呈现十分完美而幸福的人生滋味，然而在俄侨的各种文本里我们总会感受到一个现实性明显的“中国的哈尔滨”形象浮现笔端，这种挥之不去的“现实”向我们证明了一个基本事实，即哈尔滨不只是俄侨们的摇篮和避风港。

（一）哈尔滨是充溢着悲情色彩的，带着些许悲壮感

俄侨作家的哈尔滨书写往往与自身的经历、回忆、文化远望或者历史沉思等元素相融合，作为“旅客”的思乡之情和俄罗斯情结在心中涌动，这是挥之不去的一种情怀，悲情与乐观达成比照。

俄侨作家的作品中往往有一个“乞丐”意象，比如瓦西里·罗基诺夫等人的作品，这些意象群带着一种悲情因素，指向自我的命运波动。格奥尔吉·格拉宁[②]的诗歌本身就有幻想和忧伤的特点，特别是在怀想俄罗斯和童年时光的作品中凸显出动人的气质：“柔软的芦苇权做渔竿，/水中的杆影在轻轻摇晃……/我真想就这样坐一百年，/对未来不做任何猜想。//注视河中倒映的云影，/随缓缓的流水漂浮荡漾……/而你的名字像一颗珍珠，/已经失落在沙滩之上……”[③]与自身境遇相勾连，眼前的美景是掺杂着忧郁的。在叶甫盖尼·雅什诺夫的《透过窗口……》中：“透过窗口看夜晚的城市，/你问命运：

---

① 李萌：《缺失的一环：在华俄国侨民文学》，北京大学出版社2007年版，第174页。

② 格奥尔吉·格拉宁（1913—1934），诗人。1923年随家人到哈尔滨。

③ 李延龄主编：《松花江晨曲》，谷羽译，北方文艺出版社、黑龙江教育出版社2002年版，第152页。

究竟意欲何往？/簌簌颤抖的风带走了岁月，/铺满马路的落叶枯黄。”[①] 诗人在时代风云与个人命运之间做出考量，有一种命运难以把握的悲哀，该诗虽不是全然写实的，但他透过窗口所看到的事物也往往是力透纸背的。在玛利娅·维吉的笔下映现出如此景象：“那个傍晚，悲戚的天空满脸泪痕，/多少年来悬挂在它的头上，/默默无语，筋疲力尽。/广场，靠近老火车站，/灯笼，点燃在桥头上——/还记得吗，我是怎样迎接了你，/然后又和你去了什么地方？”[②] 巴尔考眼中的“哈尔滨的春天，在癫狂的舞蹈中、/乌烟瘴气中生活粗犷地旋转。/忆久违的故事令往事也旋转。/旋转了，那说胡话的坑人梦魇”。[③] 透过玛利娅·维吉和巴尔考的诗句，我们体味到人的未来的不可预测，回忆往事让人伤怀，一切都空空的，裸露而无遮掩，在可怜、压抑、不祥之感中，哈尔滨的夜晚与春天跟受折磨者的苦痛遥相呼应，疏离之感浮动，内心煎熬顿现。

人生命运的悲情色彩注定了俄侨的城市行走带着些许悲壮感。尤其在离别哈尔滨时，这种悲壮感愈加凸显。在诗中，巴尔考面对着眼前的篱笆、小平房、废弃的别墅、破旧的草房以及腐烂的灰色的木栅栏，说出“别了，我的朋友，凄清的、不漂亮的、/不匀称的、逃难者的哈尔滨”[④]，这句话是感伤的、凄凉的，一个无法完结的流浪生涯更令人唏嘘不已：“痛苦流浪者的路还没有走完，/国家这么多，但太阳是一个……/回家的路也只一条，他乡之路还长，/火车窗子已经被烟雾遮掩。//别了，哈尔滨！别了，喜欢的一切；/那心灵的结合是牢不可破的。/一种盲目的、可怕的、神秘的力量，/送我们去远方，去异

① 李延龄主编：《松花江晨曲》，谷羽译，北方文艺出版社、黑龙江教育出版社2002年版，第318页。

② 李延龄主编：《松花江畔紫丁香》，李延龄、乌兰汗译，北方文艺出版社2002年版，第268页。

③ 李延龄主编：《松花江畔紫丁香》，李延龄、乌兰汗译，北方文艺出版社2002年版，第4页。

④ 李延龄主编：《松花江畔紫丁香》，李延龄、乌兰汗译，北方文艺出版社2002年版，第10页。

乡，别人的空间。”[①] 正是这种悲壮感的存在，俄侨作家的中国城市想象总是显得混沌而并非那样澄清，在巴尔考等人的想象中，脚下的城市总是与“在别处”的潜意识观感相对应，“爱”和“感激”的深沉中隐藏着一份难以化解的内心纠结。

（二）哈尔滨是一种无奈之下的选择，显得有些不同寻常

说哈尔滨是一个港湾、一个暂时的避风港，这种认识本身就带着很多无奈之感。他们希望当前的一切都是暂时的，这一切又在漫长的等待中被时间逐渐拉长，这种等待漫长得甚至连米哈伊尔·什梅谢尔在“为圣彼得堡而忧伤”的同时要与痛苦的流亡和解。当伪满政局的动荡和社会局面的波动从生活层面波及心理层面，俄侨作家的心理创伤面积逐渐增大，与过去的伤痕达成和解的难度也在增大，他们遥望祖国时抒发的感慨和喟叹，即是对现实不满的自然流露，哈尔滨显现出一种不同寻常的面貌。薇拉·孔德拉托维奇－西多洛娃的小说人物将哈尔滨视为一座奇怪的城市：“这里的一切都引起他的好奇，都使他觉得不同寻常。真是个奇怪的城市！”[②]

哈尔滨的不同寻常是诗人现实生活经历的情感投射。尼古拉·谢果列夫的代表作《经验》一诗写出了俄侨的艰难状态：“当侨民，就是在外国人中间苟且厮混，/须学会各种技艺维持生计，命运凄惨，/要学语言、学打字、学音乐、学舞蹈，/而你得到的是几枚小钱和人家的白眼……”[③] 诗人写出了有关小人物的生存格局，由此而展示出俄侨整体的困苦与挫折，表达了俄侨面对逆境时顽强不屈的民族个性，激发出读者的怜悯、同情、悲伤等复杂情感，其实质则是确认自我情感及其不同寻常的一面。这看似是一种感性的传达，其实质是情与理

---

① 李延龄主编：《松花江畔紫丁香》，李延龄、乌兰汗译，北方文艺出版社 2002 年版，第 11 页。

② 李延龄主编：《兴安岭奏鸣曲》，冯玉律等译，北方文艺出版社、黑龙江教育出版社 2002 年版，第 528 页。

③ 李延龄主编：《松花江晨曲》，谷羽译，北方文艺出版社、黑龙江教育出版社 2002 年版，第 261 页。

的融会。俄侨作家的哈尔滨体验构成了想象力的源泉，哈尔滨体验与哈尔滨想象相交织，敞开了情感与心灵的空间。

（三）哈尔滨是令人忧虑和牵挂的，是精神家园的象征

许多中国当代作家不断展开哈尔滨书写，试图用文学想象召回一座城市的记忆，其实俄侨作家们也不断用多种方式试图唤醒储存已久的关于哈尔滨的无限记忆。

在华期间，面向未来的哈尔滨时，俄侨作家的心思已显出忧郁和沉重。涅斯梅洛夫的诗作表达了对哈尔滨前途命运的深深忧虑，思考着城市的未来。在离华之后的长期岁月中，俄侨作家对中国生活展开回望，面对过去的哈尔滨时，哈尔滨是令人牵挂的。因为哈尔滨牵扯了太多俄侨个体的喜怒哀乐，恰如诗中所云："岁月，一段接一段地驰骋——/宁静，吉祥，与和平劳动……/在哈尔滨，我养育了儿子，/在哈尔滨，我为母亲送终。"[①] 别列列申于 1987 年在荷兰阿姆斯特丹出版了回忆录《两个小车站》，详细记录了 1930—1950 年在哈尔滨和上海的俄侨诗歌和文学生活情况。叶列娜·涅杰利斯卡娅在 20 世纪 70 年代写于澳大利亚悉尼的诗作《我常常觉得……》中这样说："我常常觉得，这是一场梦，/一觉醒来，一切如故——/哈尔滨教堂悠扬的钟声，/我的城市——身着白雪的装束。"[②] 诗人接着回忆那些扬尘的春天，感到了生活的充实。诗人在哈尔滨受过教育，有着丰富的哈尔滨童年记忆，因此她自觉地从记忆库中选择了很多美好的事物，比如白杨、榆树、窗户、房檐和楼房角落的轮廓，还有房间、玩伴、朋友，这些都是无法遗忘的，与诗人共同经历了岁月沧桑变迁。奥丽加·叶甫盖尼耶芙娜·切莫达科娃同样去了澳大利亚悉尼，她出生于哈尔滨，少年时期开始文学创作，以诗歌和儿童故事创作为主，诗

① 李延龄主编：《松花江畔紫丁香》，李延龄、乌兰汗译，北方文艺出版社 2002 年版，第 115 页。

② 李延龄主编：《松花江畔紫丁香》，李延龄、乌兰汗译，北方文艺出版社 2002 年版，第 152 页。

作曾发表于《国界》《哈尔滨的时光》等报刊。哈尔滨在她的意识中不光是出生地和居住地，还是精彩的、细腻的、有质地感的、能够拨动人心弦的一个地方。从《哈尔滨的黎明》一诗中，人们可以见到“哈尔滨由黑暗渐渐破晓乃至最后黑暗全部在天边隐去的情景”①，这种描写细致入微。诗歌《雪中的哈尔滨》持有一种感伤的笔调，其感伤是峥嵘岁月自然生成的挥之不去的记忆之殇，当往事涌上心头，这座落雪的城市只是在记忆之中呈现它的情状，城市及其身上的皑皑白雪都是压在诗人心头的重担，这是一份“才下眉头又上心头”的沉甸甸的思念。作为长期的侨居者，诗人们能够对哈尔滨产生如此深厚之情感，与自己的童年经历密切相关。诗人潜意识中镌刻的对于童年事物的深刻记忆，在多年以后通过文字和想象被激活，那些美好的事物早已幻化为无法抹去的情感符号，它们不只是简单的情感摹本，而是成为一种富有表现力的象征性形式，有意味地组合到一处，帮助诗人的情感疗伤，进而达到对精神彼岸世界的深情找寻。

在中国时，俄罗斯是俄侨的精神家园，令人神往，“满洲似乎是异国他乡，故土如此遥远。怀旧是哈尔滨生活的一个重要元素”②，也是俄侨作家作品中一个不变的主旋律。然而，当这些俄侨回到苏俄或者流寓他处特别是在晚年回想哈尔滨时，这座城市作为自己最初人生梦想实现、自身人生际遇遭逢和祖国命运思考的出发点和触碰点就具有了特殊的情感指向意义。那些带着主观色彩的回忆文字强调了他们作为特殊一代人及其经历的不可复制性，以及由这种不可复制经历而衍生出的自我诠释的愿望与价值重释的追求，更是要将那段中国体验简化为一种具有无可替代性的存在形态，在他们将那些历史画面推向远景或拉至近处而做出生动的特写之时，很像是在将之演绎成为一种

① 郝斌：《来自中国的澳大利亚俄侨诗人》，载黑龙江大学俄语语言文学研究中心编《俄语语言文学研究　文学卷　第2辑》，人民文学出版社2003年版，第138—152页。

② Olga Bakich, “Emigré Identity: The Case of Harbin”, *South Atlantic Quarterly*, Vol. 99, No. 1, Winter 2000, p. 54.

青春时光的祭奠仪式，并对那段时光做出庄严而深情的告别。在不同角度的回忆和观察中建构出一种新的历史，所显示出的那种悲壮感解构着那段生存岁月及其困苦阅历所存在的固有意义，从而形成了一种新的历史叙述模式。面向这座远方的城市，作家以文学想象方式完成了一次次精神之旅，哈尔滨是支撑起在华俄侨文学想象共同体的一个重要表达对象和实现场域。哈尔滨成为俄侨作家当之无愧的精神家园。他们在哈尔滨的生存方式既包括成为“最具俄罗斯特色的哈尔滨”的一部分，又要成为旧俄珍贵“碎片”的修复者和保管者，当修复和保管的任务历史性地完结了，他们的记忆就不仅是在怀念空间化的哈尔滨，还有一种时间化的哈尔滨，怀念与哈尔滨息息相关的那些人和事，还有那些挥之不去的曾经的乡愁。此时的哈尔滨之于俄侨而言拥有了双重意义和双重形象，即异乡与故乡、荒域与乐土、“现实境”与“理想国”。因此，梅利霍夫才会认为哈尔滨是一个人间天堂，一个神奇地聚集了智慧和有教养的人的地方，这些人享受着美好的平等生活。[①] 我们才能够充分理解女画家库薇拉·叶梅利扬诺娃·库兹涅佐娃-基齐金娜[②]的这句话：“说实话，我算不上真正意义上的侨民，我出生在哈尔滨”。[③] 哈尔滨的双重意义和双重形象还在于哈尔滨是“中国”和“俄罗斯”的双重混合体。离开中国去了澳大利亚等地的俄侨称呼自己为“来自中国”的俄罗斯人，而不仅仅是“俄罗斯人”，“中国”和“哈尔滨”仍是他们身份的核心。在著作中，俄侨作家描述自身为俄罗斯或犹太侨民的“中国”分支，其中包含着对中国的认同、对“俄罗斯哈尔滨世界”的认同。“哈尔滨身份”色彩独特，意味着他们既能在经济、政治和文化实践中成为“中国人”，又设法在社区和宗教生活中成为“俄罗斯人”。哈尔滨形象在俄侨作家生命的不同

---

① Мелихов Г. В. Маньчжурия Далекая и близкая. Москва：Наука，1991.

② 薇拉·叶梅利扬诺娃·库兹涅佐娃-基齐金娜（1908—2005），以水彩、水粉创作为主，创作风格受到中国文化影响，具有浓郁的东方风情。

③ 贺颖主编：《他乡亦故乡：俄罗斯人回忆哈尔滨》，赵喜罡、郭秋萍编译，黑龙江人民出版社2010年版，第38页。

阶段的意义和价值发生着深刻变化，作为精神家园象征阶段的哈尔滨形象诠释了“中国的哈尔滨”与“东方莫斯科”两个概念的差异化内涵。

最后，从不同时期的哈尔滨想象来谈一下俄侨作家的哈尔滨想象的特殊性。

20 世纪 20 年代到过哈尔滨的冯至、瞿秋白、朱自清等“北游”作家观察到的哈尔滨形象有强烈的现实感，是从关外和关内的隔膜、落后与先进的对比视角加以表现的。无论是冯至的“不东不西”的整体评价，还是朱自清的“畸形发展”观，或者是瞿秋白看到的那个“落魄不堪”的“中国北方人生活”的哈尔滨，都代表着关内人对东北地区的整体印象的独特之处。印象中的“破”与“怪”显示了作家作为关内人、深居大都市者的心理优越感、距离感和疏离感，其中的疏离感与哈尔滨的俄罗斯化以及带来的殖民化感觉有关，作家在作品中传达了这种深切感受。瞿秋白在《饿乡纪程》中认为“哈尔滨这个地方，中国本部人初到的时候，总不免有种种奇异的感想”。[①] 中国文人兼政治家的观察角度和表达立场限定了瞿秋白对于哈尔滨早期城市状态的基本认知。

哈尔滨在流亡作家萧红的人生历程中具有特殊的生命意义。1932 年初，21 岁的萧红和未婚夫离家出走，住进哈尔滨市道外区东兴顺旅馆，其惨状是我们所熟知的。东兴顺旅馆是萧红加重人生悲情色彩的一个重要转折点，萧红与萧军在这里的相遇、那场淹没街市的大洪水的出现以及萧红被解救的过程，都极富传奇色彩，随后开始写作的萧红在《商市街》中表现了自身艰难的生存状态，食不果腹是她和萧军的生活常态。在这块古老的土地上，人和动物一样进行着生与死的挣扎，这是一种基本事实，《生死场》中的情景是有作家的沉重的生活体验作为基础的，不只是文学的想象。由此，萧红的哈尔滨书写呈现

① 瞿秋白：《瞿秋白文集　文学篇》第 1 卷，人民文学出版社 1985 年版，第 51 页。

出了城市中居住者的生存悲苦，从人性关怀的角度高屋建瓴参透人生悲凉，哈尔滨这座城市像极了乡村，因为脚下的土地处处是挣扎，处处是叹息，无论城市还是乡村，都是一场生与死的考验。东北沦陷区作家在书写哈尔滨时同样内心沉重，文本处理得更加隐晦。东北作家在展现城市底层劳动者的生活境遇时，会写出他们对苦难或是承受、或是呐喊、或是奋起反抗等诸种形态。支援[①]、萧军等人都不约而同地关注到哈尔滨不同区域的底层生存状态。这些关注，现实感颇为强烈。中国人的生存状态成为中国作家的重要书写目标。

东北沦陷时期作家爵青笔下的哈尔滨形象具备明显的现代商业意味和颓废意识，与20世纪30年代的新感觉派作家的上海书写相呼应，凸显出独特的“爵青气质”。不过，“爵青气质”在当时的东北文坛不是主流，也没有形成规模化的发展态势，爵青塑造的哈尔滨形象光影微现时，现代感很快就被众多作家营造的现实感所冲淡。

当代的中国作家们的哈尔滨想象活动仍然继续着。阿成的哈尔滨文化形象的建构颇具艺术性和文化价值。迟子建以女性特有的敏感度全面记录了自己独特的哈尔滨印象和思考，笔下既有伪满洲国的历史沧桑，也有现代都市的市井烟火，俄侨等异域人作为都市空间的漫游者与城市构成一种游离和依附的关系，也构成了哈尔滨特殊的都市文化记忆。俄侨后裔胡泓的长篇小说《哈尔滨的忧伤》以及由卢国惠、王洪彬主编的“哈尔滨城史长篇小说系列丛书”的出版，都意味着哈尔滨都市书写的自觉意识在逐步增强。在地域文化自信寻找和历史写作资源召唤等文化历史背景下，作家们试图重新打开历史，从遥远的距离返回现场，完成城市故事讲述和历史想象，写作自由空间的舒展赢得了讲述和想象的精彩效果，同时距离感的存在难免造成现场感的缺失。

俄侨作家的哈尔滨书写不仅与同时代中国作家的观察角度不同，

---

① 支援（1919—2004），原名支振垣，东北沦陷时期作家。

也为当代人重新回到历史现场提供了重要的文本依据，这些文本会提醒人们这座城市在特殊的历史时刻所上演的那些曾经的过往。俄侨作家通过文字所建构起来的哈尔滨形象，在尊重日常生活世界的基础上避免了庸常与繁复，以文学特有的感性魅力呈现出俄侨群体的精神风貌，也成为哈尔滨在当今可持续发展过程中持有文化生命力的重要象征符号之一。

第三节　俄侨作家的上海想象

一　“东方圣彼得堡”：繁华与“僻巷”

在20世纪上半叶的上海文艺发展过程中，俄侨文艺从业者及其活动点缀了这座国际都市的文化生活。经历波折而追求安定生活的人生愿望，从事政治生活的危险性之切实感悟，都促使俄侨作家在华之时大多投身于文化、艺术、建筑等领域以展现自身才能。上海的俄侨中还有人对中国艺术进行研究。从20世纪40年代起，上海俄国话剧团演出过中国话剧作品，尤以曹禺名作《雷雨》最为成功。俄侨作家在上海长期生活，并从各个方面关注这座国际化大都市，在文学作品中呈现了一个别样的上海形象。

（一）俄侨作家的自身生活书写是进行上海想象的重要背景和动力源

资料显示，20世纪30年代中期时上海俄侨的自用汽车达一千辆。当时上海的俄侨商号已有一千余家，俄侨还开设各类学校、银行、医院、报馆、出版社、图书馆等。[①] 西方记者在报道中竟然称呼上海为“远东”出现的“新的俄国”的“首都”。在上海度过难民生涯中最初的艰苦时刻并在物质生活方面站稳脚跟之后，广大俄侨开始追求精神生活的丰富性，上海本身的繁华与国际化特质自然会引起俄侨知识界

① Жиганов В. Д. Русские в Шанхае：Альбом Фотографии. Шанхай：Слово，1936. С. 35.

的普遍关注，加上丰富的报刊和图书出版资源作为基础，知识者萌发出书写自身生活的愿望，愿望不断增强并且成为一种自觉。上海俄侨报刊的征文活动发挥了助推作用，比如上海的《斯罗沃日报》在1929—1930年主办的“诗人大奖赛”的很多作品是以中国和东方生活为题材，小说竞赛明确规定选题范围之一是“远东的俄国侨民生活”。正是在这个过程中，上海成为一个十分重要的书写对象进入俄侨作家的视野。

俄侨作家们书写自身与书写上海有一定的内在同一性。俄侨作家的自我认知经验是不能与真实生活相隔离的，会与都市生活经验相叠加，“有些俄侨文学家不仅熟知中国和上海，而且还善于用其生动、敏锐的洞察力与智慧进行观察、分析和描述，并创作了许多反映上海俄侨生活的好作品”①，在这个过程中，俄侨所涉及的上海因素、所建构的上海想象明确地传达了他们的上海观感和印象，通过上海进一步传达出他们的中国观感和印象。相反，当一些俄侨作家将书写上海作为自身文学创作的基本初衷和主要目的时，丰富的上海现代都市生活元素也充实了俄侨作家的自身生活书写。

（二）俄侨作家笔下的上海景象是繁华的，有一种纷乱之中的平静

上海是繁华的，这是当时各种人对上海的基本印象，俄侨作家无法回避这种繁华。外滩的面对黄浦江、背倚风格迥异建筑群的美丽景观自然而鲜明地代表着上海的形象，米哈伊尔·斯普尔戈特发表于《上海霞报》的组诗《上海彩画》代表着俄侨作家的外滩态度。诗人写到外滩夕照，写到霞飞路暮色，关注了侨民生活情状。这里的霞飞路又被称为“神秘之街”。近代的上海特别是霞飞路及其周边地区被俄人视为“东方圣彼得堡”，霞飞路在上海俄侨史上占据十分重要的位置。据当时媒体报道，俄侨“大半寓法租界”②。当时的霞飞路位于

① 汪之成：《近代上海俄国侨民生活》，上海辞书出版社2008年版，第387页。

② 《旅沪俄人之调查》，《新闻报》1926年8月6日。

法租界，因文化背景与俄国较为接近，便成为俄侨聚集区域。霞飞路上含有浓重俄国味的店招、急速回旋之哥萨克舞蹈等都让霞飞路充满了俄式风情。20世纪20年代中期起，“霞飞路95%的西侨商店由俄侨设立”①，30年代的霞飞路表现出高雅、奢华之气度，这里有露天的咖啡馆、完全俄式的餐馆和点心店，开设了销售皮货、首饰等物品的商店，还有影戏馆与跳舞场可供人们彻夜玩乐。这里还兴起了俄人的印刷出版业。《弗里美晚报》（后更名为《上海柴拉晚报》）主笔阿·弗·彼得罗夫曾著文指出霞飞路是完全特别的，且对于俄侨来说更显特别。其实，霞飞路上的俄式风情对于中国人来说亦显特别，其俄式化甚至引发了萧军的“思乡”之情，因为这条街很像哈尔滨的中央大街。本质上讲，萧军的霞飞路错觉感与俄侨面对上海时所产生的错觉感是不同的。上海属于俄侨的一个“天堂”般的避难之所，霞飞路的符号意义尤为明显。

俄侨作家的上海繁华书写与上海的开放、现代和商业属性密切相关，因此与哈尔滨书写就有了很大差异，又由于“和而不同”心境的存在，与中国作家的上海书写也出现很大差异。中国著名作家茅盾的长篇小说《子夜》综合运用多种手法细腻地塑造了一个繁华摇曳而又充满较量斗争的上海形象，这个世俗与功利交织的上海形象在实质上是经济中心性主导的文本格局通过上海所做出的“半殖民地”中国的国家想象，因为作为近现代中国的缩影，“上海提供了用以说明中国已经发生和即将发生的事物的钥匙”②。《子夜》中的人物都具有理性化的思维，大都是资本主义特性的人格体现，一座殖民之城的风物以挣扎甚至死寂的形态搅动着我们的神经。俄侨作家的上海书写让人在纷乱中体会到一种平静，此处的上海不仅是政治的舞台、经济的舞台，

---

① 上海通志编纂委员会编：《上海通志：第10册》，上海社会科学院出版社、上海人民出版社2005年版，第7033页。

② ［美］罗兹·墨菲：《上海——现代中国的钥匙》，上海社会科学院历史研究所编译，上海人民出版社1986年版，第4—5页。

还是生活的舞台。从玛利娅·维吉的诗行中，我们观看到上海郊区碧绿的运河、青翠的竹丛以及头顶酣睡的红色苍穹，“傍晚将临，/雾色更浓，/一颗星星升起/驻步天空”。[①] “运河满身水藻，/夕阳下静静沉睡。”[②] 这是1937年的上海郊区，是另外一种样式的上海繁华景象。

（三）俄侨作家笔下不只有繁华风物，也有幽暗的僻巷

将观察视线从城市周边转向城市之内的街巷，奥莉伽·斯阔毕浅克的眼里出现了如下事物：“街上成排小铺，脏房子，/土黄色的，灰不溜秋的，/驼着背挤在幽暗的角落。”[③] 还有乞丐、垃圾箱、柜台后面半光着膀子的商人。大街上的热闹散乱与回到家中面对书籍和诗稿的状态反差强烈，虽然纸张也是乱堆着的，所处房间也是寂寞的，但是“没有了上海破败的大街，/没有了那带花纹的小栏杆”。[④] 这句诗的原文是“Без шанхайской запущенной улиицы，/Без узорной решетки окна.”[⑤]“上海的”（шанхайской）一词的出现，表明了诗人的真实身份和心理区隔。阅读全诗能够看出诗人不是带着讨厌的情绪去面对眼前的僻巷的，不是因为上海“破败”而持以批判的态度，上海的僻巷主要成为诗人宣泄情绪的一个出口，这种宣泄不过是潜意识中的俄罗斯情绪在作怪，带动生成作为异乡者的孤独情绪。

有俄侨作家将上海与北京进行比较，北京无僻陋之感，反而一直具有作为皇城的雍容之气。上海独特的里弄文化其实也是成就了俄侨笔下的有意味的上海形象。幽暗僻巷与繁华风物相互映衬，体现了上

---

① 李延龄主编：《松花江畔紫丁香》，李延龄、乌兰汗译，北方文艺出版社2002年版，第266页。

② 李延龄主编：《松花江畔紫丁香》，李延龄、乌兰汗译，北方文艺出版社2002年版，第267页。

③ 李延龄主编：《松花江畔紫丁香》，李延龄、乌兰汗译，北方文艺出版社2002年版，第47页。

④ 李延龄主编：《松花江畔紫丁香》，李延龄、乌兰汗译，北方文艺出版社2002年版，第48页。

⑤ 李延龄主编：《中国俄罗斯侨民文学丛书　俄文版10卷本　卷1　哈尔滨——我的绿洲》，中国青年出版社2005年版，第107页。

海热闹背后的矛盾性，俄侨作家体会到了这种特性，于是他们表现了一个美艳与肮脏、奢华与贫穷、诚信与欺骗并存的上海，这与中国左翼作家殷夫、蒋光慈等人塑造的革命性色彩浓重的单一化上海形象，穆时英和刘呐鸥等新感觉派作家塑造的奢靡颓废色彩浓烈的现代性上海形象都很不同。日本作家横光利一的《上海》中出现在“转头摇晃的街区”中的蹲在鹅卵石路上的乞丐，在水果店边上摊放着的去皮猪被挖得像色泽鲜艳的幽暗洞穴，这些事物及相关描写都充分显示了横光利一的上海想象方式：黑暗、贫穷而肮脏，这是横光利一式的虚构的上海空间样态。与横光利一有一些相似，上海在俄侨作家的想象中多少都会给人一种“异样”的感觉，与之不同，俄侨作家在否定性认知和肯定性认知中达到一定的和谐，因此俄侨笔下的上海形象才独特，成为有关上海想象方式中的有意味的一种。正是在诸多文学想象中，上海成为一个复杂而充满张力的现代都市。

二　中国的上海：“残酷无情的城市”

俄侨作家在上海独特的社会环境和文化背景下从事文学活动，将上海的异域情调和流亡生活感受交相混杂在作品中，展示出一个充满现代感的都市上海与俄侨作家内在的精神关联。城市对于这些流亡者而言不只意味着聚居、生活、思考然后离去，上海本身所代表的国际化形象与气质令俄侨产生喜爱之情的同时又会对俄侨的心理产生一定刺激，让人无法置身其中而甘愿沉醉于人生表象，当上海之“大”搅动着俄侨作家的敏感的神经，一个“残酷无情”的上海印象便席卷而来。

（一）大都市侨居生活中的迷惘感和自我缺失感

作为寓居之所的上海最终只属于中国，基于自身流亡身份，俄侨作家以现代的眼光写出了上海这座国际化大都市所造成的人的迷惘感和自我缺失感。谢尔盖·阿雷莫夫的长篇小说《南京家族》以上海为写作背景，展示了几种不同的生活形态。小说中有如下几类人纷纷登场，且都各自表演着有趣而多彩的人生大戏：神秘的大商人沃尔德，意大利的冒险家和走私犯维斯帕，漂泊的高级妓女吉蒂·新加坡，作为中国文化传统的体现者的名叫“伟”的中国老人以及老人的子女们，等等。小说描写了上海的日常，带出丰富的上海都市元素：银行、港口酒吧、中国的百万富翁的生活、酒后杀人事件等，特别是将主人公阿加塔内心世界的展示与整个都市环境的表现相结合，凸显了现代都市里的生命彷徨。小说写到阿加塔和自己的情人即将离开上海时，情人却被射杀了，此时身处远离都市的狂野中的她，感觉到了无法抗拒的恐惧正在充满并包围着全身，上海似乎变成海市蜃楼，上海与旷野的融合，带给女主人公强烈的挤压感，她觉得自己快要疯掉了。这部作品在描写上海俄侨的生活时展示了丰富的中国元素，同时又落脚于上海这座充满现代气息的大都市以及附着其中的残酷性。

俄侨作家的迷惘感和自我缺失感起因于对故土的思念以及思念之情所致生成的对“醉生梦死”的都市生活的厌倦感或疏离感。上海俄侨作家大多从中国北方来到中国南方，身体劳顿与心理疲惫自不用说，随着时间的流逝和故乡距离的拉长，对上海流亡生活的厌倦之情自会流露出来，这一点明显体现在巴维尔·谢韦尔内的作品中。巴维尔·谢韦尔内的作品数量大、质量高，在华期间他还与鲁迅、梅兰芳成为密友。小说《夫人》描写俄侨在上海的生活及其心态。用回忆的方式表现出对祖国故乡怀恋之情的《卡马河上的雾》的创作起因便是，在冬天的拂晓所见到的黄浦江面上的充满煤烟和霉味的雾气令作者想到并思念起卡马河上的晨雾。深切怀念故土的动力和对眼前都市景象的陌生感与厌倦感促使作家提起笔来书写眼前事物，作家的真实目的则是为了书写远方。维克多里娅·扬科夫斯卡娅创作于上海的《上海寄语》一诗里闪现出“上海可笑的蒲公英”、天堂与坟墓、悲惨的命运、平淡无奇的城市、被蒲公英愚弄等语句和意象，尤其是“可笑的”（смешной）一词的出现，折射出诗人与上海在心理上的距离感。城市越是发达，越是灯红酒绿，越是容易让人位于人头攒动的街头时油然思念起家乡与亲人，进而催生出一种怀乡病，甚至使人在精神上产生一种空洞和虚无，这是一种现代城市文明病，在中国现代化程度最为深入的上海都市，俄侨作家的精神世界面临着十分严峻的考验。

（二）上海成为俄侨侨居生活中“残酷的乐土”

先来看一下上海俄侨作家兼画家卡乔罗夫斯基的长篇小说《张谢维》。小说开篇的上海情境是这样的：商店灯火通明的窗户、餐厅与娱乐场闪烁的灯光、成群结队地在狭窄的人行道上穿行的人。作为混合体的城市所体现的独特色彩造成了人的“非中国”错觉，在这里，任何地方都看不到中国的迹象，并且你的鼻孔里会弥漫着中国菜、中国油和大蒜的陌生而奇怪的气味，这些气味会穿过人体的毛孔。随着描写文字的大幅展开，人们还可以看到汽车、双层巴士、人力车、街头小贩、商人、妓女、中国女孩，听到从事建筑工作的工人的呻吟声、锤子的敲击声以及机器的尖叫声，这些声音交织在了一起。[①] 五花八门的事物，纷乱的色调，都显得那样急躁、无序和吵闹。小说还写到大商店前站着的街头妓女，她们袭扰着路人，还可以看到“一辆重型豪华轿车载着肥胖的中国富人，他们穿着丝绸长袍，嘴里叼着雪茄”[②]，一个半饥饿的盲人走在车旁。作家感慨着财富和贫困在这座城市的变化、对比与反差，也感慨随着财富和贫困而来的残酷、自私和邪恶。作家还写到中国的吃喝、人们探讨着一些中国问题，在这些过程中小说人物表现出一种漫不经心之态。再加上“中国”词汇的反复出现和小说采取的国际化的比较视野，造成了上海背景甚至中国背景的飘忽不定。

上述例证是文学文本中的“残酷”，现实生活中的样子呢？上海

---

① 李延龄主编：《中国俄罗斯侨民文学丛书　俄文版 10 卷本　卷 5　黄浦江涛声》，中国青年出版社 2005 年版，第 275—276 页。

② 李延龄主编：《中国俄罗斯侨民文学丛书　俄文版 10 卷本　卷 5　黄浦江涛声》，中国青年出版社 2005 年版，第 278 页。

俄侨不如哈尔滨那样占据“外国人”的绝对多数并且建立颇具规模的生活社区，初到这里的俄国人并不能找到一个现成的停留驻足的“家”，为了生存，在上海俄侨中曾滋生出一批职业罪犯，不少俄侨用扑克算命骗钱，偷窃，甚至贩卖军火。当然也有人为此辩解，认为是吉卜赛人和从哈尔滨来的职业骗子造成上海的犯罪率增长了。[①] 比如涅斯梅洛夫的小说《一个杀人犯的自白》（1940 年），故事的叙述开始于上海的一座监狱，俄国人莫德斯特作为故事的第一叙事者在牢房里开启了他的讲述。“许多难民为了使他们的家庭免于饥饿和贫困，同意从事任何工作，并经常要求施舍。一些妇女被迫到妓院以救家人免于饥饿”[②]，年轻的女性也会在各种地方跳舞。没有技能或者年老体衰者境遇悲惨，导致大量行乞者的出现，甚至还有旧俄伯爵、白俄军官沿街讨饭。“一些难民在经受不住严峻考验后自杀”[③]，自杀方式有开枪、服毒、悬梁等多种，其中自杀者不乏教师等知识阶层。

为了稳定社会，中国政府和上海租界当局对此并非视而不见，而是采取多种措施解决相关问题，支持俄侨社团的慈善活动，俄侨救济会、俄侨普济会、俄侨施济会、俄侨施济所、孤老俄侨妇女收容所等团体机构的建立和行动，加上中国各界包括上海市民的捐助，在一定程度上缓解了局面。因此全面来看，上海是值得选择的，虽然不能达到多么舒适安逸，但作为国际自由港的上海之于俄侨而言，“乐土”的意义更大于“残酷”的性质。或者说，上海带给俄侨一种生存的希望和勇气以及多种可能，于是上海在俄侨作家的视野中具有生活气韵、带有东方活力。他们可以从街道、灯火、暮色中体会到一种对于生活和生命的个性化理解，从弄堂里的小商小贩的吆喝声中听出一个普通

---

① Valentin V. Fedoulenko, *Russian Emigre Life in Shanghai*, Berkeley: University of California, 1967, p. 54.

② Чуприна М. В. Социально-экономические особенности эмиграции гражданских лиц из России в Китай (1917—1945 гг.) // Власть, 2012, №8.

③ Чуприна М. В. Социально-экономические особенности эмиграции гражданских лиц из России в Китай (1917—1945 гг.) // Власть, 2012, №8.

人的现实感受，在此基础上传达出一个知识者的理想与渴望、隐痛与伤痕，表情达意的空间阔大与自由了。

（三）上海成为俄侨侨居生活的中国缩影

格尔曼·卡丘洛夫的小说《李舟》和《最后一个中国女人》以“他者”的眼光观察和书写近代中国，写出纷乱时局中的中国众生相并展开相关思考。《李舟》通过对上海都市的描写揭示了城乡阶级贫富分化的社会现实。小说中写道，少年李舟在夜晚从居住的小屋中出来，面对夜上海租界里面庞大而绚烂的霓虹灯光，向父亲询问，父亲指出：“这边是外国人民居住的土地。他们生活得很好。”并且顽固而恶毒地重复着如下字眼：“城市之火”“陌生人之火”“抢夺土地的人”。[①]父亲的话让李舟永远铭记在心。“于是他常常坐在小屋旁，望着朝霞。”[②]此时父亲已经睡着了，他却思绪奔涌，陷入了对生活之谜的思考和对心中之梦的追逐，灯红酒绿的大上海呈现给主人公的不仅是漂亮的外观，还有伴随着饥荒、疾病、战争、流浪等无法摆脱的厄运和沉重感。作为一位俄侨作家，格尔曼·卡丘洛夫难道只是想秉持客观的笔调去描述眼前的现实境况吗？其实李舟所目睹的中国之实也是俄侨个体皆须面对的人生之实，李舟面对的霓虹灯火也诉说着人生的虚幻与不安，也同时带着对于美好生活的渴望。上海成为俄侨侨居生活的中国缩影，作家书写上海也是书写中国，书写俄侨自身。当作家将各类人事置于上海城市中央时，便是在观察着这座城市，眼中不仅有城市的建筑、街道、电车，还有丰富的人，有中国人及其喜怒哀乐，有俄罗斯人及其心灵世界。

上海俄侨作家有个体的人生失落感，有强烈的集体归属感，也有政治意识上的矛盾以及政治时局变动在不同时期造成的心理波动，这

---

① 李延龄主编：《中国俄罗斯侨民文学丛书　俄文版 10 卷本　卷 8　我是俄罗斯白桦》，中国青年出版社 2005 年版，第 166 页。

② 李延龄主编：《中国俄罗斯侨民文学丛书　俄文版 10 卷本　卷 8　我是俄罗斯白桦》，中国青年出版社 2005 年版，第 166 页。

些都影响着作家的思考和认识，上海观感也产生复杂特点。在这里，我们的分析仅涉及部分层面，不能涵盖所有。

李欧梵认为："城市从来没有为中国现代作家提供像陀思妥耶夫斯基在彼得堡或乔伊斯在都柏林所找到的哲学体系，从来没有像支配西方现代派那样支配中国文学的想象力。"① 中国作家对城市往往是整体主义本质主义的思考，采取二元对立的思维方式，城市激发了作家的想象力，但并不是支配力量，因此城市有时甚至是乡村化的。俄侨作家对于中国城市的认知本来就是有局限的，除了聚居之地或是真正到达的地方，对很多城市是陌生的。涅斯梅洛夫的小说《老毛子》将故事发生地设置在中国的一个偏远县城，这个县城只能让人看到四个城门，城内有四条大路是可以通向周围的乡村的，这种画面显然是将县城乡村化了，人物塑造也缺少自然生动之感。

在华俄侨作家的中国城市书写为人们提供了一种阅读城市的方式。阅读的更深层次是理解和洞察，因个人境遇、所处阶层、所受教育的不同，人们理解和洞察城市的方式和思维也会千差万别。俄侨作家的中国城市书写带给我们一个别样的理解和洞察中国城市的角度，同时也引发出一些需要进一步作出深刻思考的话题：作家的城市书写与作家自我塑造、"他者"形象刻画的关联度，作家在突破自我书写的樊篱时怎样有效或者以何种方式完成了自我与所在地域的联结，是否指向更为开阔的精神空间诸如世界性和人类性。

① ［美］李欧梵：《论中国现代小说（摘要）》，邓卓译，《中国现代文学研究丛刊》1985年第3期。

第五章　在华俄侨作家的中国人书写

在不同的历史阶段和不同时代的文化背景下，“中国人”都属于文学观察和反映的重要对象，文学作品也表现出不同的呈现方式和建构特点，不过不管怎样呈现和建构，恰当的文学史都要差异化地接受不同语境中的中国人形象及其书写样态。特别是当外国人想象中国的时候，不管是实地的接触还是以缺席方式实现的联想都形成了不同的参考价值，尤其是在一些特殊时期文学作品带着些许偏见审视中国人时，作家行为背后所潜藏着的复杂的创作心理是研究时代心理的重要角度构成。在华俄侨作家的中国人书写为中国文学史留下了中国人的特殊身影，我们既可以从中体会到中国人的生活、道德、民俗和心理状态，又可以从中感受到俄侨们的特殊的人生思索和族群心理。

通过大量的文本阅读可以发现，“一个作家（读者）对异国现实的感知与其隶属的群体或社会的集体想象密不可分”①，俄侨作家作为所隶属族群或社会集群的一份子，因文化基因和集体记忆展开充分的自我想象，又因地缘关系和特殊的社会、历史、政治、军事等因素而呈现出集体想象的活泛性，这种集体想象表现出明显的东西方关联性，作家们自觉或不自觉地会在一种强大的异域文化背景中观察和书写着中国现实，便寻找到中国人活态形象来作为总体中国观的实在载体。

① 孟华主编：《比较文学形象学》，北京大学出版社 2001 年版，第 7 页。

俄侨作家与中国人及中国文化实现了近地接触，且在一个特殊的时代环境中发生密切关联，这种现实中的中国人印象与历史文化想象中的中国人形象相结合，建构的中国人形象因此变得耐人寻味。俄侨作家的在华身份使得作品中的中国人形象加入了作家丰富的情感元素，这种情感元素也是我们要着力发掘的。

第一节　俄侨作家笔下的中国底层人物群像

一　中国普通人：自我塑造之符码

俄侨作家笔下出现过许多中国的皇帝、公主、美女、僧侣等形象，除了人物形象的优美，作家还在物与景中展现出一种美学色彩，一方面“这种美化现实的趋向带有古米廖夫等阿克梅派诗人追求异国情调的印迹和白银时代唯美主义思潮的影响”①；一方面这也是中国文化传统影响的结果，对宁静状态的追求与中国古典文学传统甚至哲学思维相呼应。与之相应，底层叙述的作品往往渗透出疲惫、困苦、无助等色彩。同时也有某种原始性，《牝虎》中“我”的一个住在密林里的中国朋友居曼在听留声机时显示出战战兢兢、不安的状态，“所不能见的力量存在他的眼前，惊愕而陷于恐怖之中”②。在与中国人的接触中或在近距离的观察中，普通的中国人如菜农、苦力、流浪儿、人力车夫等容易映入俄侨作家的眼帘，因为当时无法回避的一个社会现实问题是社会动乱、战争频发，在此种状态下，底层普通人物的悲欢离合很容易触动作家敏感的神经。虽然在华俄侨作家属于客居状态，但是他们的所思所想也往往靠近中国甚至“中国化”。

---

① ［俄］弗·阿格诺索夫：《俄罗斯侨民文学史》，刘文飞、陈方译，人民文学出版社2004年版，第92页。

② 王亚民、杜晓梅、［加］巴莉雅编：《伪满洲国俄罗斯作家作品集》，北方文艺出版社2017年版，第99页。

（一）涅斯梅洛夫等人笔下的中国农民形象

从《哈尔滨的诗》《红胡子》《龙的传说》《齐齐哈尔附近》《畦田》《选自中国纪念册》《在中国》等作品中，我们可以充分感受到涅斯梅洛夫的中国情感和中国熟知度。《畦田》这样描写：“一个赤膊齐腰的中国人，/像是用晒黑的青铜铸造，/不愿和欢快的笑结交，/不爱和别人随便闲聊。//刚说了一句喉音重的话儿，/他又沉默了并弓背如常——/是个严酷地工作、操劳的/有魔法的奴隶，令人向往。”① 在全诗中间，我们会看到一个勤劳的沉默的中国农民形象。中国农民“苦役般劳作”，劳作中渗透的坚忍性，引发了诗人对中国闭塞的农村和沉默的农民的艰难生存状态的同情。《齐齐哈尔附近》一诗对于中国东北农民的辛劳耕作亦饱含深情：“车夫，在他身后赶着，/上半身一直光到腰上。/热乎乎的，热乎乎的，/他一双晒黑了的肩膀。”② 《龙的传说》中的农民意象更具象征意味：“有一个农民/温顺又胆小，/他从岸边，/从苇秆茅屋往外/望着这轮船，/望着黑色波涛，/并给了它/鬼东西称号。”③ 缩头缩脑、胆小怕事的农民形象，十分生动地勾勒出中国人的奴性心态和落后状态，几千年的凝缩，一个场面的流露，可谓传神。在这里，诗人不是有意贬低中国农民，而是十分洞悉中国文化的内涵，通过一个鲜活的意象而完成一种主旨的深度传达。

诗歌之外，小说形式更利于作者展开中国农民的想象。小说《宝石》中，在父亲死后，薇拉随母亲改嫁给了中国农民。这个故事发生在中国的黑龙江省北部的一个乡村，虽有很多虚构，却也为我们提供了一个了解那个时代位于中苏边界地段的中国农村情况的文本。涅斯梅洛夫在这部小说中偏重于描写中国农村的阴暗一面，如贫穷、肮脏、

① 李延龄主编：《哈尔滨，我的摇篮》，顾蕴璞、李海译，北方文艺出版社 2002 年版，第 3—4 页。

② 李延龄主编：《哈尔滨，我的摇篮》，顾蕴璞、李海译，北方文艺出版社 2002 年版，第 25 页。

③ 李延龄主编：《哈尔滨，我的摇篮》，顾蕴璞、李海译，北方文艺出版社 2002 年版，第 90 页。

不友好甚至野蛮。作家为了表现俄罗斯人与环境的不协调性，而更多地去书写中国环境之于他们的不适应性特征。一方面是情节设计的需要，一方面也能够看出涅斯梅洛夫潜意识中的中国态度甚至亚洲态度。在他的笔下，中国人（亚洲人）往往会表现出冷酷、傲慢、刚愎自用等特征，这是值得我们关注的，而非涅斯梅洛夫小说的个案。

此外，格尔曼·卡丘洛夫对中国百姓给予同情，用较多笔墨描写他们的生活。他在描写中国农民的生活惨景时，不仅写了他们的悲生，也写到了他们的惨死，比如用小说中主人公李舟的眼睛目睹了年轻妇女们把夭折的孩童扔进水中的惨状："李舟还看到年轻女子如何将死去的孩子放入水里，他们是一个大家庭的沉重负担。李舟有时想，如果你把运河里的泥土和水都弄走，就可以找到一百个这样的孩子。……"[①]

（二）巴依阔夫等人笔下的中国"红胡子"形象

俄侨作家不约而同写到"红胡子"题材。1924 年，巴维尔·什库尔金[②]出版了民俗小说《红胡子：民族学故事》。涅斯梅洛夫的小说《宝石》写薇拉的亲生父亲是被中国土匪给打死的。小说《一百卢布钞票》中写了一个俄罗斯医生被迫去匪窟为中国匪首妻子看病的神秘过程。虽然中国匪首不是整个作品的主角，中国土匪的生活场景也并未完全中国化，不过对于中国匪首的描述却是比较传神的："这是个身材魁梧的中国人，穿得很普通，但很暖和——上身是件棉袄，面料很好，下身是条棉裤，裤腿塞在靴子里。他的体侧晃荡着一只黄色的木盒子，那是毛瑟枪的枪套。脸上生过天花而留下一脸麻子。眼睛大胆而刚毅地看着人。"[③] 诗歌《红胡子》中，诗人捕捉到了农民与土匪

---

① 李延龄主编：《中国俄罗斯侨民文学丛书　俄文版 10 卷本　卷 8　我是俄罗斯白桦》，中国青年出版社 2005 年版，第 173 页。

② 巴维尔·什库尔金（1868—1943），著名作家、汉学家。军人出身，参加过日俄战争。1913 年起任哈尔滨中东铁路管理局翻译，之后做过教师。在华出版有多部中国民族学和历史学著作，如《中国传说》（1921）、《历史上的传说》（1922）、《远东国家历史手册》（1918）等。1927 年移居美国。

③ 李延龄主编：《兴安岭奏鸣曲》，冯玉律等译，北方文艺出版社、黑龙江教育出版社 2002 年版，第 264 页。

的关联性，并进一步描绘生活化场景："曾经有很多食物和财物，/曾经有过优质的毛瑟枪，/但临近秋天，让小草丘裸露，/把高粱茂密的辫子都剪光。"① 尤其在结尾部分，一句"因为鸟儿们曾为它争吵"②，让我们看到一种人生的悲剧感。诗人对"红胡子"的生与死做出思考："他不再活着，也不会死掉"③，肯定了一个为生存而斗争的底层人的挣扎的合理性，也暗示了一种不合理的生存状态的延续性，悲凉感和同情之绪油然而生。

巴依阔夫作品里的红胡子形象数量多而且独特。作家不光单纯地观察和想象红胡子，还实际接触过红胡子。文集《在篝火旁》中有一个短篇《在虎山上》，写到的中国人王德林曾经便是个红胡子，文章记述了"我"跟随这个领路人到老爷岭调查树林盗伐情况，途中遭遇盗林团伙而惊险脱身的过程。这个集子中的《女人的殉难地》写到两个流亡至中国的俄国妇女，在一不小心的情况下被红胡子抓住并卖给中国人做媳妇，中国人对待她们还是不错的，其中的一个人还生了个孩子，但是她们最终还是选择逃走了。集子中还有一篇《红胡子》直接描述了一个传说中残忍而又野蛮的红胡子首领，懒洋洋地躺在炕上抽着鸦片，"他那张黄颧骨的脸上布满了天花，表情凶残，这可不是什么好兆头"。④ 对首领着墨不多，却将一个狠辣阴森的形象描绘出来。由此可见，作者书写红胡子时不只是流于纯粹的想象，也依赖他对中国东北的田野调查实践。《在篝火旁》中所写到的红胡子的结局基本都是被沙俄军队剿灭了，其中，《红胡子》里所写到的那个首领的头颅被割了下来，作为"战利品"被挂在小木屋的柱子上以威慑藏

---

① 李延龄主编：《哈尔滨，我的摇篮》，顾蕴璞、李海译，北方文艺出版社 2002 年版，第 23 页。

② 李延龄主编：《哈尔滨，我的摇篮》，顾蕴璞、李海译，北方文艺出版社 2002 年版，第 24 页。

③ 李延龄主编：《哈尔滨，我的摇篮》，顾蕴璞、李海译，北方文艺出版社 2002 年版，第 24 页。

④ 李延龄主编：《中国俄罗斯侨民文学丛书　俄文版 10 卷本　卷 3　兴安岭奏鸣曲》，中国青年出版社 2005 年版，第 167 页。

匿在老百姓中的红胡子，红胡子睁开的眼睛死气沉沉地凝视着远处的山林，绿豆苍蝇在春日的阳光下成群结队地在小木屋上空飞着，长长的黑辫子闪闪发光，像蛇一样蠕动，黄色树叶沙沙作响，这些景象令人不舒服。令人更加不舒服的情景在本篇结尾，写了中国人和俄国人两种不同的反应态度，俄国人经过时对头颇好奇而又厌恶，中国人则“凝视着同胞血淋淋的脑袋，深深地叹了口气，默默地继续赶路”。[①]这里的人物形象真切，又意味绵长。同为一个地方的为生存而努力的人，是红胡子在自己土地上释放出来的蛮性合理呢，还是武器装备精良的外来入侵者的强力合理呢？这是一个值得深思的问题。

巴依阔夫的小说《圣诞之夜》开篇即说：“这事还不很久远，也就是二十八年前，当时我还年轻，精力充沛，在满洲东部的原始森林里度过所有的空闲时间，追逐野兽，也追捕红胡子。”[②] 小说《魔鬼》中，“我”在原始森林里遭到红胡子的袭击，最终“我”和好朋友库列绍夫将这些人打散了，“被打死的红胡子尸体横七竖八各种姿势躺在灌木丛中。大部分都是打中头部死的。他们都像经过挑选似的，个个健壮，穿着皮上衣，有护膝的裤子。他们的武器是各种口径的步枪和装在子弹袋里的许多子弹。在粮袋里装的是馒头，在战斗的地方我们发现了十具尸体”。[③]“我”的朋友库列绍夫说：“魔鬼把你引到了红胡子那里！假如不是马鹿，红胡子就从旁边走过去了，这是它把你引到了他们的枪口下，我马上就猜到了，这是魔鬼在作怪！”[④] 库列绍夫的话语暗示了原始森林的可怕以及命运的不可捉摸，亦在强调“红胡子”与厄运（“魔鬼”）之间的紧密联系，甚至是一致性。库列绍夫还

① 李延龄主编：《中国俄罗斯侨民文学丛书　俄文版10卷本　卷3　兴安岭奏鸣曲》，中国青年出版社2005年版，第170页。

② 李延龄主编：《兴安岭奏鸣曲》，冯玉律等译，北方文艺出版社、黑龙江教育出版社2002年版，第157页。

③ 李延龄主编：《兴安岭奏鸣曲》，冯玉律等译，北方文艺出版社、黑龙江教育出版社2002年版，第175页。

④ 李延龄主编：《兴安岭奏鸣曲》，冯玉律等译，北方文艺出版社、黑龙江教育出版社2002年版，第175页。

说了这样一段话："在原始森林应该时刻保持警惕，始终戒备提防着，否则就会白白死掉。……有时候魔鬼伪装成人、野兽，甚至是鸟。"[①]在小说后边，"我们"却救下了一个受伤未死的、被自己同伴抛弃的红胡子，"他被自己的同伴抛弃了，要孤零零死在原始森林里了"。[②]"我"对同伴是这样说的："虽然他是红胡子，但总归也是人，不该把他一个人扔在原始森林。我们不是要救他，而是要减轻他死亡的痛苦！"[③]"我们"的仁慈行为，突出了自身的善良，与"胡红子"同伙的残忍形成对照，也表达了作者对于"人"和"生命"的理解。

其他作品还有瓦西里·罗基诺夫的《满洲森林里的"鲁滨逊"们》、康斯坦丁·萨布洛夫[④]的《蔚蓝色的峡谷》、黑多克的《阿列克赛·别里斯基的幽灵》等。《阿列克赛·别里斯基的幽灵》这样描述中国人：

> 现在幸福向他们露出了笑容，但这也许是世界上最不牢靠的幸福，因为无论是中国护矿当局的代表，还是当地的农民，或者这些矿山的老板——土匪红胡子，对他们来说都是很大的威胁。多亏上帝保佑俄罗斯侨民，在树皮搭成的窝棚里存放着一小口袋洗干净的金砂。金砂的重量一天天增加，这给主人的心里注入了空前未有的力量和勇气。[⑤]

---

① 李延龄主编：《兴安岭奏鸣曲》，冯玉律等译，北方文艺出版社、黑龙江教育出版社2002年版，第175—176页。

② 李延龄主编：《兴安岭奏鸣曲》，冯玉律等译，北方文艺出版社、黑龙江教育出版社2002年版，第177页。

③ 李延龄主编：《兴安岭奏鸣曲》，冯玉律等译，北方文艺出版社、黑龙江教育出版社2002年版，第177页。

④ 康斯坦丁·萨布洛夫（1889—1946），作家。在哈尔滨担任过报纸编辑，主要作品有长篇小说《绿色前线》、短篇小说《老房子》等。

⑤ 李延龄主编：《兴安岭奏鸣曲》，冯玉律等译，北方文艺出版社、黑龙江教育出版社2002年版，第335—336页。

俄侨们栖居于中国这块土地上，但毕竟是外来客，要面对眼前恶劣的生存环境，一个重要的现实问题便是与中国人相处，站在他们的角度，一些中国人显然成为他们的生存威胁，所以作家这样写道：

> 瓦季姆一看到这石块就向别里斯基大喊了一声。两人赶紧躲进灌木丛，眼睛紧紧盯着山顶。只见一件蓝褂子在树林里闪了一下——一个中国人正经过那里。说不定是当地的农民？那还不至于太可怕……不好！那张麻脸转向了他们，是红胡子！对，就是他们冬天在矿上干活时看到的那个家伙！他走得很快，瞧，他离开了；已经被他发现了——糟了！他手下的那帮强盗一会儿就要到这里来了。
>
> 两个朋友钻出灌木丛，朝窝棚走去。他们俩对这件事的反应各不相同：瓦季姆一声不响，神情忧郁，而别里斯基若无其事地吹着口哨。遭受损失对他来说已经成了家常便饭。以前在俄罗斯，他不是全都失去了吗？在异国他乡，他又遭到了多少次损失啊。[①]

这说明在当时的一些地方确实存在着中国人与俄国人的紧张关系。生存环境越是原始、自然、恶劣的地方，越是不分种族的，越是残酷而现实的，生存是这些人的第一需要。小说在一定程度上反映了现实真实。但是，作家明显是站在俄国人立场上对待中国人的，中国人是他们生存的助力者，又会是生存的威胁者。从这个层面来看，黑多克的小说恰恰构成了俄侨诗歌中所展现的中国情感的一种补充形式。

土匪作为一种客观存在的社会现象，在20世纪上半叶的中国成为作家们关注的重要对象。在中国现代作家中，沈从文、沙汀、艾芜、

① 李延龄主编：《兴安岭奏鸣曲》，冯玉律等译，北方文艺出版社、黑龙江教育出版社2002年版，第337页。

萧军、端木蕻良等人都用不同的笔触“书写充满顽强的生命活力、大胆的反抗精神、强烈的求生意志的土匪世界”①，摒除政治评判立场的作家们在这群人的“匪性”背后发现了“优雅”的人性特征，“把原始野性的生命力升华到了崇高的力与美的层面”②。巴依阔夫、涅斯梅洛夫等俄侨作家基于自身价值立场和观察角度展开中国想象，笔下的土匪形象则作为另外视角和另外气韵的文本，既有一定中国性，又表现出明显的俄罗斯性。

（三）中国普通人成为俄侨作家自我塑造之符码

俄侨作家在书写中国普通人时，无论是农民还是红胡子，都在一定程度上牵扯着自我形象塑造和情感传达这一基本问题。多数俄侨作家在文字中将中国普通人与自身形象加以比照，在“自我”与“他者”之间实现一种共塑的同时更加专于“自我”之塑造，于是在相关文本中的中国普通人大致承担了一种符码的作用。

涅斯梅洛夫的《畦田》等诗作在表达诗人对于中国农民同情的同时，也进一步表达了对于自身命运的感喟与哀怨。我们需要重点关注《畦田》的开头和结尾部分：“在灰白的干涸的畦田里/吐绿着一片嫩葱的鬃毛。/无垠的草原。无聊啊，/到处是落满尘土的无聊……”③“畦田、围栅，加上铁铲，/我要把整个身心投入畦田！/这是我所无法觅得的/令人向往的甜蜜的重担。”④ 从无聊的心绪到“身心投入”再到“甜蜜的负担”，传递出诗人“向往安谧而不得”的人生理想与现实状态，书写着诗人自我的个性化观感。对于中国人的民间生存情境的描写也是为传达自己作为一个“他者”难以摆脱的沉重的精神苦闷与压力、远离祖国渴望幸福的情感，两相比较，更显示出作者无法

---

① 赵德利：《民间文化批评的理论与方法》，商务印书馆 2016 年版，第 251 页。

② 赵德利：《民间文化批评的理论与方法》，商务印书馆 2016 年版，第 252 页。

③ 李延龄主编：《哈尔滨，我的摇篮》，顾蕴璞、李海译，北方文艺出版社 2002 年版，第 3 页。

④ 李延龄主编：《哈尔滨，我的摇篮》，顾蕴璞、李海译，北方文艺出版社 2002 年版，第 4 页。

获得心灵之宁静的尴尬处境和矛盾心绪。可以说，对于中国农民的勤劳的赞美并不是作者的主要目的，传达诗人内心无法排泄的苦痛才是其真正的目的。在华俄侨诗人在书写中国人的时候，会在不经意间流露出对于中国农民的同情，但这似乎不是在华俄侨作家的终极目标（当然，我们不排除在华俄侨作家中有人将此作为终极目标），而更多地显现为方法与手段。再比如《齐齐哈尔附近》里面所出现的“异国他乡”“去吧，到美好的远方”等语句，其实都是将诗人的潜意识情感融入了作品之中。“草原照着黄昏的霞光，/云像一颗颗琥珀一样，/又像米粒似的金煌煌，/从锹上边落到了车上。”① 这样的情境描写烘托着诗中人物的命运和心绪，也牵动着读者的心，其实更主要的是，我们能够感受到诗人的内心之蒙尘，车夫和诗人都有着共同的命运，他们共同面对着生活的重担。同样，我们还可以注意一下黑多克的短篇小说《不受赏识的美德》，小说用生动细腻的笔触通过一个上了岁数的乞丐老顾在一天内乞讨的经历与乞讨时的心理活动真实地反映出中国百姓的生存状况，并给予了极大的同情，然而以老顾为代表的中国贫苦百姓所经历过的尴尬与酸楚的体验则彰显了处于角落里的俄侨群体的共同命运，设身处地的体味更带有自我悲悯的情怀。

鲍利斯·尤利斯基的小说《“泰加”》在开篇为我们详细描写了中国人冯良：“冯良老头是个巫医、神汉，还做些挖人参、采草药的营生。他在这一带中国居民中颇有名气，都说他挺神的，能预知吉凶祸福。”② 接着描写冯良的生活状况，他的房子坐落在一个大石砬子脚下，离铁道线有十五俄里。“我”在这一带山上转悠的时候，经常能看到他佝偻的身影，在山坡上一瘸一拐地缓缓独行。小说还描述了冯良的外形，即一条腿长一条腿短，走路时拄着拐棍，一蹿一蹿的，每

① 李延龄主编：《哈尔滨，我的摇篮》，顾蕴璞、李海译，北方文艺出版社 2002 年版，第 25 页。

② 李延龄主编：《兴安岭奏鸣曲》，冯玉律等译，北方文艺出版社、黑龙江教育出版社 2002 年版，第 442 页。

次上山时必定有那条狼一样的大灰狗陪伴着他。接着作者来了一句："这篇小说正是为这条狗而写的"，于是冯良很快就死掉了，是被火烧死的，但作者对这个底层中国人的描写也有生动之处。在作家的笔下，一条中国人养的狗最终还是将自己的忠诚转给了一个俄国人，当然这也不是作品的主要题旨所在。中国人冯良在作品中只不过是一个符号而已。这条狗的善良与人世间的"现实"正好形成一种对比，当然作家没有展开人世间是如何的"现实"的，不过这条狗为了挽救自己的狼群伙伴而吃掉"我"为狼群准备的"诱饵"的举动，这样的宗教式的自我牺牲精神，则是渗透着作家更为形而上的思考，衬托出人类与动物相比所欠缺的一面。

二　俄罗斯身份：完成表达的场域

俄侨作家对于红胡子的过多关注，一方面是基于社会事实；一方面更是作家展开中国想象时的自然结果，红胡子作为部分中国生活和生存环境的"野蛮性"的烘托物。同样，红胡子之外的其他一些中国人亦成为在华俄侨作家书写自我的重要参照物。在华俄侨作家站在自身异域种族立场上审视脚下的这片中国土地，这片中国土地的"蛮荒"属性在某种程度上恰恰更能烘托出自身生存的艰难特征。但他们中的有些人却忘了，中国人才是这块土地上的主人，这种"喧宾夺主"的做法在很多作品中都有所表现。

在黑多克的小说《阿列克赛·别里斯基的幽灵》中，一些土著的中国人成了俄侨这些外来客的一种生存威胁，反而作为"危险物"而存在着。香港街巷在黑多克的小说《米阿米》中是这样的：

> 不计其数的沿街叫卖的小贩和摊主嘈杂的吆喝声和吵闹声扑面而来；摩肩接踵的丝绸长袍和个别人臭烘烘的破衣烂衫在半遮盖的广场上晃来晃去。我看到了扛着麻袋的苦力们一张张

> 大汗淋漓的脸，看到了喊得喉咙都嘶哑的商人们一张张大张着的嘴，看到了一只只挥动着招徕顾客的手……总之，看到了组成远东集市的一切。①

作家的描写不是止于香港街巷，而是最终要传达出他的小说主题，即"在这个世界上，除了买卖，还有别的东西！"②。在这篇小说中，米阿米的养父是中国人冯雪老汉，小说未用太多篇幅去介绍这个人，但我们从文字中能够清楚地判断出他的身份——海盗和走私犯。俄国人库兹明是冯老汉的手下人中最好的马达工和射手，也是米阿米的丈夫。库兹明这样描述冯老汉："对冯和他手下那帮人来说，怎么说呢——根本就不存在什么海关：在公海上直接从轮船上把一箱箱军火和毒品扔给我们……老冯赚了不少钱。"③ 一次出海不利，只有库兹明和冯老汉成为幸存者，当村子里的人们听说各自亲人已死去时，发出一片哭声。小说中这样写道：

> "是啊，无论北方还是南方，对自己亲人的爱是相同的。"库兹明一面穿过从村子里蜂拥而出的人群，一面伤心地想。他看到大家脸上充满了悲伤，这悲伤一路陪伴着他，始终回荡在他心中。惟一没有被悲伤触动的也许就是冯雪这个老强盗、老走私犯的那颗心。他明白成功和失败的代价，但是他年事已高，对成功失去了兴趣，对失败也不再感到悲伤。他对一切已经完全冷漠了。④

---

① 李延龄主编：《兴安岭奏鸣曲》，冯玉律等译，北方文艺出版社、黑龙江教育出版社 2002 年版，第 342—343 页。

② 李延龄主编：《兴安岭奏鸣曲》，冯玉律等译，北方文艺出版社、黑龙江教育出版社 2002 年版，第 354 页。

③ 李延龄主编：《兴安岭奏鸣曲》，冯玉律等译，北方文艺出版社、黑龙江教育出版社 2002 年版，第 348 页。

④ 李延龄主编：《兴安岭奏鸣曲》，冯玉律等译，北方文艺出版社、黑龙江教育出版社 2002 年版，第 351 页。

小说结尾用中国“神汉”作“法”使得“生孩子”时死去的米阿米的灵魂“复活”，与库兹明展开对话，更加充分地展示出一个可能是葡萄牙人和波利西尼亚的混血女“弃儿”与一个俄国人的深厚情感，结果中国人冯老汉则通过自私冷漠的特征而成为这种情感的一种对应性存在。同样，在《死人回乡》中，中国人老侯也是一种对应性存在，不过与冯雪老汉相比，兴安岭的淘金者老侯在作家笔下则显得更为客观和实在，作家善待了老侯，但一句“中国人侯老汉”还是区隔了彼此的种族身份。这些都充分体现了黑多克行文的基本指导思想和文化观念。

在部分小说的具体行文中，黑多克一般采取全知叙事的方式，往往将自己化身为作品中的“我”，通过“我”对周围环境的认知特别是对中国人及其生存状态的感知而做出价值判断。其实质则是，通过这个“我”而达到站在西方文化立场对于东方某些神秘的事物特别是中国人，尤其中国底层人物的某些行为举动提出一定程度的质疑或者肯定，拥有强烈的现实观感。

可以说，俄侨作家的种族身份成为一种驱动力，在多种书写场合中无意识地传达出一种集体意向和气韵，种族身份成为俄侨作家完成自我表达的重要场域，以此为空间而展开的关于远方的想象才能最终顺利完成。在涅斯梅洛夫的关于逃亡中国的小说中我们可以看到：“几乎所有的逃亡者都经历过一个特殊的瞬间：他们刚爬上一座山顶，或者回头眺望东方，默默向祖国告别，或者朝山脚下望去，突然看见一个中国村庄或火车站的灯光，意识到他们到达了目的地。”① 在莉迪娅·哈茵德洛娃的《中国犁过的田地》、尼古拉·谢果列夫的《一次惊心动魄的努力……》等诗作中亦出现了“远方”的意象。这些诗化的充满象征意味的意象，是在俄侨作家作品中始终挥之不去的一种集体印记，即对远方的留恋和思考。当中国的左翼作家及其他同时代的

① 李萌：《缺失的一环：在华俄国侨民文学》，北京大学出版社2007年版，第189页。

作家们在作品中不断传递出强有力的呐喊甚至呼啸之声时，饱含了流离和苦痛的俄侨作家们则有着基于自身经历和境遇的思考角度和发声空间。所以在涅斯梅洛夫的书写中国农民的作品中，我们可以看到一种对平静生活的向往，哪怕是农民般的劳累，在其内心深处也会产生一种“甜蜜”之感，而这种生活恰恰是难得的，越是难得，也越让人感受到其渴望，这是一种个体感受，也是一种族群体验。因此，在涅斯梅洛夫等作家那里描写中国农民和底层生活也就不足为奇了，因为农民最能代表中国的生活底色，对于涅斯梅洛夫这位熟知中国文化的人来说，中国农民自然是回避不了的一个书写对象。加之，俄国文学内部存在着强大的人道主义传统，作为一种道德的、良心的文学，创作主体不仅关心社会现实，还重点关注现实社会中的普通民众，“从创作的客体也就是文学作品中的人物形象来看，也可以在俄国文学中发现一个有趣的现象，即所谓的‘小人物’、弱者和‘底层人’往往能够得到更多的同情，更多的正面描写。俄国作家很少有嘲笑、讽刺、攻击下层人民的，而贵族和权势者则往往成为被抨击的对象，只有‘忏悔的贵族’能够赢得某些‘正面的’笔墨”[①]。

第二节　俄侨作家的中国其他人物观照

一　女性和孩童：多重确认之镜像

在俄侨作家所塑造的众多中国人物形象中，女性与孩童形象占据比较重要的地位。俄侨诗人不善于描写深闺大院里的富贵人家的女子，即使描写了，也往往不是美的，就像别列列申在诗中所表达的：“我娶商人的女儿为妻，/她不好看却出身富贵。”[②] 可以说，很

① 刘文飞：《俄国文学演讲录》，商务印书馆2017年版，第35页。

② 李延龄主编：《松花江晨曲》，谷羽译，北方文艺出版社、黑龙江教育出版社2002年版，第121页。

多俄侨作家在书写中国底层女性和孩童形象时显示出不同的视角，令人印象深刻。

(一) 巴尔考笔下的中国女性和孩童

巴尔考在诗歌《逃难》中写到人们的受难状态：寒冬里已经惊慌失措了的人群奔回房子里面和楼中，穿皮袄、脸色惨白的死人横尸在大街上、路上和角落里。在受难的人群中，诗人重点关注到中国儿童："在鲜亮的冬天阳光下横尸的，/就有那来自饥寒中国农村的、/受尽了折磨的可怜儿童。"① 这样的文字突出了逃难的惨境和敌人的可憎。在《热辣辣的秋天》中，当黑暗锁住了黑色的城，一片废墟上还是废墟，当水灾、疾病和贫穷袭来，诗人所见到的受难情形进一步呈现为十分明晰的事物："黝黑的憔悴的男孩子，/睡在难民病女人膝上。/沿着石灰浆、废物、垃圾，/褐色的叶子瑟瑟做响。"② 巴尔考给予苦难者的同情也说明她内心的复杂状态。巴尔考笔下的"异国他乡"的中国人，在眼前闪过时，有时会显现出一种陌生感，这种陌生感不禁会让人问起这"人们"里到底包括谁？是否更多指向其自身及其族群呢？也正是对于中国人的陌生感，在苦难和死亡面前，诗作中便更加具备了一种生命意识，这是诗人值得肯定的地方。

诗歌《阴历新年》表现了中国人的新年习俗，同时也写人的活动。这些中国人形象是非常中国化的，说明了诗人对中国民俗的熟悉，对中国人活动的观察之仔细。盘子里的水饺、床单上绣的小龙、漂亮的女式棉袄等，这是女子的情状，男子呢？放鞭炮，"空中喷出扬雪般火花，街道如同喷发的火山"。③ 诗歌还集中描写了老妇人："行善积德人不怕炮仗，/就妖魔鬼怪害怕炮仗。/念咒的老妇嘟嘟囔囔，/无

① 李延龄主编：《松花江畔紫丁香》，李延龄、乌兰汗译，北方文艺出版社 2002 年版，第 7 页。

② 李延龄主编：《松花江畔紫丁香》，李延龄、乌兰汗译，北方文艺出版社 2002 年版，第 15 页。

③ 李延龄主编：《松花江畔紫丁香》，李延龄、乌兰汗译，北方文艺出版社 2002 年版，第 16 页。

声息，很快嘴，很木然。”[①] 老妇人与所谓的迷信行为或鬼神崇拜相关联，这在特定时代的中国属于一种事实存在，诗人有效地捕捉了这一细节，写出了国人的精神崇拜内容。诗歌的最后出现了这样的景象：人们按照规矩相互拜完了年，欢度大年初一的夜晚，客人和主人在桌子前一块打麻将。诗人眼中的中国旧历新年气氛热烈，这种气氛下的中国人形象尤其是女性形象，鲜活而且中国化，虽未直接指向某个人，而是掠影和集体照，却也很全面地呈现了中国人在过年时节的和谐与安宁，既能够打动人，又使人陷入沉思。诗人在这首诗中比较客观地隐藏了自己的好恶，同时亦隐约呈现了自己的现实观感和一丝淡淡的忧伤，我们可以将这份忧伤理解为一份乡愁吧。

诗歌《几世纪前的故事》写到中国艺人的木偶戏演出。与标题相对应，开篇就渲染着一份古老气象：“黄昏静悄悄，秋天已在即，/在沙土上瑟缩着黄叶子。/篱笆门边，两个中国伙计，/拉来演木偶戏的大匣子。”[②] 接着写：“那我们只好看戏：木偶跳着，/舞台上是半神半人的汉子。/脆弱的中国小女子流泪了，/伙计带鼻音的解说真苦凄。”[③] 在诗人眼中，中国女子存在如下特点：弱小、传统、落后、温柔、美丽等。中国小女子的落泪、中国小女子的脆弱，都映衬着这场木偶戏的“残酷”和“苦凄”。“大狮子，叼起来一个男孩子，/张着红布做的血盆大口，/孩子一个个瞪大了眼睛，/全被征服了，被故事的魔力。”[④] 渲染了木偶戏的真实性和感人之处。接下来这段话别有意味：“一切都和真实生活没区别：/杀，打，木偶们……受罪，挨抢劫……/猪……蛇，狐狸，狗儿，/一群凶恶的丑八

① 李延龄主编：《松花江畔紫丁香》，李延龄、乌兰汗译，北方文艺出版社 2002 年版，第 17 页。

② 李延龄主编：《松花江畔紫丁香》，李延龄、乌兰汗译，北方文艺出版社 2002 年版，第 20 页。

③ 李延龄主编：《松花江畔紫丁香》，李延龄、乌兰汗译，北方文艺出版社 2002 年版，第 20 页。

④ 李延龄主编：《松花江畔紫丁香》，李延龄、乌兰汗译，北方文艺出版社 2002 年版，第 20 页。

怪来撒野。”[①] 这影射了人间的真实和残酷。木偶戏虽然讲着几个世纪之前的故事，其实也是在书写着当下的世界和人生。这首诗作以中国古老的木偶戏表演场面为题材，既写演出状况，又写人们的反应状态，在书写人们的反应状态时，脆弱的中国小女子的表现系神来之笔。诗人通过一个普通题材写出了中国人的某些日常，这种日常的记录为我们提供了一个客观而真实的切入视角。

巴尔考在《丁香花丛》等诗歌中以优美的语言或者饱满的情感来书写他们自己人的悲壮和优美，同时也比较善于观察日常而普通的中国人。在中国人的书写中，我们会看到巴尔考等诗人们在存在一定的关注意识和相对的中国好感之外，亦在很多时候呈现出一种心理上的距离感。比如莉迪娅·哈茵德洛娃的《画册》中的诗句：“画册里，一个拄竹杖的中国人，/迈着匆匆的脚步走过去。”[②] 奥莉伽·斯阔毕浅克的《上海僻巷》里面出现的病乞丐、“光脚、斜眼的中国孩子”以及“瘦如细细的木棍”的中国女人的腿，加上一个被熏得黑不溜秋的懒洋洋的中国人，构成了“脏、乱、旧”的街巷形象，距离感油然而生。在诗歌《中国的景色极其单调……》中，中国人是这样的：“妇女们弯下纤细的身躯，/平板的脸上保持着华茂”[③]，突出了一种神秘感。就连别列列申这样的对中国充满感情的俄侨诗人在描写对俄罗斯祖国母亲的感情时，将祖国比喻成女性，这个女性与中国女性在情感上却存在一定差异：“岂止我深深眷恋俄罗斯？/我发誓爱她的体魄强健，/爱蓝色眼睛，金色发辫，/只爱她一个，爱到永远！”[④] 当然，这是一种时代印记，文化隔阂和生活习俗不同，自会产生不同的精神

---

① 李延龄主编：《松花江畔紫丁香》，李延龄、乌兰汗译，北方文艺出版社 2002 年版，第 20 页。

② 李延龄主编：《松花江畔紫丁香》，李延龄、乌兰汗译，北方文艺出版社 2002 年版，第 81 页。

③ 李延龄主编：《松花江畔紫丁香》，李延龄、乌兰汗译，北方文艺出版社 2002 年版，第 196 页。

④ 李延龄主编：《松花江晨曲》，谷羽译，北方文艺出版社、黑龙江教育出版社 2002 年版，第 119 页。

感受和心理距离。

（二）其他作家笔下的中国女性和孩童

基里尔·巴图林[1]的诗歌往往以独特的视角来观察中国，对女性的观察也是细致入微的。《宁波姑娘》中“我”与姜女士的一个女仆人即一位宁波姑娘的情感故事被诗人写得淋漓尽致。在诗中，“我”与女仆人的约会情境是具有过程性的，在回忆中展现了整个偷偷约会的过程，宁波姑娘怕被发现的胆怯心理而又被眼前的行径深深诱惑的矛盾状态，被生动描绘出来，还有对话、动作、外貌、神态、气味、声音等，惟妙惟肖，极易进入人物内心世界。诗歌还通过环境描写展示这份爱情的特殊性，月亮和月光意象在诗中反复出现。月亮的美好寓意特别是在中国古典诗词作品中所蕴含的深刻含义，都被诗人运用到这里，造成一种亲切感，映衬人物的内心世界。月亮和月光意象强化了主人公对美好情感的怀恋和对情感失去的忧伤之态。在结尾处，诗人的书写更是让人感怀的，春天时山上开满的杏树、扁桃、茉莉、白杨以及让人永远不能忘情的梳辫子、黑眼睛女性，加上中国古老的花瓶等图像，充满了中国气息，弥漫在其间的还有中国姑娘的美好心灵，这是令人珍惜的！整首诗将我们带入新与旧、华与洋的差异化的独特情境之中，一种穿越时空的情感和爱恋令我们心生感慨。

韦涅季克特·马尔特[2]的诗歌《海边》描写了在秋天日近傍晚紫云密布的时候一群孩子在海边的情景。这是一群不同种族的孩子，重点描述了后脑勺留着一根小辫的中国流浪小男孩，他在敲击着梆子歌唱。旁边还有一个乘船掌舵的中国老头，他关爱地摇着头，眯缝着眼睛，斜视着这群孩子们。流浪小男孩呆滞的目光与其他孩子的围拢相

---

① 基里尔·巴图林（1903—1971），诗人、报人。曾任上海《喉舌》出版社编辑、上海《火焰》杂志主编等。

② 韦涅季克特·马尔特（1897—1937），本名为维·尼·马特威耶夫，未来主义诗人。出身文学世家。1920 年流亡到哈尔滨，4 年后返苏，死于苏联“大清洗”。其子叶拉金（1918—1987）亦为著名侨民诗人，曾随父到哈尔滨生活。叶拉金的创作属于俄侨文学“第二浪潮”的高峰之一。

对比，一方是可怜与可爱，一方是好奇又天真，他们在大人的视角里都是好孩子，那个中国渔民的目光是最好的注解。虽有巨浪，略显生活之沉重，但这样一幕也着实难得，趣味十足的描写带着时代的印迹，也跨越时代撩动着当下人的心弦。

孩童在很多俄侨诗人那里出现，但并不是简单呈现，而是有意味的。比如，基里尔·巴图林的诗歌《途中》，诗人竭力描写了眼中的破败景象，其中写道："磨破的石板缝儿长月季，/孩子们在肮脏胡同里玩。/皇宫的桥保存许多传说，/那传说，已经有几千年。"① "老"与"幼"对应着过去与现在，增强了破败之感。

在小说作品中，作家格尔曼·卡丘洛夫所塑造的中国女性形象是丰富的：被侮辱被损害的妓女喜丽、丧失生育能力并产生心理阴影和恐惧感的女性梁月、定位为"最早觉醒的中国女人"并且是"最后一个中国女人"的觉醒者和知识者萧肯，等等。格尔曼·卡丘洛夫对中国处于底层或从属位置的女性命运的关注是较为全面的，还对笔下的人物给予同情和理解。《李舟》中的凤英对李舟倾注了自己的感情，这场秘密的爱情因李舟的独自出走而浮出水面，因为此时凤英怀孕了，此事被父亲发现，凤英遭到残忍地毒打，之后则是被逼婚，最终凤英无奈离家出走。离家出走之后怎样呢？又是步步坎坷，最结迈向死亡的深渊。小说对包办婚姻的描述触及了中国封建礼教的残酷性以及封建礼教所造成的对人的精神创伤，其意义的丰富性还在于，对于凤英的形象塑造不是集中精力专注于对中国封建礼教的失声控诉，而是从封建制度的罪恶性扩展开来，指向李舟的离去、父亲的麻木残忍、凤英的内在天真等多个层面，人物的悲剧命运受到多种力量的挤压，这种挤压性使得人物的悲剧性显得更为充分了。拿父亲的麻木残忍来说，在发现女儿怀孕后，父亲不是安慰或怜悯，而是一顿谩骂和毒打，"他

① 李延龄主编：《哈尔滨，我的摇篮》，顾蕴璞、李海译，北方文艺出版社 2002 年版，第 301 页。

变得疯狂，像一只狗。站在女儿旁边，打她的脸和胸部”①。打到气喘吁吁，都没有注意到女儿满脸是血，“他又打了几下腹部，使女孩全身疼痛。他注意到她的肚子有点高，弯下腰，吐了一口唾沫，踢了踢她的脚。他停了下来，发现凤英躺在那里，一动也不动。他气喘吁吁地走开了”②。在父亲的意识中，之所以打女儿，就是要把自己对李舟的恶意发泄到女儿软弱的身体上，他认为李舟是强盗，是偷自己女儿的贼。父亲作为一种挤压力量，其麻木残忍并不是极端且单一的，而是掺杂着些许痛楚和无奈感的，是复杂的。小说写父亲在平静下来后为女儿感到难过，“从石头上爬起来，重重地叹了一口气。当他走向屋子时，肩膀更加弯曲了”③。他感到了惭愧，仍然关心着女儿的死活。因此，父亲和女儿的形象都变得立体了。面对着天灾人祸和时代风云变幻，作家能够摒弃阶级尺度的潜在影响，而以悲天悯人的救世情怀集中全力展示近代中国人民生活的影像——特别是中国女性的生活情态，表现中国女性在那个貌似“解放”的时代所难以摆脱苦难命运的悲剧性，尤其从一个“他者”的视域和精神需求出发而内在地传达了中国女性对平等自由的渴望和吁求，弥补了中国现代作家通过文学作品做出 20 世纪上半叶的中国女性想象时在思考视角和创作格局方面所存在的一定程度的局限性。

需要强调的是，格尔曼·卡丘洛夫的创作也有一定的乌托邦色彩，特别是作家俄侨身份的现实存在，心理和文化壁垒很难轻易打破，作家与中国女性仍有一定距离感。萧肯对斯拉夫民族所传达的尊重意识，与俄罗斯有关的情节和观点的展现，诸如此类，皆与作者的创作身份有关。格尔曼·卡丘洛夫的小说语言经常直抒胸臆，人物形象情感有

---

① 李延龄主编：《中国俄罗斯侨民文学丛书　俄文版 10 卷本　卷 8　我是俄罗斯白桦》，中国青年出版社 2005 年版，第 202 页。

② 李延龄主编：《中国俄罗斯侨民文学丛书　俄文版 10 卷本　卷 8　我是俄罗斯白桦》，中国青年出版社 2005 年版，第 202 页。

③ 李延龄主编：《中国俄罗斯侨民文学丛书　俄文版 10 卷本　卷 8　我是俄罗斯白桦》，中国青年出版社 2005 年版，第 203 页。

余，但是含蓄不足。

（三）女性和孩童成为俄侨作家多重确认之镜像

镜像是法国结构主义精神分析学家拉康的理论关键词，他通过儿童主体在不同阶段对自己在镜子中影像的认识，得出了“自我就是想象中的他人，他人就是想象中的自我”的著名论断。在拉康看来，“自我”从来就不完全是主体，从本质上来说主体与他人有关，“自我”就是想象中的他人。自我身份的确立是不断地同“他者”接触的过程中，在“他者”的凝视下反观自身而形成的。

由此理论延展开来，我们可以进一步认识到作家在文学创作中对自我形象的关注以及镜像自我在作品中的呈现状态。“自我”与“他者”属于相互依存、相互映照、相互体察的概念范畴，“他者”是构建自我形象的重要参照要素。“‘我’注视他者，而他者形象同时也传递了‘我’这个注视者、言说者、书写者的某种形象”①，或者说，“每一种他者形象的形成同时伴随着自我形象的形成”②。俄侨作家利用可直接感知的镜中之像抑或通过“他者”的凝视而建立起来的自我形象，确认和呈现了一个新的俄侨主体身份，也充实和激活了一个想象中的“他者”。

在俄侨作家的意识中，来自俄罗斯真实身份的潜在困扰和对中国文化生活所存在的不认同感，打乱了俄侨主体重新认识自身的条理，他们通过对自己在中国镜像中的影像做出不同的认知，以确立自身身体的同一性。中国人作为一个与“自我”相对的“他者”亦成为一个镜像，从这个镜像中映照出俄侨个体的某些特征，俄侨作家在“他者”的镜像中逐渐形成一个新的自我形象。在中国人群体中，女性和孩童是一个能够充分表达自我、投射自我的想象对象，是俄侨作家镜像化自我得以实现的重要符号形式。巴尔考、格尔曼·卡丘洛夫、基

---

① 孟华主编：《比较文学形象学》，北京大学出版社 2001 年版，第 157 页。

② ［德］胡戈·狄泽林克：《论比较文学形象学的发展》，方维规译，《中国比较文学》1993 年第 1 期。

里尔·巴图林、莉迪娅·哈茵德洛娃、韦涅季克特·马尔特等作家笔下的女性和孩童虽然呈现千姿百态，但是有一个基本表达标准未变，即重点关注女性和孩童的弱势地位。在俄侨作家这里，中国女性和孩童镜像有着言说“他者”和言说“自我”的双重功能。处于困境或者特殊境遇中的俄侨，将关注目标指向女性和孩童，是因为二者代表着人性及情感构成中较为脆弱和柔软的一面，于是她（他）们成为作家移情的重要对象。同时，俄侨作家的这种选择性关注与民国时期中国作家关注俄国文学并在作品中塑造一系列俄侨形象的状态相类似。近代以来，“中国人对包括俄国在内的各帝国都是仇恨的，被迫去面对帝国主义列强时，又无疑处于弱势，所以，又是无可奈何的。强势和弱势现实处境中的对立导致弱势群体不得不在心理上寻求平衡：去关注强势群体中的弱势部分，并且强化这一部分的软弱和凄惨”。[①] 俄侨群体在中国的地域环境中自然地转化为相对弱势，也就生成了寻求自身心理平衡的需要。俄侨情感经历了摇摆和波动的过程，梦想、依恋跟焦虑、恐惧甚至对立存在着。作家通过中国女性和孩童展示出了好奇、孤独、归属感、逃离倾向等多种情感体验，对温柔母性的渴望是一场回归母体的精神返乡仪式，对孩童的生命自在感、自由无羁天性的想望属于一种心理创伤的治疗过程。无论是男性作家还是女性作家，都通过这类特殊群体的观照，在创作主体与表现对象间形成的注视与被注视的关系中实现反思性和理想性的达成，在充满不确定性的生活境遇中进行着确定性的努力追求。

作家实现身份确认的过程中体现出多重性的特征，其中女性作家对于女性和孩童的想象表现出女性特有的母性温情，并掺杂着一种不安感和人生困惑。莉迪娅·哈茵德洛娃的《在异国天空下》写出了一个与中国女子结婚生子的俄国男子的苦恼、孤寂与痛楚。中国女子与

① 冯玉文、钱振纲：《主角与配角的悖谬——现代文学中俄侨主、配角形象管窥》，《贵州文史丛刊》2008 年第 4 期。

俄国男子相结合，他们自然是有幸福感的，但女子用的语言不是俄语，所生的男孩也不能全部理解男子的孤寂，诗人极力增加这种幸福感的外向张力，突出丢失和孤独的主题。

在男性作家那里，既有出于审美的目的，也有源于文化认同的影响，产生了多元认知形态，比如别列列申的创作。

别列列申的一些诗歌自然是要写到中国女性的，其中不乏值得品味的篇章。《界限》一诗写了来自中俄不同国界之人的相爱，二人充满情谊，随时约会，不愿分离，也不怕别人的闲言碎语，随后出现一个转折："我们的依恋彼此相似，/但我们不能说爱谈情，/因为我们的血统有别，/因为我们的肤色不同。"[①] 这是一种难以逾越的界限，有几许无奈，但诗人并未空洞地看待这种不同，又进一步做出强化性描述："我们追逐芳香的熏风，/我们喜爱傍晚的露珠，/但我是花朵生了怪病，/你是林中的野苹果树。"[②] 越是如此浪漫，越是难以割舍，悲剧感就越发明显，种族界限造成的心理距离感也就越发明显。"不懂你们的奇妙语言，/我无法描述满天星光。"[③] 从最初的"我们"两个人到"我"和"你"，到"我"和"你们"，到最后则成为"你"与"本国青年"的关系，诗句是这样的："当你漫步在林阴道上，/身边有本国青年作陪，/你的面庞就越发黝黑，/你的黑眼睛更叫深邃。"[④] 女子的身边有一个中国男青年显得更为恰当，诗人通过面庞和黑眼睛两个意象突出这种恰当，难免流露出一丝无奈和痛楚，达到了正话反说的效果。"你"与中国男友在一起越是看似正常，越加凸显了"中""俄"二者结合的不正常，凸显了文化和种族鸿沟所造成的难以消除

---

① 李延龄主编：《松花江晨曲》，谷羽译，北方文艺出版社、黑龙江教育出版社2002年版，第106页。

② 李延龄主编：《松花江晨曲》，谷羽译，北方文艺出版社、黑龙江教育出版社2002年版，第106页。

③ 李延龄主编：《松花江晨曲》，谷羽译，北方文艺出版社、黑龙江教育出版社2002年版，第106页。

④ 李延龄主编：《松花江晨曲》，谷羽译，北方文艺出版社、黑龙江教育出版社2002年版，第106页。

的心理界限。这首诗在表现中国女子时没有过于具体化，而是类型化了，“林中的野苹果树”就从整体上勾勒出东方化的乡野属性、“深邃”的知性化特点。通情达理、温婉含蓄之美、“深邃”的眼神所渗透出的哀婉气质，这些不仅是中国女性的，也是属于古老东方文化的。

《南风》与《界限》相似，也是赠给中国姑娘的。南风刮起，立春时节，“女友”将对“我”变心，“你和他从小订婚，/走在田埂他更精神，/太阳光已经很热，/他的面颊泛出红润”。① 面对重新走到一起的两个人，“我”的态度不是指责，对方没有过错，“无论温存还是住房，/都无法代替祖国”，② 这是说给对方听的，其实也是说给自己听的。诗人的宽容和理解合情合理，无论这个故事是出自现实真实还是依托于文学化的想象，实际上都是站在诗中“我”的角度和立场而面对“他者”展开的表达，这看似一场恋情，实为一场短暂的邂逅，“我”对于这种邂逅的强调，其实是在反复述说着一个关于祖国母亲的情感故事，通过恋母主题的投射和具象转化，最终在身份区隔的形成中指向身份的重要意义。还比如《霜叶红》，诗人虽目睹了霜下的红叶与芳唇，但在“我”与“她”的关系撕扯中逐步增强心灵的张力，拉开距离后的那份情感让人痴迷，也让人疲倦，让人难舍，终了又不能不舍，纵有千种风情，作为“爱情湖”，终究是两个完全不同的湖泊。

别列列申的中国情感决定了他的中国女性形象塑造保持着积极和正面的思维趋向，形象是活泛的、动态的。别列列申通过中国女性形象建构起进入中国文化语境的独特镜像，这些形象成为确认自身主体性和达到情感认知的重要文本载体和文化符号。

---

① 李延龄主编：《松花江晨曲》，谷羽译，北方文艺出版社、黑龙江教育出版社 2002 年版，第 124 页。

② 李延龄主编：《松花江晨曲》，谷羽译，北方文艺出版社、黑龙江教育出版社 2002 年版，第 124 页。

二　中国众生相：追问现实的依托

除了上述之列举，俄侨作家还塑造了一系列其他中国人形象，这些中国众生相是最为直观的现实写照，成为作家追问现实的重要依托。面对中国持续变动的社会现实和俄苏风云变幻的新时代，俄侨作家产生了重构信仰价值和追问当下意义的欲望与冲动，特别是时局变迁中的中国人以大量鲜活的生活细节和苦难实景呈现于面前，他们出于坚守文学道义而原则性地讲述着风云诡谲中的人物运命、遭际坎坷，又基于俄国现实主义文学传统而做出一种能动选择。

（一）格尔曼·卡丘洛夫笔下的中国人

在阅读格尔曼·卡丘洛夫的作品时，我们不能过分怀疑作家对于中国人的真诚态度，作品中呈现的烽烟四起、灾害频发、民不聊生之惨景并非随意而为，而是经历长期观察的结果，融入了作家一定的情感。格尔曼·卡丘洛夫对于中国知识者觉醒与中国命运二者内在关系的考量，对于中国人的忍让、麻木甚至民族性格老化等国民性问题的思索，都证明了作家中国观照的真诚性。作家提出解决国民性问题的方法是中国人要向西方人学习，学习西方人的敢拼敢闯的精神，这种思考取向与中国作家老舍等人的国民性思考有着相似之处。长期以来，俄侨作家的内心疏远和轻慢态度时而映现于字里行间，直到作家格尔曼·卡丘洛夫的中国题材小说出现，我们才可以真切体会到一个外国人的客观切实的、带着温度的中国民生观照。格尔曼·卡丘洛夫的创作确实是在民国时期外国人站在中国土地上观察中国、思考中国的难得的典型。

那么，格尔曼·卡丘洛夫笔下的中国人和中国现实跟作家本人存在什么样的内在关系呢？小说《李舟》中的主人公李舟的商海沉浮及其所遇所见所感，展现了人性的扭曲、许多人必须面对的畸形生存状况，李舟形象引发我们考虑人物命运背后的社会制度这个大问题。同时，作者将李舟置于一个弱者地位，其实就是将人物定位成一个底层人，这种定位能让人物在体验人生的酸甜苦辣之后拥有精神上的洗礼和蜕变，一个中国商人的成长之路和成功之路也遍布着主人公面对残酷的生活压力时而采取的不退缩不绝望的态度，俄侨们是否也会在流亡生活的残酷考验面前选择退缩呢？一个理想化的李舟也成为作家的理想。

（二）韦涅季克特·马尔特笔下的中国人

诗人韦涅季克特·马尔特特别善于观察中国人的举动。《在黑龙江湾》一诗中写道："黄脸皮的中国人用桨轻松地/把'尤利特'号宽阔平底小驳船/划到河湾平静的蓝色光滑水面。"[①] 面对眼前的海参崴，这座处于烟雾迷茫中的大都会，中国人划着船拖长声音歌唱。这个黄脸皮的中国人的"轻松"与海参崴的"傲然"产生了强烈对比。《小手指》中描写了两个黄脸皮的中国人："从傅家甸，从马家沟——/一个是小酒馆跑堂，/另一个是裁缝学徒——/相聚一处如愿以偿!"[②] 今天是放假的时日，是等待已久的，他们在戏园听完戏后"摆手漫步而行"，后来去了烟馆过烟瘾，"一小块黑色的烟膏/烟枪针下变来变去，/热乎乎鸦片的毒泡/刺激着醉人的胃口"。[③] 诗人没有臧否他们的行为，而是客观地描述这个场景和镜头，随之带出些许人生无奈。《傅家甸近郊》中出现了一个很像达官贵人的中国商人形象。这个骑着小毛驴的商人是庄严稳重的，一幕场景俨然一幅生动的生活画面。《三生有幸》描写了中国老人顾云松的日常生活，白发驼背的他在烟熏的小屋子里正在给破衣烂衫打补丁。诗歌接着说他今天有喜庆事，是什么呢？原来是儿子在背着旁人利用假日偷偷地给他把寿木制成了。老人对于此举显然心态安然，在肮脏破屋的草席上躺着，已经睡意朦

① 李延龄主编：《哈尔滨，我的摇篮》，顾蕴璞、李海译，北方文艺出版社 2002 年版，第 246 页。

② 李延龄主编：《哈尔滨，我的摇篮》，顾蕴璞、李海译，北方文艺出版社 2002 年版，第 241 页。

③ 李延龄主编：《哈尔滨，我的摇篮》，顾蕴璞、李海译，北方文艺出版社 2002 年版，第 241 页。

胧了。诗歌结尾处是这样的：“……在那绿色的山谷/稠密的高粱地里，/挖出来一道伤口——/寿终从这里开始。”[1] 诗人熟悉中国文化传统，确实在中国的一些地方如中国东北地区，有为活着的老人准备寿衣寿棺的习俗。最令人印象深刻的是顾云松的那种面对死亡的坦然态度，在他和亲人的眼中，这一切都是正常的事情，是必然的结局，这里没有紧张感，反而是生活的平静与自然，最终老人死掉并被埋葬，诗人将此形象地比喻为挖出来一道伤口，这比喻不免引人伤心。顾云松是非常生活化的动静结合、情态自然的中国老人形象。《算命先生》写了一个中国算卦者的日常琐事，算卦者的举动是这样的：“用长长的指甲盖/弄平额头上皱纹，/说话时无精打采，/语言又十分生硬。”[2] 这个售卖“秘密”之人带给人们一种神秘感，又显得平常无奇，结尾出现的就是一个平常性画面：“三枚小小的铜钱，/黑墨和一枝毛笔，/书本记载着卦签/正等候在角落里。”[3] 这几句话在开篇也出现过一次，只是文字略有不同。这个画面预告了算命先生的未来，一个普通中国人的命运并不会因为自己能够告诉别人命运结局而让自己改变什么，那些被告知命运前途的人也不见得有多幸福。来来往往的人们，他们的命运会是什么样子呢？诗人显得冷静而平淡，下意识渗透出的却是一种无奈和不如意。

（三）涅斯梅洛夫笔下的“中间人”

“中间人”是指本身具有俄罗斯血统，又因种种原因生活于中国家庭或中国人群之中，呈现出存在的“中间”状态的人。这些“中间人”也是作家经常书写的，涅斯梅洛夫对其给予了一定关注。

在小说《狼》中，故事的聆听者就是一个从未到过俄罗斯的俄罗

① 李延龄主编：《哈尔滨，我的摇篮》，顾蕴璞、李海译，北方文艺出版社 2002 年版，第 237 页。

② 李延龄主编：《哈尔滨，我的摇篮》，顾蕴璞、李海译，北方文艺出版社 2002 年版，第 239 页。

③ 李延龄主编：《哈尔滨，我的摇篮》，顾蕴璞、李海译，北方文艺出版社 2002 年版，第 239 页。

斯人，她出生成长于中国东北。诗歌《老毛子》最具代表性。诗中的“我”偶遇了一个在中国家庭长大的、看似可爱而又可怜的俄罗斯男孩，并对其身世和内心世界展开了充分想象，“我”向男孩要水喝，他并未对眼前这个俄罗斯客人表示出种族上的认同感，这是诗人不得不承认的一个“残酷事实”。诗人通过所思所想对男孩表达了满腔同情。男孩蓝蓝的眼睛，淡黄的头发，从屋子里走向太阳地里，他一句也不懂“我们”的话，无法跟“我”进行解释。在“我”的想象中，这个孩子有多不幸：“他怎么在这里？是谁家的弃儿？/是谁把他买来或偷来？/可怜的孩子，你不会泄露秘密——/因为你已变成中国的小孩！”[①] 事实上小孩已经中国化了，对“我”所认识到的“不幸”“厄运”“可怜”等毫无感觉，这些认识分明是“我”的一厢情愿，“我”想当然地认为对方会对自己有一种种族认同，但事实恰恰相反。如果站在人生命运的角度来看，小男孩的人生是坎坷的，有很多不为人知的故事，如果站在当下生存的角度来看，他的快乐也超出了“我”的想象。孩子最后跑开了，“我”被击败了，“我”的被击败是指向一个民族的自尊心和荣耀感的。“蓝眼珠的俄罗斯小孩，你永远/无法和黄海汇合到一起！”[②] 这分明是诗人的自白。面对生存现实，肤色之争就会黯然失色。诗人拥有一种强烈的民族自豪感，这可以理解，知识者可以通过普通人形象疏解精神压力或心灵伤痕，横亘在二者之间的则是一段漫长的心理距离。

老毛子是一种蔑称，起源于清末的中国东北地区。涅斯梅洛夫在1940年发表的同名小说中对该词的来源举例描述，显然涅斯梅洛夫对这一称谓是不满的。在小说《老毛子》中，涅斯梅洛夫没有停止自身的俄罗斯想象，俄罗斯妇女玛格丽特将一个会讲地道汉语的“俄罗

---

① 李延龄主编：《哈尔滨，我的摇篮》，顾蕴璞、李海译，北方文艺出版社2002年版，第65页。

② 李延龄主编：《哈尔滨，我的摇篮》，顾蕴璞、李海译，北方文艺出版社2002年版，第66页。

斯”小伙子变成俄罗斯人的尝试，也传达着作者的愿望。小说里面的主角、俄罗斯男孩的中国名字是王新德，为救被中国商人买来做妾的俄罗斯女人玛格丽特，他放弃了自己的中国人身份，在玛格丽特死后十分悲痛和绝望，最终投奔土匪。这个杀富济贫的在沙场上十分勇敢的人，在不断远离自己曾经认同的中国人的同时也逐步失去了自我的生存方向，不属于俄罗斯人又不属于中国人的他自然走向了悲壮的人生末日。小说的题材有利于作者展开丰富的想象，不过由于对中国环境和情形不熟悉，在小说细节方面出现了很多漏洞。其实作家的中国人书写并非这篇小说写作的第一要义，根本目的是要书写失去祖国的俄罗斯人。这个失去国籍、失去民族、失去母语的年轻人，着实能够引发读者的同情。作家要将王新德变成一个名副其实的俄罗斯人的努力之举，只有作为一个美好的愿望存在于文学想象当中了，因为现实是残酷的。

从俄侨作品中我们还可以看到很多中国人的鲜明特征，如《李舟》中地主秦卢侯的吝啬、贪婪、虚伪、卑琐，知识者伊鲁祥的忧愤与抱怨，不过在很多时候中国人是没有出现的，或者只是一闪而过，或是隐匿在文字背后，作家采取了模糊的处理方式。比如，巴尔考《银色的大连》里的“人”便具有普遍属性，灾难与不幸通过数百双手彰显出来，这些手可以是流亡俄侨的，也可以是苦难中国人的，不管是谁的，“死寂”“空旷”“凄然”的情形都是活生生的人间惨景。这说明，俄侨作家的中国人书写如果是独特的，是需要与俄侨民众、俄侨作家自身产生深度关联的，是与俄侨群体相互印证后的产物，中国人书写处在多重关系交织中会生成更加丰富的内涵。下面，以巴维尔·谢韦尔内的小说《蓝鹭湖》为例加以说明。小说将背景设置在一个退隐的中国元帅的居所，这个元帅在祖宅里耐心地等待迟来的死亡，让他感到欣慰的是两个儿子都算有出息。作为男主人公的二儿子小陈是个外交官，4 年前是政府驻欧洲代表，在巴黎娶了一个俄罗斯女人安娜，并为此辞职回国，这个举动让他的父亲很是惊诧和害怕，小陈的回答是想要全身心地投入到照顾妻儿的事情中去。元帅父亲对于儿子娶了一个欧洲人很是震惊，对于自己光荣的家族血统和白种人的血统混合在一起，感觉受到了侮辱，后来才一步步地接受了儿子全家，这个过程中元帅的孙子起到了融合剂的作用，小说描写：“男孩惊讶地看着一个陌生的老人抱着他。元帅用颤抖的手抚摸着孩子的头。”[①]安娜出生在俄罗斯，父亲去世后发生了十月革命，迫使她和母亲成为移民，在巴黎的贫困环境中长大，从事很多职业，直到和小陈相遇。来到中国后，安娜对于中国仍是生疏的，她认为中国是一个自己不太了解的国家。此时，巴黎的记忆逐渐被唤醒，原来 8 年前安娜与卢西宁在巴黎相识并相恋，阴差阳错地分开了，多年后一个偶然的机会使卢西宁又找到了处于平静生活状态的安娜。此刻，小陈的大哥对弟弟娶一个外国女人的不理解让小陈感到非常痛苦。安娜想要离开小陈，当她找到小陈摊牌时，小陈已经知道了一切，并与卢西宁有了一次交谈，以宽容的态度接受了这些。小陈的表达是：为了让安娜在自己的身边，作为一个中国人，已经尽所有努力改变自己，以减少种族差异，所做的一切可能还不够，安娜才会离他而去。小陈感到，让他特别清楚的是，自己无法摆脱种族特征。[②] 小陈还对安娜说道：“卢西宁先生配得上你。他勇敢而朴实地说出了他一生的真情。我会长久记住他在交谈中所说的话。……他不需要像我经常做的那样，学习如何扮演和模仿欧洲人……你是自由的，安娜……”[③] 安娜的决意离开让老元帅感到十分不悦，劝说无果。当小陈的大哥抱走安娜的孩子，迫使安娜产生非常激动的情绪，并在暂时失去孩子的时间里完成了新的情感选择，在亲情的感召下，安娜选择留了下来，卢西宁最终一个人离开了。

---

① 李延龄主编：《中国俄罗斯侨民文学丛书　俄文版 10 卷本　卷 5　黄浦江涛声》，中国青年出版社 2005 年版，第 107 页。

② 李延龄主编：《中国俄罗斯侨民文学丛书　俄文版 10 卷本　卷 5　黄浦江涛声》，中国青年出版社 2005 年版，第 135 页。

③ 李延龄主编：《中国俄罗斯侨民文学丛书　俄文版 10 卷本　卷 5　黄浦江涛声》，中国青年出版社 2005 年版，第 136 页。

小说是让人感伤的，然而如若不是将一个俄罗斯女人置于一个中外两种力量相互撕扯的境遇下，这篇小说的感动力就会大打折扣。大量中国人和中国文化环境的展现，其实都不能够说明作家是将小陈及其家人放在了书写的核心位置，一个比较有意思的现象是，无论小陈见到父亲时恳求父亲接纳他的妻儿时的话语方式，还是元帅接纳儿媳时的情感表达方式，明显都不是中国式的。元帅在接纳儿媳时的情形是这样的：元帅走到儿媳身边停了下来，伸出手来，当那女人苍白而纤细的手放在元帅的手掌上时，“他出乎意料地不知所措地用干巴巴的嘴唇吻了吻她”①。可以肯定的是，安娜才位于小说的核心位置。小说结尾提到“蓝鹭”并点题，具有了形而上的思考：

> 民间传说中说，在水中看到自己倒影的人永远不能离开他的海岸。
>
> 传说是可以相信的。
>
> 民间传说必须受到尊重……②

贫穷、流浪、情感、接纳，是否接纳，中国接纳俄罗斯人，俄罗斯人接纳中国，留下还是离开，抉择中的摇摆和苦痛、陌生与熟悉、亲情与爱情，等等，这些有关俄侨自身生活的基本主题都被囊括进来了。作家在书写中国人，也在书写俄罗斯人，是否能够很好地在一个关系语境中发挥小说的基本功能，关涉到这类小说的意义和内涵及其丰富性。

总而言之，各类文学作品中的中国人形象并非孤立存在的，与历史文本及同时代文本都存在一定关联性。五四以来中国新文学作品中

① 李延龄主编：《中国俄罗斯侨民文学丛书　俄文版 10 卷本　卷 5　黄浦江涛声》，中国青年出版社 2005 年版，第 108 页。

② 李延龄主编：《中国俄罗斯侨民文学丛书　俄文版 10 卷本　卷 5　黄浦江涛声》，中国青年出版社 2005 年版，第 141 页。

的中国人形象塑造，是中国人在书写自己，俄侨文学作品中的中国人形象塑造，意味着视角与思维都发生了变化。在华俄侨作家笔下的中国人物形象不仅是书写了那样一个时代，实际上也在书写着未来，因为我们的相关努力其实就是要在寻找一个完整而全面、横向也是纵向的中国人形象，文学文本的生动性有时是社会学等内容无法替代的。深入地思考和理解俄侨作家之所思所想，这也正是俄侨文学之于我们的意义，我们在一个当代时空中通过文字回到那个时空之中，体会一个个外来者在中国语境中对于中国文化和中国人的不同理解与观点表达，这本身便是一个十分奇幻和有趣的事情。

第六章　在华俄侨作家与中国文化精神

有人分析："西方重方法论，而中国重境界论；西方是思维的数学模式，而中国是思维的人文模式。那么，缘何如此呢？应该说，这在很大程度上是因为西方文化建构于工业意识之上，而中国文化则源生于农业意识之上。正是因为长久以来以农为主的生产方式在传统中国从未有断隔，亦未有颠覆，即便是在1840年后被列强侵略与被殖民洗脑的时期，中国仍是以农业为主，这就在很大程度上造成了传统文化一直以其特有的方式存在。"[①] 也正是中国文化精神的这种稳定性，在近现代的时代转型中，即使有西方文化思潮的涌入，欧风美雨所改变的也只是一部分人的具体行为方式，或者造成思想的裂变趋势，在很多观念上仍然可见中国传统文化精神的影响作用。俄侨作家群体关注到中国题材并多方位呈现中国形象时，一些作家在深层次上显示出了中国文化精神气质，中国文化精神甚至会在一定程度上制约着作家的思维方式、改变着作家的构思方向，还会提供给作家创作的原动力。在与中国长期接触的过程中，特别是在对中国文化产生自觉关照或深入理解之后，俄侨作家与中国文化精神之间的内在联系无疑是加深加强了，这至少在一部分作家那里已然成为一种客观存在。

① 陈光：《人的哲学镜像》，北京联合出版公司2017年版，第109页。

第一节　俄侨作家的中国文化体认

一　俄侨作家的中国文化体验

为了保持和维护俄罗斯文化精神，在华俄侨曾做出不懈努力，特别是在哈尔滨、上海等城市社区展开的社会文化活动，活跃而又丰富。社会文化活动的一个基本支撑点是俄侨界的印刷业和新闻出版业的迅速发展。“由于大部分俄侨经受着物质苦难的煎熬而被迫节省每一个铜板，因此在俄侨居住地建立了图书馆网络，任何人都可以去那里阅读他所需要的报纸、杂志和图书”[①]，这为俄侨群体特别是年轻一代充实和丰富精神世界提供了重要保障。据《俄罗斯人在中国》和《哈尔滨指南》数据显示，开创哈尔滨图书馆事业的奥布洛米耶夫斯基所创建的图书馆，到1928年时藏书已经比较丰富了，拥有俄语和其他欧洲语言的图书达1.2万种，中文图书达2万种，该馆还藏有关于中国东北的几乎全部文献资料，从这些藏书可见他们对于中国文化的重视程度。1906年，格鲁吉亚同乡会创办了一座俄文图书馆，系当时哈尔滨最大的图书馆，设有阅览室，属于群众性图书馆。1925年创办的谢尔巴科夫图书馆作为上海地区藏书最为丰富的俄侨图书馆，“1914年前各种版本的俄国与世界各国作家优秀作品及古典名著，几乎齐全”[②]。以此为前提条件，俄侨作家开启了中国文化体验之路。

俄侨作家的中国文化体验呈现如下特点。

（一）多种途径参与中国文化体验

中文书刊或者图书馆途径是必要的，也是便捷的。《边界》等俄

---

① ［俄］Л. 戈韦尔多夫斯卡娅：《俄罗斯侨民在中国的社会政治活动和文化活动（1917—1931）》，张宗海译，日本侨报出版社2003年版，第178页。

② 上海通志编纂委员会编：《上海通志　第10册》，上海社会科学院出版社、上海人民出版社2005年版，第7047页。

文刊物在传播和介绍俄侨的东方生活时会有对中国文化的关注，这些亦为俄侨作家提供了一个视角和窗口。“丘拉耶夫卡”等文艺团体所开展的各项活动和出版的报纸杂志，也有很多对于中国文化的关注和认识。对于出生在中国的俄侨作家来说，他们的中国文化体验将更多地通过学校教育以及亲身的中国接触来完成。

别列列申是从文化传统和源头去认识中国的。诗人别列列申 7 岁随父母来到哈尔滨，他不仅在中国游历，去过许多地方，也将身心沉浸于中国文化大语境之中，经常发表由中国古典诗词改写而成的作品，并大量翻译了中国古典诗歌作品，这些都有利于他对汉语的熟练掌握与运用。此处特别提到的是，旅居欧美的俄侨大部分都懂得英语和法语，同这些人浸淫西方文化的深度不同，相当一部分在华俄侨是没有掌握汉语的，虽然伪满时期的许多俄侨学校都在教授中文。这自然与语言体系差异有关。不过这并不能绝对妨碍俄侨界各阶层对中国文化的体验，许多人往往是身体力行的，通过实际体察和直觉感受而产生心灵和情感的共鸣。好在别列列申掌握了汉语，存在语言文字上的优势，这种优势让他能够更加顺利地进入广阔的中国文化领域。与别列列申相似，很多俄侨作家对中国文化的体验都不约而同地指向中国古典文学、中国传统文化。别列列申的这种古典倾向与俄侨知识者对自身传统的依恋有一定关联。俄侨遭遇的现实困境造成“本民族生活土壤的失却，对同时代俄罗斯人生活与心理状态的逐渐陌生，又使得侨民作家即便在具有创作自由的条件下也难以写出真实反映俄罗斯‘当代现实’的作品来。从总体上看，侨民文学‘当代性’的缺失是一种必然，这也是大部分侨民作家不得不向历史、向传统、向记忆汲取诗情的根本原因”。[①] 整体上看，俄侨文学第一浪潮中所显示出的一个美学倾向即为向传统的现实主义的复归且对古典美学观念的重新认同，

① 汪介之：《20 世纪俄罗斯侨民文学的文化观照》，载黑龙江大学俄语语言文学研究中心编《俄语语言文学研究　文学卷　第 2 辑》，人民文学出版社 2003 年版，第 30—46 页。

特别是对19世纪经典作家作品的偏爱，曾经成为侨民作家中的一股潮流而涌动着。在华俄侨作家们在对传统的复归中显示出较大的热情，他们对自身传统的依恋情感倾向自然也会投射于中国文化方面。对于中国这个古老的东方国度，俄侨作家有着天然的敏感度，他们不仅不会拒绝与排斥，甚至更痴迷于这个东方国度的神秘性，作家巴依阔夫的中国东北原始森林考察活动和相关著作便可见一斑。从文化传统和源头去认识中国，正符合俄侨作家精神之需。

（二）文化体验缺乏一定主动性

俄侨们的文化生活是在主体思维支配下而将努力的方向指向俄罗斯文化母体的，在流亡者头脑中亲近和维护俄罗斯文化属于一种重要的职责和追求，这种倾向在知识者层面显得尤为突出，他们的自我意识和独立思考能力都弱化和挤压了他们对所居住国文化的接受自觉。“生活在‘俄罗斯城市’哈尔滨的作家们在那里为自己找到了‘家’，也就是说，那里有仅次于俄国本土的俄罗斯文化环境，有流亡其他国家的俄侨无法得到的俄罗斯文化环境，而这样的文化环境有助于作家们更自然地进入创作状态，更自如地表现俄罗斯人的生活，更自觉地把传承民族文化的责任担当到自己肩上。”① 当作家们大多可以依赖俄侨社区和那里的俄罗斯文化环境以及所在城市的俄侨读者而存在时，俄侨在中国的自给自足的社区生活形态便制约了俄侨作家的中国文化体验的空间拓展维度。同时，我们也要注意到他们在所居住国为了生存而做出的策略性思考或者出于本能的趋吉反应，就是按照所居住国的风俗、传统和生活方式安顿下来，同时又在本质上遵循着自己的民族文化特性而趋于安稳，这是一种两全其美的生存方式。俄侨既没有让自己的文化天平完全中国化，也在天平的一端向着所居住国实现了应有的、必要的倾斜。当然，部分俄侨特别是底层人为了生存而面临着放弃或是暂时让渡一部分表达俄式族群归属的机

① 李萌：《缺失的一环：在华俄国侨民文学》，北京大学出版社2007年版，第116页。

会或愿望，在此过程中，所居住国的民风习俗、生活方式和文化传统所具有的影响力就会适时发生。一个风格迥异的异域族人要想很好地生存下来并且还得延续自身的文化传统，在自身实力弱小且处于客居状态下，达到关系妥协或者平衡才是比较好的做法，在人类历史上这种做法屡见不鲜。俄侨在中国比较好地实现了一种文化上的相对平衡效果。

俄侨在中国开展的文化教育也面临着一种尴尬的处境。当年“俄侨青少年的‘西洋化’、‘上海化’引起了整个俄侨界的关注和争议”。[①] 相比哈尔滨文化界相对封闭的活动方式，上海俄侨文化界与中国各界的接触相应增多了，比如一些俄侨诗人曾给中国学生教授俄语，青年一代则更加习惯和适应于上海的生活环境，更善于与中国人或其他种族的侨民进行交往和相处。与上海俄侨界对下一代教育方式所引发的强烈争议相比，“哈尔滨的俄侨学校十分满足于传统的俄国式教育”[②]。两种力的较量，预示着这种中国文化体验所承受的巨大现实压力。于是随着战争结束和大批俄侨离开，年轻一代俄侨的中国文化体验戛然而止，年轻一代俄侨作家的中国文化体验也同样戛然而止。有一点我们必须要强调，像精通汉语的别列列申、向俄罗斯读者传播中国文化的伊万诺夫等中国文化的深度体验者，在俄侨作家群体中毕竟不占据主体地位，要注意文化体验的有限性问题。

大多数俄侨特别是作家群体基本能够保持自身存活方式的主动性，这也在一定程度上规定了文化选择方面的自我独立性。我们在俄侨作品中可以看到大量中国元素，不过这些元素始终不能形成规模或是占据主流。俄侨作家在回归苏俄或移居他国之后，中国的生活方式和文化体验则只能积淀为一种仪式感十足的历史记忆。俄侨作家的中国文

① 李兴耕等：《风雨浮萍：俄国侨民在中国（1917—1945）》，中央编译出版社 1997 年版，第 350 页。

② 李兴耕等：《风雨浮萍：俄国侨民在中国（1917—1945）》，中央编译出版社 1997 年版，第 352 页。

化体验在本质上是指向心理层面的。这种体验是在一种非常规的社会状态下出现并进行的，长期的战争干扰和不稳定的侨居者身份在一定程度上影响了这种体验的顺畅性和代入感。

虽然俄侨作家并未将中国文化体验完全转变为一种集体化的主动性诉求，但是中国文化在他们的头脑里已经成为一种无法规避的存在，其实每一位俄侨作家都无法忽视这样一种存在，保持着合作的姿态对于他们来说一定是利大于弊的。

二　俄侨作家的中国文化认知

认知是获得知识的过程，属于人的心理的高级过程，文化认知是公众个体对自身所处文化的一种清醒认识。文化认知亦涉及对文化知识的获取，同时伴随着个体对文化构成元素及其整体性的学习、理解和判断。我们都会把自己参与其中的文化内化于自己的身心，否则文化就不复存在了。不过，对于俄侨作家这些特殊身份者来说，他们在中国文化认知过程中体现出了一种有别于中国人的独特性，认知取向体现在如下几个方面。

（一）俄侨作家的中国文化认知程度明显高于普通俄侨并带着知识者固有的温度和印记

在哈尔滨，“中东铁路的管理层非常注重铁路员工的语言能力。铁路局经常开办短期外语培训班，教俄国铁路员工汉语，教中国专家俄语”①，于是哈尔滨中东铁路印刷厂出版了汉语课本、参考书和词典，《汉语会话课本》（1925 年）、《学习汉语会话参考资料》（1926 年）、《汉语口语理论笔记》（1929 年）、《俄汉辞典》（1929 年）等书都具有代表性。这些工作突出了一种实用目的，与汉学家的汉语研究

① 荣洁等：《俄侨与黑龙江文化：俄罗斯侨民对哈尔滨的影响》，黑龙江大学出版社 2011 年版，第 210 页。

是不同的，如汉学家伊凤阁[①]与人合编的经典著作《现代汉语语法》（1930 年）显示出明显的学术价值。在接受和认识中国文化的过程中，熟知汉语的汉学家们起到了比较重要的中介和桥梁作用，当然我们要认识到这种转借中的误读和误解现象。随着时间的推移，通过学习语言而达到工作生活便利成为多数俄侨的一种内需，向中国主动靠拢是普通俄侨的选择，也是俄侨作家的选择，同样的选择中差异明显。俄侨作家中的一部分人是十分看重文化环境的，当初来到哈尔滨生活是出于地缘关系，随着生存环境的变化，大量俄侨文化人的南迁成为一种引人思考的现象。可以说，这种南迁与哈尔滨的文化荒芜不无关联。正是哈尔滨地理上的偏僻和文化方面的荒芜气象，导致很多旅欧俄侨有些鄙视这里的俄侨同胞。记者、学者伊万·因诺肯季耶维奇·谢列布连尼科夫在 1920 年 3 月携妻子谢列布连尼科娃[②]来到哈尔滨后，当年年底便离开这里去了北京，1922 年到达天津。不懂中文的谢列布连尼科夫开始学习英文，"希望通过英文来了解中国文化，以弥补哈尔滨的缺憾。离开哈尔滨后，他继续在哈尔滨的俄文报刊如《公报》、《亚洲通报》和《满洲通报》上发表介绍中国文化和经济的文章，希望借此向生活在哈尔滨的同胞展示自己的研究成果"。[③] 俄侨对于中国文化的态度无论怎样变化，无非就是接受与不接受、接受多与少的问题，一个基本事实是，"俄侨知识分子，尤其是许多俄侨诗人能够认识到，在他们周围不仅仅是一个贫穷、落后的国家，也是一个有五千多年历史的文化古国。中国的语言、文字、历史、宗教、哲学，特别是丰富多彩的古典文学引起了他们浓厚的兴趣"。[④] 当中国文化在部分

① 伊凤阁（1878—1937），原名阿列克谢·伊万诺维奇·伊万诺夫。1922 年来华，曾被聘为北京大学研究所国学门导师。

② 谢列布连尼科娃（1883—1975），诗人。在到天津时担任俄侨学校的俄语和文学教师，并为《亚洲复兴》《亚洲之光》等俄文报刊撰稿。1937 年开始从事从英文翻译中国诗歌的工作。1955 年 1 月离开中国，后去美国。

③ 李萌：《缺失的一环：在华俄国侨民文学》，北京大学出版社 2007 年版，第 23 页。

④ ［俄］弗·阿格诺索夫：《俄罗斯侨民文学史》，刘文飞、陈方译，人民文学出版社 2004 年版，第 87 页。

俄侨作家的内心世界产生冲击力时，他们也就与普通俄侨拉开了距离，而走向一个全新的思维阶梯，俄侨界需要一种形象而又生动的观感和言说，俄侨作家以笔下多层次的文化面貌丰富了观感和言说的内涵，也使得他们的作品不同于欧美俄侨作家，更加不同于俄苏国内的作家。

（二）俄侨作家对中国古典文学和中国传统文化表现出明显的认知倾向性

叶卡捷琳娜时代的“中国热”的一个重要表现就是中国的园林艺术。普希金在12岁时进入的皇村学校位于圣彼得堡郊区，里面有中国式的建筑和园林，有种明显的中国文化气息。中国的古典气质对俄国人产生了很大的吸引。如果说这只是表象的话，深层次的吸引则是中国传统文化思想。列夫·托尔斯泰在1906年致信中国学者辜鸿铭时曾说：“中国人民的生活过去一直是我极感兴趣的，我也曾尽力去了解我所能了解的中国生活中的东西，尤其是中国的宗教智慧——孔子、孟子、老子的著作及其注疏。我也看过中国的佛经和欧洲人写的关于中国的书。”[①] 列夫·托尔斯泰对于中国文化的认知兴趣点集中于中国的儒释道文化精神。20世纪的在华俄侨作家在考察中国文化时仍然采取向上追溯的思维和态度。

1. 中国古典诗歌译介

1938年，谢列布连尼科夫夫妇合作，借助英、法、德文译本以及部分俄文译本再度翻译而编选出《中国诗歌之花》这部中国诗歌集，在天津出版线装本，并受到当时俄侨读者的好评。全书共168页，其中除了李白、杜甫、王维、白居易、屈原等人的诗歌，还编译了25篇《诗经》作品，还有《罗敷》《长城谣》两首民歌。1926年，亚科夫·阿拉钦在哈尔滨俄侨组织的资助下出版了俄译中国诗歌选集《华俄诗选》，诗选为中俄文对照，所含作品从东晋王徽之直至现代郭文山等人的新诗，共涉及36位中国诗人的46首诗作，以古典诗歌为主，唐

① ［俄］列夫·托尔斯泰：《托尔斯泰思想小品》，陈建华编，上海社会科学院出版社1999年版，第243页。

诗占据大量篇幅，涵盖了王勃、李白、杜甫、岑参、王昌龄、孟浩然等经典诗人。因对中国文本的不熟知，也在于所依据版本及文本本身存在的错讹问题，不免有一些翻译上的偏差甚至错误。阿拉钦在诗歌文本题材和主题选择上具有主观倾向性，一个现象是“阿拉钦选译的诗歌中比例最大的是表现田园情调、名士情怀和羁旅游子思乡怀旧之情的诗篇”①，选取的具有社会化倾向的、传达民情民性的作品少之又少。这体现出译者的编译原则，译者是想通过这些中国作品寄托自己面对俄国国内风云变化而生成的隐逸思想，个性色彩明显，因此在翻译中会不时添加诗歌原作中所没有的内容。阿拉钦在诗集的前言中给予中国诗歌以高度评价，认为中国诗是中国文化最高的表现形式，还指出中国诗的一个首要特点是以叙事为主，尤以哀诗见长。阿拉钦概括了中国诗歌与欧洲诗歌的不同点，关注到中国诗歌“内容的清纯和对祖国的爱”的倾向。在阿拉钦看来，不管是中国古典诗歌还是现代诗歌，都是这个东方国度中最杰出的诗，都是“神圣的”。总体上看，译者对中国诗歌和中国文化表现出肯定的态度。

俄侨作家群体中的中国文化关注者在阅读和理解中国诗歌作品时是比较自由的，情感色彩较为浓重，个性化倾向较为突出，他们并不是以准确为主要目的，而是要看这些作品如何能够较为切合自身的情感需求和俄侨读者的阅读喜好。这种处理方式表面来看当然是片面化的，对于编译者自身来说却是有用的。阿拉钦关注到中国古典诗歌的哀怨与感伤特点，这本身就透露出一种不可规避的时代情绪。特别是那些专情于山水且传达隐逸之思的作品，是可以为俄侨的侨居生涯带来一个平复内心波澜的依托的。

2. 别列列申等人的翻译工作

这里单独谈到别列列申，在于别列列申的翻译工作是独树一帜的，

① 李逸津：《旅华俄侨学者在中国出版的中国民俗文化与文学研究著作》，载邱运华、林精华主编《俄罗斯文化评论：第五辑》，首都师范大学出版社 2016 年版，第 153—164 页。

在中俄文化交流史上占据重要地位。作为“中国通”的别列列申对中国文化倾注了大量心血和情感，翻译过老子的《道德经》，屈原的《离骚》以及李白、杜甫、王维、杜牧、苏轼等人的诗歌作品。别列列申所翻译的《道德经》的一个特色是准确、优美，“弥补了以往中外翻译家的不足，融会了诗人对《道德经》的深刻理解和高超的翻译技巧”①，可谓精品。20 世纪 40 年代在上海期间，别列列申翻译了《木兰辞》，并开始翻译屈原的《离骚》，《离骚》在巴西完成，1975 年在法兰克福出版。1949 年上海时代出版社出版的罗果夫编的俄文版《鲁迅选集》，收录了别列列申翻译的鲁迅的短篇小说《药》和六篇杂文。别列列申在移居巴西后还曾翻译过鲁迅的一些作品。通过翻译这种再创作方式，别列列申表达出对中国文化的个性观点和独到理解。

别列列申比较了中国古典诗歌与西方诗歌的不同，比较了汉语诗与俄语诗的差异性。别列列申认为中国古典诗歌的一个重要特点是得到公认的约定性，进一步的解释便是在中国古典诗歌中某些隐喻世代流传，总是一再重复，他其实认为隐喻（借喻）构成了中国诗歌的一种文学形式特征，而模仿和借用亦成为中国诗歌的一种优势所在。在他看来，程式化的形式主义特点也形成了严格的韵律学和重音学规则。可见，别列列申是探入到了中国文化的深层结构中去理解诗人的创作。关于中国诗歌翻译的问题，别列列申批评了一些译者“随心所欲”“自出心裁”的做法，强调要遵循原作的旨意、表现原作的艺术魅力，体现了一位优秀翻译家的严谨性和认真态度。

其他作家如尼古拉·斯维特洛夫等人也在翻译中国作品方面做出了一定努力。尼古拉·斯维特洛夫曾翻译大量中国作家的文学作品，并在 20 世纪 40 年代返苏后组织了“中国文学研究会”，专门研究中国文学作品。俄侨作家、学者也翻译中国新诗。尼古拉·斯维特洛夫翻译了鲁迅、老舍、艾青等人的作品。《中国诗歌之花》的第五部分列名为“现

① 李仁年：《俄侨文学在中国》，《北京图书馆馆刊》1995 年第 Z1 期。

代中国诗人的作品”，收有徐志摩、戴望舒、李广田等人的10首诗歌。1930年，时任《喉舌报》编辑的涅斯梅洛夫邀请出国考察途经哈尔滨的中国诗人高长虹为该报文学副刊撰写了六篇文章，介绍“五四”以来的中国新文学。涅斯梅洛夫将高长虹的长诗《来自民间》译成俄文发表于《边界》1930年第36期，高长虹则翻译了涅斯梅洛夫的《铁甲列车》发表在哈尔滨的中文报纸上。20世纪40年代，尼古拉·斯维特洛夫还参与过姜椿芳创办的《时代》双月刊的编辑工作。这都标示着一种良好的中俄文化互动态势，很可惜俄侨作家与民国时期中国作家的互动有限，没有形成规模。与相对发达的中国古典文学相比，中国新文学刚刚置身于世界文学框架之中，发展势头良好但尚在蓄力阶段。这并不意味着俄侨作家对本阶段文学的观点是否定性的，相反，对于中国文化在20世纪的开放性表示了认可态度。在俄侨作家的意识中，中国古典文学最能代表中国文化的精神实质，也最能精练传神地传递出他们的思想情绪。俄侨作家的中国诗歌译介有一定贡献，“是他们把中国的古典诗歌介绍给了俄侨，是他们让俄侨了解中国文化的博大精深”。[①]

最后补充谈一下黑多克的中国文化认知。东方文化传统在黑多克的作品中常以一种神秘性的方式显现，比如在《满洲之星》中，东西方两种生活相结合，东方色彩是故事情节曲折浪漫化的推进因素。作家在作品中注入东方神秘文化，并不是为了做到有效探寻，中国现实生活画面是为了满足俄侨读者的需要，也是在中国被世界所关注特别是中国“满洲”被世界所关注时作家实施的一种文学写作策略。所以，廖里赫才会在其撰写的《满洲之星》序言中施以如此评价：“日常生活与这些神秘元素在任何地方都没有像在亚洲这样令人信服地结合一处。”[②] 这种“信服”恰恰说明了在西方读者尤其

---

① 荣洁等：《俄侨与黑龙江文化：俄罗斯侨民对哈尔滨的影响》，黑龙江大学出版社2011年版，第188页。

② Рерчх. Предисловие//Хейдок А. Звезды Маньчжурии，Мистические истории. Москва：Сфефа，2001.

是知识者层面存在的先验的、固有的并且有些固执的“东方（中国）想象”状态，黑多克、巴依阔夫等作家的中国神秘书写恰恰应和了这种想象，并且以具体事例鲜活地呈现了这种想象，其吻合度形成了某种“信服”，当然这种“信服”还涉及文学写作技巧方面达到的“高度”。这些作家在进行中国文化认知时，倾向并放大了中国文化的俗的一面。

第二节　俄侨文学作品中的中国传统文化精神

一　俄侨文学作品中的中国式意境

俄侨作家的中国书写从突破物象表层而走向文化精神内层，一个重要标志就是中国式意境的传达和营造。传达和营造过程依托于丰富的中国文化元素，下面我们便从这些元素载体入手探寻中国式意境的诸多表现。

（一）中国式语汇

俄侨文学作品中涉及许多与中国生活相关的专门词语，比如茶、炕、炕席、房子、高粱、人参、树海、雀儿、乌拉、台风、黄包车夫、龙、佛、喇嘛、山神庙、千手观音、官吏、舢板、花轿、竹子、荷花、象形文字等，数量大，中国色彩浓厚。比如“龙”这一词汇，伏谢沃洛德·伊万诺夫的诗中显示了灯笼上的中国龙的形态：“灯笼的上方有一条龙，/角呈棕色，躯体盘绕细长。”（Над ним же приподнял коричнево рога / Дракон，извившийся своею узкой тушей.）[①] 诗人从龙的静态外表进入久远的古代并写到龙的动态飞行，从个体到一般。涅斯梅洛夫的《龙的传说》中的龙则是中国形象的象征，面对抢劫者时龙的不满和吞下敌方轮船的举动，以及结尾“蔚蓝的长江水/在闪电的辉光里/弯下

① 李延龄主编：《中国俄罗斯侨民文学丛书　俄文版10卷本　卷2　齐齐哈尔火车声声》，中国青年出版社2005年版，第411页。

龙的脊背”（И в блеске молний выгиба спину，/ Драконью спину—/ Голубой Янцзе）[①]，龙的文化象征意义尽显。在中国人眼中，龙是善良的象征，亦是和平的守护者，而在俄罗斯文化中龙是邪恶的象征。很明显，涅斯梅洛夫运用中国人的思维方式和借鉴传统的中国主题而表现了新的历史现实。举出这个例子是为了说明，这些词语在民国时期中国作家的文本中当然不足为奇，然而在俄侨作家的文本中大量涌现，便意味着它们不只是一种无足轻重的点缀，而是一种带有融合意味的着色，也正是这种看似有一笔无一笔的画面着色，才成就了一幅有着自我风韵的写意画。

1. 中国人名

诗歌中会出现中国化的人名，小说更加明显，比如冯良、郭同、黄旭、傅海明之类的。巴依阔夫作品中的中国人名时常涌现，如佟力、李三、孙发、王克林、陆斌、傅泰等。黑多克的《米阿米》中有永明、津仁、独眼高路，《野猪》中有魏成金、傅克武。涅斯梅洛夫的《一百卢布钞票》中的土匪头子叫大麻子，“这是使哈尔滨及其周边地区感到恐怖的红胡子大匪帮首领的外号”[②]，是典型的中国式外号。小说描述：“大麻子匪帮的匪徒丝毫也不特别勇敢，甚至是胆小鬼，只要稍有迹象表明他们的受害者可能反抗，他们就溜之大吉。居民们之所以惧怕他们，是因为大麻子是在与当时的国民党警察有密切联系的情况下滋事的。”[③] 正是这个原因，“大麻子总能脱身（谁也没抓住他），对于无法自卫的居民来说，他也成了真正的威胁。”[④] 如果不知道作者是谁，或者作品中不直接出现俄国人的名字，可能很难觉察到

---

① 李延龄主编：《中国俄罗斯侨民文学丛书　俄文版 10 卷本　卷 2　齐齐哈尔火车声声》，中国青年出版社 2005 年版，第 147 页。

② 李延龄主编：《兴安岭奏鸣曲》，冯玉律等译，北方文艺出版社、黑龙江教育出版社 2002 年版，第 264 页。

③ 李延龄主编：《兴安岭奏鸣曲》，冯玉律等译，北方文艺出版社、黑龙江教育出版社 2002 年版，第 264 页。

④ 李延龄主编：《兴安岭奏鸣曲》，冯玉律等译，北方文艺出版社、黑龙江教育出版社 2002 年版，第 264 页。

这种文字是出自俄侨作家之手。一些作品中直接称呼姓氏，如老顾、老侯、老冯、老马、冯雪老汉等。小说《李舟》中的中国式命名更多，如：Сяо Фу-ли，Гу Цзай，Фын Ци-лин，Фун Ин，Хуан Фын-тин，Чин Лу-хоу，Ю Хо-ли，Лян-юэ，等等。[①] 小说《蓝鹭湖》中提到狡猾的野心家李鸿章、胆大包天的袁世凯、追求新中国之梦的先行者孙中山等人。[②] 莉迪娅·哈茵德洛娃的小说《父亲的房子》中出现了张作霖和张学良父子、奉天警备队司令姚学文、哈尔滨警备区司令李遥、末代皇帝溥仪、抗日英雄马占山等人。小说写到了日本侵略者在中国东北的军事推进过程，这样评价马占山："马占山将军享誉全中国，一度成为民族的英雄。"[③] 相关文字营造了一种充满历史现场感的中国氛围，也看得出来日本侵略者在中国的军事推进确实真正触动了一些俄侨的心弦。关于溥仪，作品这样写道："中国末代皇帝溥仪不知从哪里冒了出来，他被宣布为伪满洲国的统治者。为扶持他任命了日本顾问，主要是些将军。尽人皆知，无论什么时候无论谁都不可能在没有顾问在场的情况下会见溥仪并与他谈话。后来弄清楚，溥仪是个并不凶恶、并不愚蠢的人，只不过是非常不幸的人。"[④] 作者以俄侨视角观察溥仪，流露出俄侨对于此种中国政治军事事件的沉默甚至漠然的态度，旁观者心态显露无遗。俄侨自然要关注时局，因为日本的入侵行径与他们的生存秩序、生活质量密切相关，不过他们的关注对象是有选择的，而且有冷有热，温度不一。

2. 中国地名

一类地名属于区域范畴，或者带有地域色彩。俄侨作品中出现了

---

① 李延龄主编：《中国俄罗斯侨民文学丛书 俄文版 10 卷本 卷 8 我是俄罗斯白桦》，中国青年出版社 2005 年版，第 161—341 页。

② 李延龄主编：《中国俄罗斯侨民文学丛书 俄文版 10 卷本 卷 5 黄浦江涛声》，中国青年出版社 2005 年版，第 105 页。

③ 李延龄主编：《兴安岭奏鸣曲》，冯玉律等译，北方文艺出版社、黑龙江教育出版社 2002 年版，第 492 页。

④ 李延龄主编：《兴安岭奏鸣曲》，冯玉律等译，北方文艺出版社、黑龙江教育出版社 2002 年版，第 479 页。

贵州、热河等省名，《大王》中有大秃顶子山、老爷岭、兴安岭、亮扎岭、锅盔山、王岗、吉林省、松花江、黑龙江、宁古塔等，《原始森林的真理》中有张广才岭，《满洲公主》中有“满洲”、长白山、珲春。俄侨作品中反复出现南满铁路、中东铁路这些词汇，时代印记浓厚。黑多克在《阿列克赛·别里斯基的幽灵》中写道：“两天后，中东铁路某个车站上来了一个衣衫褴褛、神情憔悴的人。他买了到哈尔滨的车票，然后径直走进头等餐厅。服务员看他的模样不配进‘雅座’，想把他赶走，但一听到来客要香槟就及时放弃了这种想法。”① 这段话传递出丰富的信息，记录了哈尔滨与中东铁路的日常生活，勾勒出华洋共存的生活画面，时代色彩鲜明。

一类是具体的城市。比如北京、上海、奉天、大连、哈尔滨、齐齐哈尔、满洲里、四平、芝罘（烟台的旧称）等，再具体到城市内部或者周边，中国地名元素愈加丰富了，巴依阔夫的《在篝火旁》写到横道河子。康斯坦丁·萨布洛夫的《蔚蓝色的峡谷》甚至写到哈尔滨市东南的一个小镇沟帮子。有关哈尔滨则涉及傅家甸、地段街、中国大街（今中央大街）、太阳岛等，至于秋林公司、马迭尔影剧院等地就进一步深入到了城市的生活和娱乐空间，这些地方都属于哈尔滨的代表性地理空间符号，目前已成为城市文化标签，甚至进入到文化遗产层面。

3. 其他中国式语汇

《大王》中涉及人参、黑貂皮、桦皮框子、雪松树干、林间房舍、原始森林四季景色以及动植物的活动情况，极富中国东北原生态气质，文中的老野猪作为首领，拥有一个外号“破耳朵”，这种命名凸显了地域风格。《阿列克赛·别里斯基的幽灵》写到中国寺庙。诗歌作品如此表现：“望着野鸡的出没，/心脏像狗般哆嗦，/夜里在黑暗中观察/

① 李延龄主编：《兴安岭奏鸣曲》，冯玉律等译，北方文艺出版社、黑龙江教育出版社 2002 年版，第 340 页。

炕里燃烧的煤火。”[①]“他愁眉苦脸地回了家，/把红色胡子恶狠狠地卷起来，/坐在母鸡抱窝的炕头上，/点上一根烟卷便等待……”[②]《在篝火旁》里的俄国人在寒冬夜晚躺在热乎乎的炕上，吃着饺子喝着茶，画面感很强。诸如此类，都有效地烘托出一种带着中国风格的话语表达环境，在这种环境中活动的主人公即使是俄国人，也是别具情态的。

（二）中国题材、中国意象

如果说中国式语汇只是一种表象，那么这些事物到底与中国传统文化精神有着什么样的联系呢？这些语汇所表达的作家的中国立场和判断与作家对传统文化精神的接受和认知之间表现出表层与深层的对应关系。中国式意境进一步显示为中国题材、中国意象等诸多方面。一些事物若在一个作者笔下反复出现，逐步积累起来的象征意味令文本具有了一定的艺术内蕴，拓展了文本解读的空间，若在很多作家那里出现，且用以表现特定的场景，呈现丰富的寓意，并包含着很多主观情愫，逐步以特有的思维样式固化下来，构成了理解这一部分作为群体而存在的作家的内在文化结构的一个有效切入点，这些题材和意象便以图式化的方式进一步凸显了人类经验域和理解域中一种联系抽象关系和具体意象的组织结构。在俄侨作品中，一些中国题材和意象的反复出现，也意味着这些作品在内在结构中所不时浮现的中国格调和中国色彩已然固化为一种作家所特有的思维样式，并不断通过各种元素变体以及创作主体各自的理解行为而逐渐呈现出一种集体思维的演化变形状态。比如“龙”的题材和意象在作品中反复出现，不光是作家兴趣之所在，其实已然成为一种固化的思维样式，是作家试图以各自的方式展现对于龙文化的不同理解。中国题材、中国意象更能代表中国式意境的深邃性。

---

① 李延龄主编：《松花江畔紫丁香》，李延龄、乌兰汗译，北方文艺出版社 2002 年版，第 163 页。

② 李延龄主编：《松花江畔紫丁香》，李延龄、乌兰汗译，北方文艺出版社 2002 年版，第 304 页。

1. 中国式比喻

我们在俄侨诗歌中可以看到“那掌柜的，瘦得如同柠檬”① 的独特比喻方式，还可以看到各种别具韵味的中国式比喻，体现出作家丰富的想象力。在维克多里娅·扬科夫斯卡娅的《大地的宁静》中，簌簌作响的高粱穗之音是中国化的。别列列申的《怀乡病》中的扇子“突然全收敛了，如一把把折起的扇子，/那微笑，那松树，那拱门……俄国，俄国!”②。

诗人们关于“黄色”色调的关注是具有深意的。别列列申深情诉说：“我长在温柔继母身边，黄颜色之国。”③ 这些“温顺的黄种人”引发了诗人对于黄色的重点关注。原因在于肤色上的“黄”与“白”的强烈反差，更在于黄色在中国文化语境中的特殊内涵，在中国特别是古代，这种颜色是尊贵皇权的象征，诗人用黄色代表中国和中国人体现了俄侨的理解方式。艾玛·特拉赫腾别格的《湖面上——点点白鸽……》：“以便看到黄色的皮肤/还有那成群的人力车！……”④ 别列列申的《中国》：“这天空庇荫着昔日的天堂，/它好似藏圣餐的蓝色框儿，/还有这大海似的迷人黄色，/这就是卓越的饥饿的中国。”⑤ 诗人们还习惯用黄色对晚霞、姑娘、故乡的河等事物展开比喻。除了颜色上的中国特色，还有比喻中的中国元素，比如基里尔·巴图林的《宁波姑娘》中“陶瓷般的苍穹”、叶里扎维塔·拉钦斯卡娅的《仙后星座》中“仙女画自己的方块字”、阿列克谢·阿恰伊尔的《松花江》中

① 李延龄主编：《哈尔滨，我的摇篮》，顾蕴璞、李海译，北方文艺出版社2002年版，第181页。

② 李延龄主编：《松花江晨曲》，谷羽译，北方文艺出版社、黑龙江教育出版社2002年版，第93页。

③ 李延龄主编：《松花江晨曲》，谷羽译，北方文艺出版社、黑龙江教育出版社2002年版，第92页。

④ 李延龄主编：《松花江畔紫丁香》，李延龄、乌兰汗译，北方文艺出版社2002年版，第201页。

⑤ 李延龄主编：《松花江晨曲》，谷羽译，北方文艺出版社、黑龙江教育出版社2002年版，第91页。

“像满洲面粉烙的一张大饼”，等等，都显得别有趣味。

2. 船与水的意象

涅斯梅洛夫诗歌《在小船里》中的人物在船里展开深入思考，船与岸、欢快与忧郁、人的弱小与夜的有力以及遥远灯光里人们的痛苦和思想，这些都蕴含着一定的哲学意味。在《穿越大洋》里面，涅斯梅洛夫有对行驶与流浪的意义认知，有对“流浪者们”的同情，也有发自心底的愤怒与呐喊，与船有关的这些意象集中展示了诗人内心的愿望，也宣告了他们内心的纠结。

船与水又是自然相连的事物，水又可以具体到江河湖泊层面。格奥尔吉·萨托夫斯基[①]的《信》中写道：“我急切地想返回俄罗斯，/回到西部贫瘠的土地，/那里的湖泊湖水蔚蓝，/像是麦茬地里的矢车菊。”[②] 米哈伊尔·沃林[③]的《俄罗斯》中说：“你是傍晚灰蒙蒙的雾，/是雾中孤独阴森的河。”[④] 松花江等中国江河意象的反复出现更是意味深远，直接以松花江为题目和写作题材创作的诗歌便涉及阿列克谢·阿恰伊尔、格奥尔吉·格拉宁、米哈伊尔·什梅谢尔、瓦西里·罗基诺夫、叶甫盖尼·雅什诺夫等多人。自古以来，人类生存繁衍之地的地理山川环境就与人的思维和经验相生相长，山水既孕育了人的生命，也影响着人的精神世界和观察世界的方式。中国的文人雅士有尚水、乐水之传统，孔子的“智者乐水”观是从水中看到了所崇尚之德。松花江两端分别发源于长白山和大兴安岭，在黑、吉、辽、内蒙四省区蜿蜒两千多千米，松花江流域物产丰饶。这条大江孕育了哈尔滨这座城市，滔滔江水记录着这座城市的过往。俄侨思考者

---

① 格奥尔吉·萨托夫斯基（1907—1955），诗人、记者。20世纪20年代来华，在哈尔滨出版诗集《金船》、长诗《伟大的东亚》，病逝于哈尔滨。

② 李延龄主编：《松花江晨曲》，谷羽译，北方文艺出版社、黑龙江教育出版社2002年版，第169页。

③ 米哈伊尔·沃林（1914—1997），诗人。生于中国，曾在哈尔滨学习，1937年移居上海，1949年去澳大利亚。

④ 李延龄主编：《松花江晨曲》，谷羽译，北方文艺出版社、黑龙江教育出版社2002年版，第239页。

们与水为邻，虽不能心静若水，也不至于无动于衷。特别是松花江带给了俄侨们一次重生的机会，作家们自会心生感激之情，有关松花江的描写往往情深意切，意味深长。作品中的松花江及相关意象，涌动着自然、亲切，水边站立的忧郁者形象衍生出一种萦绕盛大气象的生命体验与人生智慧，江河之喻意味着一种文化定位，这种文化定位是双向的，本身就存在一种“人伦”纠结。当松花江之滨的驻足与伏尔加河“当年”的遥想相伴而生，伏尔加河对于俄罗斯人意味着什么呢？作为斯拉夫文明发源地的伏尔加河被俄罗斯人称为“母亲河”，无数文学作品中出现的爱恨情仇都发生在伏尔加河流域，这条河是俄罗斯精神的象征。别列列申在《迷途的勇士》中如此表达：“‘伏尔加’这自由词汇，/天外飞来掀起了波浪。”[①] 在奥莉伽·斯阔毕浅克的诗歌中伏尔加河反复出现。在俄侨作家笔下，两种有关水的意象相互之间进行了一种转化性运用，真实情感从而可以顺利传达。

人类对水的亲近仿佛与生俱来，对水流会产生母亲般的眷恋，故此在世界各地会出现“母亲河”之称，如中国的黄河、俄国的伏尔加河、埃及的尼罗河、印度的恒河等。俄国人崇尚海洋，对水的潜意识态度是十分亲近的，彼得大帝的恋水情结曾经“化为一片他为自己内陆领地开辟出海口的热望”[②]。不是说俄罗斯祖国的江河湖海一定是美的举世无双，俄侨作家对水的浓烈眷恋之感其实就是在不断赋之以文化意蕴，自身的漂泊与水的流动性相互应和，才有了挥之不去的乡愁。

3. 荷花的意象

荷花又称莲花、美蕖、泽芝、水芝、芙蓉、水芙蓉、六月春等，属于中国传统文学中十分常见的写作题材和表现对象。先秦时期，《诗经》和《楚辞》这些经典作品中已出现荷花意象。到了建安诗歌

---

① 李延龄主编：《松花江晨曲》，谷羽译，北方文艺出版社、黑龙江教育出版社 2002 年版，第 122 页。

② ［美］房龙：《人类的故事》，刘睿铭译，吉林出版集团有限责任公司 2014 年版，第 217 页。

中，首次大量出现荷花意象，不过此时的荷花还未成为独立的表现对象。到了南朝文学阶段，荷花开始褪去之前“比兴”和“灵异”的色彩而成为真正的文学审美存在。[①] 中国有着悠久的荷花审美文化，并成为文学表现中的一种传统。荷花具有丰富的象征意味，如高洁、吉祥、爱情、富裕等，特别是荷花的圣洁形象使其成为诗人们追捧的对象，也变成诗人文化心理的观照物。在传统文人的表达中，荷花与高洁并置，或者让人联想到“出淤泥而不染”的人格品质，文人通过荷花意象传达出内心的纯洁信念和高尚的道德持守，指向心灵世界的内在追求。总之，荷花在中国文化传统中的地位、意义和内蕴都是十分突出的。

俄侨诗人大量写到荷花，比如玛利娅·科罗斯托维茨的《北京》、别列列申的《中海》《湖心亭》《最后一枝荷花》等作品。别列列申写到了荷花的挺拔，对荷花的神圣性给予了肯定和颂扬，笔下的荷花也让人体会到心灵的宁静和平和。在《中海》中，面对水色澄碧的宽广湖面，诗人所见的宽阔荷叶挺立在水面，花朵粉红如同星星闪烁，并道出爱中海和荷花的原因：“此地岂非神仙的天堂？/法衣洁净才有幸观赏！”[②] 自然景物融入诗人心灵。作者以荷喻人，荷花远离罪恶，或者因了解罪恶而抗击堕落，表达出诗人远离尘嚣的人生愿望。偌大的园林，花影扶疏，荷花飘香！中海公园让诗人感受到一种寂静，但这种寂静不是孤寂，而是心灵休歇所带来的一种安然和静谧，中海是安顿精神的场所，因为荷花的澄澈让人荡涤了凡尘俗念，更好地接近一种理想的人生状态。这里的荷花已经具有了一种佛家文化的意味，荷花形态与人的状态相联系，演绎出禅的静谧和安详，这像极了中国文人的思考方式。

《最后一枝荷花》写的是北京北海公园的荷花。诗中描写：在9

① 俞香顺：《中国荷花审美文化研究》，巴蜀书社2005年版，第135页。

② 李延龄主编：《松花江晨曲》，谷羽译，北方文艺出版社、黑龙江教育出版社2002年版，第108页。

月初花朵凋零时节，四周笼罩寂静，且见最后一枝荷花如旗帜一样坚挺，荷花不惧伤残，傲骨屹立，俨然古代巨人独臂支撑天空。此处的荷花只是蓝本，诗人进行了转化，荷花在中国文化中人格纯洁、一尘不染的象征形象发生了一定变化，反而成为勇敢与坚强的象征，显露出作者自身性格坚韧的一面，又从个体指向俄侨群体。诗人赋予荷花以新的内涵："我们也曾如此——/最终败于寒冬，/面对寒风凛冽，/我们如烟消融。//我们曾像雄鹰，/蔑视昏暗迷蒙，/避开灰尘弥漫，/展翅翱翔苍穹。"① 岁月飞逝，现今如何呢？"我为自由弹唱，/独自一人飘零。"② 这是一种哀叹之声。最后一枝荷花，就像诗人自己一样终将成为"最后一个自由歌者"。一枝荷花通过中国式感怀的包装方式引发诗人太多感慨，荷花题材和意象所营造出的中国式意境，摇曳生姿，诗人的创造能力尽现。

4. 中国传统式的宁静状态

从历史上看，中国的中原文化比较多地保持着农耕文明带来的静定状态，与游牧、商业文化的"内不足"而需向外寻求不同，农耕文化自给自足且无事外求的属性催生出一种宁静保守的生活态度和文化性状。与之不同，西方文化始终保持着那种流动进取的特点。俄侨作家身上既有西方的动态，又融合了东方的静态，这种动静相合的气韵作为一种不能抽掉的灵魂性的东西，有效地区分了自身与欧美俄侨作家、自身与俄苏本土作家。

我们在别列列申的作品中可以充分感受到中国传统式的宁静，"在北京的中海、碧云寺、杭州的湖心亭、河北的山海关……他到处在寻觅安逸、幽静，把'静'定为终身追求的目标：'这似花似锦的幽静是我梦寐以求的奖赏。''静'是人世上的恶、乱、烦的对立面，

---

① 别列列申：《无所归依——别列列申诗选》，谷羽译，敦煌文艺出版社 2015 年版，第 61 页。

② 别列列申：《无所归依——别列列申诗选》，谷羽译，敦煌文艺出版社 2015 年版，第 61 页。

诗人背着‘人间的悲痛和耻辱’，走到北京那些静谧的湖畔，像孩子扑向母亲的怀抱一样，把这沉重的负担投进‘宽容一切的玉渊’。通过这些例证，可以看到，‘静’、‘安’等一些中国的传统文化价值被俄侨诗人接受，丰富了诗歌的意蕴。”① 别列列申等诗人通过中国景物而营造的静谧有利于传达他们对于平静生活的向往之情，当现实的宁静远未达到这种普遍的程度，字里行间越是波澜不惊，越能够彰显现实的残酷性和喧嚣之气，越会引发我们想象着一个缺失安全感的孩子在趋向温馨港湾时的热切情态。从日常表象上看，中国给予俄侨以家一般温暖的感觉，从深层次上看，正是中国文化传统中的这种静谧神态所铸就的一种宽容之风，才催生了中国人之于这些流亡者的接纳之意。

俄侨文学作品中的中国式意境给人一种视觉上的审美感受，当这种感受完整地传递给人们时，无论是中国式语汇还是中国题材和意象都表现了俄侨作家与中国所存在的亲近程度，人们只有从中国传统文化精神的角度去认识这种亲近程度，才会切实明白这些作家的所思所想。种种迹象表明，俄侨作家不只是按着自身固有的思考方式按部就班地书写着俄侨故事或俄罗斯故事，为了避免自己的创作陷入画地为牢的尴尬处境，他们也有接近中国文化语境的努力。

二　俄侨文学作品中的儒释道精神

由历史上看，“俄国人的中国观由 18 世纪以正面评价为主在 19 世纪上半期完成了向以负面评价为主的转变”②，来华俄人对于中国历史文化的久远性产生质疑。那时来华俄人有限，主要是基于中西方发展

① ［俄］弗·阿格诺索夫：《俄罗斯侨民文学史》，刘文飞、陈方译，人民文学出版社 2004 年版，第 91 页。

② 阎国栋、梁中奇：《19 世纪上半期俄国人来华行纪与俄国人中国观的转向》，《俄罗斯文艺》2017 年第 1 期。

落差等原因而生成的中国观。到了19世纪下半叶，汉学家们对于中国历史文化特别是经典著作的译介在一定程度上推动了中国文化在帝俄的传播。比如俄国汉学家王西里[①]的《诗经》研究，探究缜密且有自己的思考，并渗透出对中国历史文化的态度："对中国人的美文学做出我们这里所理解的那种研究，需要付出一生的时间，才有可能获取全面而清晰的认识。"[②] 这是一种由衷的感慨，也说明他在思想观念上对于中国文学所蕴含价值的认可态度。俄侨作家的情况有很多不同，特殊的政治背景和人生经历以及规模化的生存格局都促使他们可以比较科学而理性地审视中国的现实与历史。中国传统文化的儒释道精神在一些俄侨作家的头脑中发酵并潜在地发挥着作用，作家们在感性文字之外有了一种不同寻常的中国观。

（一）儒家文化精神

俄国人对中国文化的关注主要倾向于儒家，比如王西里便是在儒家思想对中国历史和文化的影响下考察《诗经》的。在华俄侨作家所受到的中国儒家文化精神的影响，主要来自文化经典阅读和整体呈现的在场文化氛围（这与苏俄作家不同），因此，作家们可以充分保持自身的态度和尺度，坚持思考的独立性。

1. 巴依阔夫的《大王》与儒家文化精神

儒家强调"尽心知性而知天"，主张天人合一，其本质则是主客合一，充分肯定人与自然的统一性。儒家通过肯定天地万物的内在价值从而主张以仁爱之心对待自然，讲究天道人伦化和人伦天道化，从家庭到社会进而将此种伦理原则扩展至自然万物，体现了以人为本的价值取向和人文精神。[③] 儒家的重"生"倡"仁"，具体体现在人与自然的关系上，强调"取物以时""取物不尽"，要敬畏自然，对自然界

① 王西里（1818—1900），又译作魏西里夫。1880年在圣彼得堡出版学术著作《中国文学史纲要》，这是世界第一部真正意义上的中国文学史著作。他对中国进行了广泛而深入的研究，并创建了俄国历史上第一个汉学学派。

② Васильев В. П. Очерк истории китайской литературы. СПб. , 1880. С. 150.

③ 何小刚：《生态文明新论》，上海社会科学院出版社2016年版，第30页。

不能随心所欲。这种天人合一的生态智慧蕴含着一种整体意识和宏观大局认知，对当代社会解决人与自然关系的恶化提供了许多思想智慧。在巴依阔夫那个年代，天人合一的生态智慧也是解决人类所面临的困境问题的重要思维方式。《大王》之所以备受关注，有一点在于，这部作品比较早地在东方世界特别是在中国东北原始化的自然世界中思考着西方学者和西方作家正在思考着的人类普遍困境问题，而且这种困境问题在后来愈加引起人们的关注和忧虑，这种置于东方文化语境中的“超前性”思考得益于东方文化特别是中国儒家文化传统的滋养。浸淫其中的巴依阔夫秉持了一种建立在中西方文化共同基础上的思考视角，且在最终达成效果上超越了中西方文化，上升到一种人类性的思维高度。本来，原始先民们就是敬畏和崇拜自然的，他们崇拜火、崇拜太阳、崇拜母神，这是一种朴素的宗教式情怀。在《大王》中，巴依阔夫恰是在一种原始氛围中将我们带入了一个充满初始情怀的自然境界中，以超乎寻常的想象引领着读者的想象，若是说他比较合理地找到了一种表现题材和表达语境，还不如说他通过文字在思考问题的方式上实现了中国化。

《大王》这部作品“通过大王成长过程中的境遇、回乡途中的所见以及最后的遭遇，为读者展示了自然与人所经历的种种灾难，并将造成这种灾难的矛头直接指向人类”。[①] 人们对自然的破坏也带来了动物的疯狂报复。其中，作家对大王及其所遇所思有过这样一段揭示：

> 新生活的激流注入了蛮荒之地。新来的人们兴建起城市和村镇，砍伐木材，清理原始森林。
>
> ……
>
> 它有好长时间都不敢从岸边的灌木丛里走出来，踏进明月照

① 王亚民：《“满洲”密林的生态书写与哲学性思考——以伪满洲国俄侨作家尼·巴依科夫的〈大王〉为例》，《沈阳师范大学学报》（社会科学版）2016 年第 6 期。

耀下银光熠熠的江面。松花江平原的无边空旷和辽阔使它吃惊。

它习惯于另一种环境和另一种景观，在那里远处总是影影绰绰地呈现出布满树木的山岭，而前景则是郁郁苍苍的重峦叠嶂，密匝匝地长着原始森林。它在这样的环境中出生和成长，同它的祖先们一样。它听到了祖先的召唤。①

这是大王的深入思考，显然又不只是大王的，作家通过大王的眼睛观察到了一种可怕的现状，并以充满忧伤和恐惧的思考方式对人们的破坏力表示感慨。眼前所见的一切都不是曾经熟悉的，前所未见的"新生活""新景象"令大王十分困惑，于是大王充满忧伤地走回故乡蚂蚁河河谷，在家乡却仍然看到了令人不悦的物象，那里矗立着机器轰隆作响的锯木厂，轨道上爬行着可怕的怪物，原始森林在"呻吟"和"痛哭"。大王陷入了思索：

它在紧张地思索。现在，它确信，情况的改变是由于来了一批新的人，他们具有特殊的品质。

那个它弄不懂的蛇一样活动的怪物是听命于人的。有着耀眼灯光的高大楼房，以及里面轰隆作响，还喷出一团团带火星的浓烟的东西，都是两条腿的人做出来的。是人建起了许多像小盒子一般的住房，是人在深山老林里修起了铁路，是人砍伐掉了它家乡的树木，是人烧毁和消灭了能够为野兽和鸟类提供食物和栖居之地的森林。②

于是乎它对这些外来人产生了不可遏制的仇恨，并且想要报复，

① 李延龄主编：《兴安岭奏鸣曲》，冯玉律等译，北方文艺出版社、黑龙江教育出版社 2002 年版，第 80 页。

② 李延龄主编：《兴安岭奏鸣曲》，冯玉律等译，北方文艺出版社、黑龙江教育出版社 2002 年版，第 86 页。

当没有什么好办法时就通过怒吼对强大的敌人发出威慑，但是在车站和村镇上是听不见这吼声的，吼声被刺耳的汽笛声、锯木厂的锯木声、蒸汽锅炉的轰鸣声给压了下去，于是它只好沮丧地走向密林深处。这不仅是大王作为百兽之王的个人地位的动摇，还是它的生命走向悲剧终结的开始。

小说通过对大王遭遇的书写，表达了有关人与自然关系的深刻思考，这种思考警示着人们的行为，也传递给人们处理人与自然关系的具体性措施。佟力的自我牺牲是在努力使人与自然之间的矛盾关系达到一种和谐与化解，佟力与大王的相遇以及相互之间的过往，都表明佟力的“知天命”与大王的“通达”，二者共同体现了作家的现实考量。

小说中塑造的大王形象并非那种蛮横无理的，而主要表现为一种平静、无语、沉稳的气质，甚至带着一份孤独，气场十足，十分内敛，又拥有一种“人不犯我我不犯人”的架势，内敛含蓄的性格特征类似于中国人在传统文化精神熏陶下所形成的那种不外漏、踏实稳健的风格气质。大王的内心世界丰富而不张扬，这是典型的中国式的精神存在方式。即使作家在有意制造气场并渲染大王的王者气势，这种气势也不失中国风度。

另外，小说也通过动物之情凸显了人之情。作家用拟人的手法为我们勾勒了一幅深沉的让人感同身受的中国式亲情画面。大王的父母亲和孩子们的日常生活状态，温馨、和谐、其乐融融的家庭氛围都像极了中国日常传统家庭。特别是大王的母亲母老虎对自己孩子的那份亲情，象征着人性的美好一面，这是具有普遍性的，同时也是中国传统伦理注重亲情、看重家庭的一种体现。当“母虎走进山洞，仔细地打量了一下熟睡的孩子，便躺在它们旁边，认真地整理起已经湿透的皮毛来”。[①] 这是慈爱的母亲形象。当大王与母亲不期而遇，“大王看

① 李延龄主编：《兴安岭奏鸣曲》，冯玉律等译，北方文艺出版社、黑龙江教育出版社2002年版，第21页。

到母亲没有认出自己，便趴了下来，恭顺地爬到后者跟前，嘴里哼着儿时熟悉的歌谣”。[①] 这是儿子的“尊老”行为。当母老虎的脑海里犹如闪电一般出现了早已忘记的形象和情景，它终于认出了自己的儿子——现在的虎大王，于是它们互相靠近。儿子主动走到母亲跟前，舔着它的头、眼睛、耳朵和脖子，“母亲也同样回应着，呜呜地唱着虎大王从遥远的童年时代起便非常熟悉的摇篮曲”。[②] 这是母亲的“爱幼”行为。儿子充满温柔地仰面躺在母亲面前，母亲还像当年它儿时那样用自己的脚掌推着它滚来滚去，一幅十分感人的画面。作家对这种场面的渲染，展现了动物之间的亲情，为后面大王的悲壮之死做了重要的前情铺垫。

特别是小说展现母老虎的温顺和贤惠，作家是遵从着老虎的习性来写的，写公老虎的离开，其实也暗喻了“男主外女主内”的生活状态。不管从哪个角度看，大王母亲的形象都极像中国传统女性的样子。大王母亲勤勤恳恳，精心喂养孩子，教孩子生存本领，无怨无悔，这些都暗示了母老虎如人一般温婉贤淑的气质特征。文中有一段对大王父母亲的描写，年迈的老虎大王在一个夜晚来探望自己的女伴和孩子们，母老虎的服帖顺从和依附性举止映衬着老大王的气场，也烘托出“男尊女卑”的伦理关系，很像中国传统社会里人们常说的“夫唱妇随”的样子。到了后来，成长起来的大王在择偶过程中，母虎配偶的顺从状态依然清晰可观。儒家的全部思想从“仁”字出发，要着力解决人与人之间的关系问题，因此儒家特别重视婚姻和夫妻关系。在儒家看来，婚姻是人伦之本，是一切社会组织和制度发端的基础和前提。究其实质，实际上是产生了一种极为不对等的夫妻关系。特别是到了汉代，从社会到家庭都体现着男人绝对统治的政治色彩。当女性位于

---

① 李延龄主编：《兴安岭奏鸣曲》，冯玉律等译，北方文艺出版社、黑龙江教育出版社 2002 年版，第 66 页。

② 李延龄主编：《兴安岭奏鸣曲》，冯玉律等译，北方文艺出版社、黑龙江教育出版社 2002 年版，第 66 页。

道德规范的最底层时，一种支配女性命运的顺从文化生成了，顺从文化对中国女性产生了十分深刻的影响。小说《大王》当然不是要讨论顺从问题，只是字里行间的动物之意生动地契合了中国儒家文化伦理中的相关观念和规范，这种契合不是等同，巴依阔夫在潜意识中接受着中国儒家文化思想影响的同时并非“满足于模糊笼统的全局性的整体思维和直观把握”①，而是在获得“夫唱妇随”的逻辑思辨的表达效果的同时着力引申出一种温情和诗性成分。

2. 别列列申等人的诗歌与儒家文化精神

先看一下尼古拉·斯维特洛夫的《中国的新年》，该诗展现了中国人的家庭观念和年俗观念。先秦时期的儒家及其后学所提倡的“仁”和“爱物”思想，通过爱护万物的主张体认了宇宙天地的生生精神，将人类融入整个宇宙天地之中，达到万物共处、其乐融融的境界。这是一种博大、和谐精神的展现，当此种精神细化至微观时便更多地体现在日常人的生活习俗之中，中国新年就是这种精神的高度浓缩，新年越是热闹、越是和谐，越能够展示出一种家国观念。人们安生于家庭、家族之中，在由宗法血缘结成的关系网中彼此做到和睦、融乐，这是“修身、齐家、治国、平天下”的儒家个人理想的重要基础和逻辑起点。儒家的“修齐治平”理念体现了中国文化家国同构的思想方式，所以儒家十分重视和谐的家庭关系和良好的家庭氛围。在尼古拉·斯维特洛夫的诗歌中，其乐融融的新年庆贺情形淋漓尽致地诠释了儒家的伦理道德和家庭观念，诗人集中描写了放鞭炮的阵势与声响，认为万千鞭炮的轰鸣是为了赶走邪恶有害的妖魔。诗人对于中国文化传统是有着深入理解的。诗中还写了祭祀心理，如“保佑他们的买卖兴隆”等片段，也是非常符合中国人的文化心态的。在俄侨诗人的作品中，我们还可以感受到中国人积极的入世态度，如别列列申的《游山海关》：“西天映出了鼓楼的剪影，/庙中供奉着圣明的文昌君，/为

① 李泽厚：《中国古代思想史论》，天津社会科学院出版社2003年版，第290页。

了在考场不至于胆怯，/学子们带来了香烛做贡品。”[1] 全诗对历史与现实的表现都指向了人性的贪婪，只不过历史上的人们显得更为庄重一些。

如果说上述书写秉持的是一种“为我所用”的心态，还有另外一种情况是，作家在面对中国文化传统及其显性构成元素时采取的积极接受和认同态度，并进而达成了文化审美目标。典型的作品是《迷途的勇士》，有这样几段经典诗句：

当我从孩提时期得知，
命中注定我生在中国，
为此祖传遗产与房屋，
都将被别人强行剥夺——

我倒愿生在中国南方——
例如宝山或者是成都—
生在和睦的官吏家庭，
多子多福的名门望族。

我的祖父是饱学之士，
说“月笛”二字适宜命名，
或叫“龙岩”，意在庄重，
或叫“静光”，取其轻灵。[2]

诗人对于中国的家族观念保有认同态度，对于中国南方保留着更

① 李延龄主编：《松花江晨曲》，谷羽译，北方文艺出版社、黑龙江教育出版社 2002 年版，第 112 页。

② 李延龄主编：《松花江晨曲》，谷羽译，北方文艺出版社、黑龙江教育出版社 2002 年版，第 120—121 页。

多的文化传统这一现象的认识是比较到位的：中国南方名门望族多，看重子嗣传承，孩子的命名也要图些吉利。别列列申不仅观察中国诸多文化现象，也充满诗意地进行审美思考。特别是“月笛”“龙岩”“静光”这些词汇充满了中国意境，不仅仅是图个吉利，更有一种庄重与轻灵的追求嵌含其中，这自然不是通过表层理解能够得来的。“我在奇妙的网中长大，/学文习字，诵读诗章。”[①] 当大约长到15岁时，严厉的父亲要“我”娶商人的女儿为妻，她不好看却出身富贵。娶妻生子也要父母之命媒妁之言，特别是严父的意志是不能违背的，门当户对也有必要。整首诗娓娓道来，告诉人们儒家伦理规范从小就将中国人置于一张网中，从后世的眼光来看这自然是一种束缚，而诗人并未看出或者强调这种束缚的严重性，因为诗人既贴近中国文化语境又超脱其外，观察的视角和思考的出发点都是不同的，想象的受阻程度也大大减弱了。

在《迷途的勇士》中，别列列申基于中国文化传统视域相对自由地展开了诗化的认知与想象，中国文化元素的恰当运用丰富了作品的表现主题，扩展了作品的表现空间。这些元素为诗人书写“迷途”提供了一组材料，突出和深化了“迷途不迷”的思想层面，即“天地狭小”“威严富足”都无法让诗人改变深切的“伏尔加”之恋。诗人虽然不是完全接受中国的这种文化传统并将之作为主要书写目的，但至少诗人是认识到了这种富足生活对人的吸引力。

部分俄侨诗歌作品中的那种节制和沉郁，与儒家对诗歌乃至艺术的内涵美及情感美学属性的基本认识有一些相似之处。基里尔·巴图林的《宁波姑娘》虽有对那种中国式的“最奇怪最奇怪”爱情的不甚理解，却也为我们调制出一种温婉、含蓄的情感样式。当古老的中国已经走到了充满现代感的20世纪，面对着情感的炽烈与压抑状态，诗

① 李延龄主编：《松花江晨曲》，谷羽译，北方文艺出版社、黑龙江教育出版社2002年版，第121页。

人不是带着强烈的批判目的，而是以一种含蓄的方式书写这种中国式的内敛情态，这种表达方式无疑与同时代中国作家的启蒙追求有所不同。深谙中国文化之道的别列列申等作家与儒家文化气质相互融通，在作品中传达出一种家园意识、自省意识。儒家文化精神为俄侨作品打上了显著的中国印记，也赋予了俄侨作家一种理解中国的别样方式。

（二）道家文化精神

与儒家文化同样在中国文化体系中占据举足轻重地位的是道家文化，道家文化精神在中国作家的作品中以各种形态流淌延续着，激发出作品特有的美感。道家文化精神在俄侨作家头脑中也产生了一定影响，主要体现在如下几个方面。

1. 天人合一，敬畏自然

在中国古代，儒家和道家对于天与人的说法存在一定差异，但在天人合一的认识上显示出一致性。道家的天人合一思想强调在自然大道之中达到道家的最高境界，即通过对“道”的修行和领悟从而达到人在自然大道中生存的最佳状态。换言之，即为顺“道”而生，应“道”而行，达到人类与自然之间最和谐的结合。道家的天人合一思想体现出道家的自然观和生态智慧。天人合一、崇尚自然之思维在小说《大王》中有所体现，正是这种思维使得小说在描写人与自然的紧张关系时流露出一种反思意识，这与同时代的中国东北作家的同类题材创作是不同的。中国作家在人与动物特别是虎狼的战斗中强调“人定胜虎”的实际效果，这与中国东北的自然人文环境、人的勇猛性格有关，还在于作家通过这种实际效果在作品中隐含了一种尚武主题，尚武展现出来一种开拓奋进意识，显然迎合了日伪政权的政治军事需求，比如牧之的《密林历险记》、睨空的《大兴安岭猎乘夜话记》等小说，这也是“山林实话·秘话·谜话”小说兴盛的一个重要原因。当然，中国作家并不是一味献媚，这个问题本身就比较复杂，值得深入分析。不断战胜虎狼，这种勇敢与坚强，对于日本读者来说表达出的是一种狼子野心，对于中国读者来说亦可以体现为一种斗争性。就像很多东北沦陷区的中国作家一样，在“言”与“不言”之间进行着艰难的选择，也有作家通过自己的努力而进行着必要的反抗，山丁、秋萤所坚持的“乡土文学”理论主张和创作实践便带着鲜明强烈的民族意识和抗争意识，剧作家李乔对暗夜的书写、作家山丁对土匪强力的展现等，都充分诠释着很多沦陷区作家藏匿于精神世界里的对抗意识，也说明了作家精神世界的复杂性。

在道家看来，人类以符合自身愿望为目的而强势进入自然的方式，结果只能导致自然本身的伤害或者死亡，要想做到人与自然万物的和谐，必须克服人性的异化，回复到人的自然本性。在《大王》中，鸟的异化即人的异化，人的异化真实地体现为在经济发展和资源掠夺中的疯狂性与不自觉性，这种异化的结果是自然被伤害，大王无家可归，人类中的清醒者佟力亦感受到这种破坏所带来的伤痛和不安。大王的自然思维、佟力的敬畏自然，都是一种敬畏之心在发挥作用，正是这种敬畏使得他们自身产生了令人敬畏之处。作为一个在中国生活多年的作家，巴依阔夫与中国文化精神达到了一定程度的默契，实现了精神上的交流。

出于对生命的敬畏与热爱，道家强调平和、自然的处世态度，主张和谐宽容，“道家从崇尚自然和用‘道’包容宇宙中的一切事物的世界观，引申出‘知常容，容乃公’的原则，表现出一种宽容、和解的气度。在道家理论中，‘和’、‘容’都是重要概念，‘和’即和谐，‘容’即宽容。”① 俄侨们在中国的生存方式也正是在一种顺其自然、顺势而为的态势中达到与中国人的和谐共处。俄侨作家在表达祖国情感和表述各种中国经历时，情感传达中的豁达、达观、平和之韵致，指向自我内心而不过多苛责祖国，不断追求自我完善之举，在某种程度上也切合了中国道家文化精神。指出一点，俄侨作家对自然和生命的尊重，与万物有灵论和生物崇拜意识相关，同时东正教的自然神秘

① 张尚仁：《道德经解析》，华夏出版社 2016 年版，第 45 页。

观“具有生态中心主义的倾向，蕴含着朴素的护生思想”[①]，这些都影响到了俄侨作家的文学理念。

2. 书写自然，追求宁静自在感

道家文化“讲求守静致虚、返璞归真，提倡涤除玄览、旷达逍遥的人生态度，更符合艺术创造的超越性和无功利性规律。这种玄远灵动的美学追求影响着文学、音乐、绘画等艺术创作”。[②] 于是，在很多文学作品中都流露出这种追求清静无为的避世态度，俄侨文学作品亦有所流露。在书写中国自然环境时，日月山水、亭台楼阁等物象自有意趣，也是一种态度。涅斯梅洛夫的《雪晨》全诗有着突出的现代意识，甚至显示为一种政治隐喻。在静谧的环境和超脱的选择中，我们看到了一个在晨雪中伫立的倦行者形象。“或者叠起恭顺的双翅，/倦于在荒原到处流浪，/但愿像霜从天庭滑落，/不至让枝叶重得难扛。”[③] 这种中国意境中的倦行者形象因东方韵味的增强，多少缓解了那种现代主义标签下的疲惫感和颓唐相。

“静”作为别列列申诗歌中的关键词，集中反映在中海、碧云寺、南池子、长城、杭州湖心亭等地景致的找寻中，置身其中，不光见到闲逸，也有生存态度，“静”是一种追求姿态。在《画》中，天空、绿草、羊群、白云、山岭、小牧童等连成一幅优美的画面，尤其是倚天而立、山岩裸露的悬崖峭壁之上，一棵松树傲然挺立于危崖，这是自然之美，也是美之自然，这种冷静与恬淡，十分难得，令人陶醉。鹞鹰深爱着危崖峭壁，这是真实的鹞鹰之爱，还是诗人之爱？可想而知，诗人是陶醉的了，就像庄周梦蝶一样，对这种陶醉已不自知。再比如《湘潭城》一诗中展现的道家所追求之自然美，为“乘物游心”以进入一种有声有色的逍遥境界，诗人寻求远离俗世烦扰，以便获得

① 刘建伟、安猛：《苏联生态环境问题的成因及影响研究：回顾与展望》，《太原理工大学学报》（社会科学版）2020 年第 4 期。

② 曲文军主编：《中国传统文化与现代化》，山东人民出版社 2011 年版，第 98 页。

③ 李延龄：《哈尔滨，我的摇篮》，顾蕴璞、李海译，北方文艺出版社 2002 年版，第 113 页。

怡然自得之乐。诗中“云彩”“清风”“鸽群”等词汇表示了对湘潭城的亲近，进而“微笑向往湘潭城，/幻想聚会湘潭城，/胡琴赞美湘潭城，/花朵倾慕湘潭城”①。这些都是为“我”的匆忙“逃离监狱”而在梦中奔向和平宁静、飞向隐秘的幸福仙境做出铺垫。物与物的融合最终指向人与物的融合，通过这种融合，使人在日常生活的樊篱和桎梏中走向心理和精神的纯净与自由。物我两忘是诗人的理想追求，虽有乌托邦的色彩，不过由于诗人巧妙地融入了中国传统文化元素，使《湘潭城》全诗境界为之一变，甚至达成了桃花源式的审美意境。

其实，道家观念远非那种遁世消极，有时也可以转化为一种对抗外在压力的重要力量，比如中国当代作家阿城的寻根文学代表作《棋王》便着力发掘中国传统文化所展示出来的那种内在精神力量。《棋王》以自然之道的冲淡之美、恬淡无为达到了对一个造成物质贫困的痛苦时代的超越。在中国文化共同体中，“道家文化中清净退隐、返璞归真的思想与儒家文化互为补充，共同塑造了中国古代社会的民族性格和道德情操。尤其是当理想抱负遭遇现实挫折而无法兑现儒家兼济天下的人生目标时，道家文化便成为人们的心灵慰藉和精神港湾”。②同样，俄侨作家在一系列自然事物的书写中，清晰地呈现出一种精神努力，即试图通过眼前景物的书写达到对自身苦闷、迷惘和无助感的永恒超脱。《画》中的“恭顺的心灵”状态是顺应自然以求心灵慰藉的诉求使然。俄侨作家将孤独之绪投射到自然事物当中，就会明显地呈现为对异乡生活场景的一种艳羡之情，和对当下境遇的自我怜惜，心弦触动之余难免与中国传统文化精神达到某种契合，甚至形成互动性。另外，日常生活的缓慢节奏，平静古老的生活方式，本就是俄罗斯人一直追求和固守的，“在基督教传统中，安宁被视为造物主完美以及神圣性的固有性质，而动荡则是不完美的表现，远离宁静的完美

① 李延龄：《松花江晨曲》，谷羽译，北方文艺出版社、黑龙江教育出版社2002年版，第115页。

② 曲文军主编：《中国传统文化与现代化》，山东人民出版社2011年版，第98页。

必然会陷入混乱无序的疯狂状态”。[①] 从宗教影响的角度来看，俄罗斯人的这种安宁意识其实是对上帝创世后的安宁状态的向往，为了实现灵魂的宁静，宁静与自由是一体的，在安宁中可以进入精神的永恒，最终实现人对于神性的复归。中国的文人从道家的自然人格中汲取了巨大的精神动力，俄侨作家亦在疲倦与困厄中把巨大的精神余力消融分解到自然物象之中，以求得心灵的平衡和精神的安慰，这种结局通过俄罗斯人的宗教情怀和中国的道家思想相互作用而达成。

（三）佛家文化精神

佛家即释家，佛家为通常习惯性说法。佛家文化是印度佛教与中国传统文化相结合的产物，与儒家、道家文化共同构成了中国传统文化的主干。佛家文化作为中国传统文化的一个有机组成部分，经过长时间的磨合与交融，在中国诸如宗教、伦理、哲学、文学、艺术、民俗等方面产生了重要影响，特别是影响着中国人的道德观念和价值尺度，也在一定程度上影响到了俄侨作家的创作。

1. 佛家文化的生态思想

佛家文化在生态方面充分认识到了主客观的相互作用，“从整体视角出发将单个生命体与整个自然界相联系进行研究。天地万物的根本关系体现着同源性，任何生命形式都处于既相互制约又相互联系的统一整体之中，两者的均衡就是人与自然的和谐相处”。[②] 佛家的生态伦理观便是尊重生命，珍爱自然。佛教传统的一个中心理念是众生平等，慈悲为怀，善待生命，对于动物的态度同样如此。佛家在对待众生、对待生命的态度问题上是走得最为彻底的。相比儒家和道家，佛家生态思想对中国后世的生态观念影响最大，特别是体现在精神层面上。佛家生态思想在道德观价值层面为当下的生态危机提供了一种支撑。在20世纪上半叶，当佛家生态思想与巴依阔夫的《大王》相遇

① 刘锟：《东正教精神与俄罗斯文学》，博士学位论文，黑龙江大学，2004年，第116页。

② 牛文浩：《生态思想维度中社会主义生态文明研究》，经济日报出版社2019年版，第58页。

时，二者仿佛不谋而合。佟力对待动物的态度以及佟力跟大王之间的心神交流，实际上是为我们展现了人与动物之间的相通性及其背后的平等性。佛家是将人性的善扩大至众生，包括人和动物，为了达到这种善，便要不断牺牲自我，佟力为了其他生命肯于牺牲自我，这也是一种善的表现。在这里，我们强调佟力的行为态度与佛家生态观念的一致性，同时我们还要从山神崇拜的角度来看待佟力等人的思维与佛家文化的内在联系。

在佛家文化中，献祭是人与神相互交流的重要中介物，“早期佛教就拒绝了一个全能的造物主上帝的存在，但在各处却跟民间宗教及其各类的神有着关联，譬如在西藏就跟原始的巫术——萨满意义上的苯教、在印度跟密宗有着千丝万缕的联系。对一些有影响的自然神，如山神、风神以及雹神，人们始终需要用作法和献祭的方式来跟他们和解。常常也可以看到佛教寺庙是由蛇和龙来把守的，在东方这两种动物是作为吉祥的、超自然的生灵而受到人们的崇拜的”。[①] 在《大王》中，佟力可以任意摆弄蛇，“在老头那古老的房子里不知从什么时候起便盘踞着一条大蛇。其长度不下于三米。据说，这条蛇的身上附着老头某位祖先的灵魂，而且据老头自己计算，它的寿命已超过两百年”。[②] 这是对蛇的原始崇拜。佟力的行为强化了自身的威望和影响力，也从一个角度反映出关于蛇的宗教式的原始崇拜意识，这种意识与佛家文化是存在一定关联的。

2. 佛教式的人物形象

如果做出细致的文本考察就会发现，《大王》中的佟力其实是具有佛态、佛性的。

第一，佟力的洞察力和静观万物之态。佟力能够出色地炮制加工

---

① ［德］汉斯·昆：《世界宗教寻踪》，杨煦生等译，生活·读书·新知三联书店 2007 年版，第 196—197 页。

② 李延龄主编：《兴安岭奏鸣曲》，冯玉律等译，北方文艺出版社、黑龙江教育出版社 2002 年版，第 112 页。

鹿茸，找到珍贵的人参，对林海的所有山岭和树木了如指掌，“照原始森林里居民的说法，他能够看透地面，直到深处。黄金、矿藏和宝石全都躲不过他刺透一切的敏锐目光”。①

第二，佟力的威严感和掌控感。一个例证是，林海中所有的飞禽走兽都听他的话，服从他的意志，比如驯蛇的超级能力。在丛林里，年轻的捕兽者和猎户不仅敬重和爱戴老爷子，而且还害怕他那严厉而又凝注的目光，他们确信这种目光会置人于死地。连为非作歹者对老头也怀有敬意，只要他说一句话，强盗们就把人质和抢来的东西归还原处。

第三，佟力的慈悲心和平常心。小说中提到，老爷子本是可以发大财的，但他不追求这个目标，他将采集到的少量黄金全都用在慈善事业上，为公众办好事。他赡养了被处死的孙发的母亲，为这个贫穷的寡妇在宁古塔买了田地和房子。他随性随心，不讲究穿着，脚上老是穿着一双用野猪皮缝就的便鞋。待人友善，在林中小屋里经常会热情接待偶尔过往的路人，并且“老头还为路人准备好今后几天赶路所需的干粮，谆谆叮嘱他在路上要注意些什么，该怎么做”。②

以上种种，都会让人惊讶于作家所塑造的这一宗教式的人物形象。这是一种混合型的宗教式人物形象，佟力对孙发母亲的同情和怜悯，佟力主动献祭于大王的自我牺牲精神等，都与东正教观念中的怜悯意识、对上帝和神性真理真挚的追寻等存在一定关联，无论如何我们都不能忽略这一点，因为“东正教文化中的一些典型观念在俄罗斯文学中有丰富的体现”③。东正教的博爱、宽容精神在巴依阔夫的作品中已有流露，在《猎鹿》中直接出现了“上帝”“基督徒”“祈祷”等字眼。《牝虎》中塑造的娜丝齐亚形象是一个牝虎似

① 李延龄主编：《兴安岭奏鸣曲》，冯玉律等译，北方文艺出版社、黑龙江教育出版社 2002 年版，第 112 页。

② 李延龄主编：《兴安岭奏鸣曲》，冯玉律等译，北方文艺出版社、黑龙江教育出版社 2002 年版，第 113 页。

③ 刘锟：《东正教精神与俄罗斯文学》，博士学位论文，黑龙江大学，2004 年，第 19 页。

的女人，在野性之外又充满着爱，她的爱人因猎虎受伤而死，她却仍然坚持喂养幼虎直至成年。《大王》中的佟力、大王、大王的父母亲等形象都不能脱离东正教思想观念而单一审视这些形象的宗教样态。正因如此，《大王》文本是多样的，佟力形象是可以得到多角度阐释的。

佟力与动物可以沟通交流，这种人兽之间的心灵相通，进一步强化了这个人物的宗教式形态。“按这些猎人的说法，山神爷的化身大王每年在一个‘兽情之夜’都要亲自到佟力的房子里来一次，同他交谈。”[①] 山神崇拜在《大王》中被作家具体化了，大王成了山神爷意志的象征，这种崇拜意识显得真切而生动。佟力是充满神力和神性的，大王也是通人性、有神性的，在“神”的层面上二者的默契和融通就别有意味了。大王在“无常”“无我”的境界里达到“涅槃”。大王死的那样安详，美丽的头枕在伸直的脚掌上，这种卧态是庄重的，甚至连佟力也不想惊扰大王的睡梦。佟力期待着大王醒来，“夜来临了。繁星在闪烁。从起伏不平的山脊后面露出了圆圆的月亮”。[②] 这时的佟力似乎也睡着了。此时佟力陷入思索，周围的寂静，远处的献祭响起的钟声，森林一片肃静，夜幕笼罩大地，一切都是祥和的，大王以固有姿势纹丝不动地躺着，眼前的祥和又带着庄严。佟力走到大王跟前虔诚一跪，双手合十，以祈祷的口吻说：“大王！醒来吧！我来自远方！怀着至诚之心！山神爷的意志必得履行！醒来吧，大王！”[③] 佟力是徒劳的，整个长夜他都守在大王的遗体边，朝阳露出第一缕光辉才下山，消失在苍茫的林海之中。此刻，我们看不到佟力的悲伤，他十分坦然地面对着眼前的一幕。大王死了，相信它已然涅槃，因为“有

---

① 李延龄主编：《兴安岭奏鸣曲》，冯玉律等译，北方文艺出版社、黑龙江教育出版社 2002 年版，第 113 页。

② 李延龄主编：《兴安岭奏鸣曲》，冯玉律等译，北方文艺出版社、黑龙江教育出版社 2002 年版，第 144 页。

③ 李延龄主编：《兴安岭奏鸣曲》，冯玉律等译，北方文艺出版社、黑龙江教育出版社 2002 年版，第 145 页。

朝一日，大王要醒来。它的吼叫将会隆隆地响彻群山和森林的上空，引起一次次的回声”。[①] 我们强调佟力的佛态佛性、大王死时仪式氛围的佛教特征，直接证据就是结尾处“莲花”（лотоса）一词的出现：“苍天和大地均会受到震动，神圣而又灿烂的莲花将会展瓣怒放。”[②] 原文为“Небо и земля содрогнутся，и пышно расцветет прекрасный цветок священного лотоса”[③]，“莲花”意象强化了巴依阔夫在宗教意识上的倾向性。既然这里提到莲花，就不能不提一下佛教的莲花文化。在佛教的宗教象征意义中，莲花代表着高洁、清静、洒脱，莲花形象具有一种超凡脱俗的气质，“佛教把莲荷从淤泥中生出纯洁美丽的花叶比作世人从此岸到彼岸、从凡人到圣人、从尘世到净界的生命历程。而释家弟子若要实现这一感悟过程，就必须修身养性，仿效莲荷出淤泥而不染，须荡涤心灵的污垢，洗去世俗的尘埃，保持内心的清净，不为耳目感知的外物世界所影响，才能达求真正的人生超脱”。[④] 故此，莲花是佛教再生、纯洁和免受轮回之苦的主要象征。《大王》结尾运用莲花意象，寄寓了深刻的宗教哲理意味。原始森林就像一块净土，对净土的虔诚追寻，在大王、佟力等人那里是自始至终的，即使献出生命也不放弃。在宗教般的存亡轮回、无生无灭中，大王的精神必然会通过繁衍而在种群中得以存续，至少会在读者的精神中生根发芽。

3. 佛家文化与俄侨作家心理

在诗歌方面，维克多里娅·扬科夫斯卡娅曾创作了一组以同佛像对话为内容的作品，同佛探讨人生秘诀，获取人生教诲。阿列克谢·阿恰

---

① 李延龄主编：《兴安岭奏鸣曲》，冯玉律等译，北方文艺出版社、黑龙江教育出版社 2002 年版，第 145 页。

② 李延龄主编：《兴安岭奏鸣曲》，冯玉律等译，北方文艺出版社、黑龙江教育出版社 2002 年版，第 145 页。

③ 李延龄主编：《中国俄罗斯侨民文学丛书　俄文版 10 卷本　卷 3　兴安岭奏鸣曲》，中国青年出版社 2005 年版，第 136 页。

④ 张鹏飞：《中国传统文化散论》，合肥工业大学出版社 2014 年版，第 91 页。

伊尔的《在水果店》一诗中出现如下词汇和语句："涅槃"（Нирвана）、"佛教徒的轮回，/余晖染黄西天。"（Буддийская вечность/И желтый закат.）① 阿恰伊尔对中国佛教文化中生死轮回、凤凰涅槃、浴火重生的豁达理念给予了赞赏和肯定。诗人亚科夫·阿拉钦认为佛教对中国诗歌的发展有巨大影响，没有佛教的话中国就不会产生那么多著名诗人。实际上，阿拉钦的这一判断并不适用于俄侨作家，佛教和佛家文化对俄侨作家并未产生实质性影响，如果说二者之间有一定联系，一方面是如上述《大王》那样，俄侨作家捕捉到了相关文化元素并内化于篇章之中，一方面则是佛家文化在俄侨作家心理层面发挥一定"调节"作用。佛家文化是俄侨作家乱中求静对抗世俗纷扰的必要手段，是从痛苦中寻求和获取生存希冀的良好方式。

尼古拉·斯维特洛夫的《千手观音》生动彰显了中国的生活气息，观音形象鲜活而立体，通过对观音与佛法的虔诚追寻，传达出诗人对于理想信念的坚守态度。在信仰的怀疑与动摇中，诗人坚定地通过对佛事的观察和理解寻找到了一种化解自身精神危机的重要途径，孤独与不幸甚至灾难在那个时代是令人印象深刻的，诗人没有气馁，以生动的笔触展示出个体面对生活的希冀："这就是你啊，世世代代，/亿万年不变，始终如一；/这些庙宇佛塔供奉你，/闪烁星光，你最美丽！"② 在黑多克的《满洲公主》中，当巴格罗夫深爱着的满洲公主在与黑熊的搏斗中死去后，在痛苦中他选择进入寺庙，并决定在这里千方百计缩短自己的人生道路，"在这里我可以把心灵深处的所有野兽——即文明人在荒山野岭中的忧愁、缺乏从事艺术和看书的机会以及自我暗示等——释放出来，让它们尽情地撕我咬我"。③ 主人公选择佛门清修，又要在这个过程中来折磨自己，以此结束一生。爱情的真挚

---

① 李延龄主编：《中国俄罗斯侨民文学丛书 俄文版10卷本 卷2 齐齐哈尔火车声声》，中国青年出版社2005年版，第321页。

② 李延龄：《松花江晨曲》，谷羽译，北方文艺出版社、黑龙江教育出版社2002年版，第227页。

③ 李延龄：《兴安岭奏鸣曲》，冯玉律等译，北方文艺出版社2002年版，第334页。

对应着现实的苦闷，真挚爱情之不得又进而强化着现实之困境，佛门清修又带着了却残生的味道。佛家文化元素的进入与人物的感伤情绪相映照，人物的独特的自我调节方式明显增添了小说的东方气质。黑多克作品中体现出东西方民族宗教文化的融合，在对东正教保持一份理智的同时，对佛教中的因果报应和轮回转世观念给予强烈认可，在他看来，因果报应是佛教哲学中最为稳定的教义之一，人们应该相信它，对尘世罪恶的恐惧将迫使人们行善并避免恶行的发生，“他的许多作品都是以佛教哲学的基本概念为基础的”①。我们在《黑色帐篷》《三颗哑弹》《野猪》等作品中都可以感受到因果报应思想的存在。在《三颗哑弹》中，作家写到俄国士兵的狂乱与佛的庄严，士兵向菩萨开枪而受到不可避免的因果惩罚，并在赎完罪后迎接自身的死亡，其实也是在两种宗教之于人世的态度上做出作家自己的比较和衡量，通过佛教的因果报应法则而思考信奉基督教的国度里的“大恶之人得不到惩罚”的问题，从而实现作者深入思考的意图。这种思考是在充分掌握中国文化知识的基础上展开的，我们在作品中所看到的中国背景和中国生活方式丰富补充并具体化了创作的中国特色，同时也因没有忽视生活中的哲学问题和俄罗斯民族特性，实现了情感的通达和本质的超越。俄侨作家通过自身东正教宗教信仰求得精神皈依，获得一时解脱，又有对东正教能赦免人世间的罪恶等观念产生困惑之时，便在东方宗教氛围下做出适应性的认知反应，即使不是一种习惯性动作，也可以看得出俄侨作家的文化选择中的多重指向，这种指向自然带来作品意蕴的丰富和深刻。

总而言之，儒家的中庸思想是一种平衡智慧，反映了中国人对和谐、平衡状态的认识与追求。道家思想认为，如果不存在平衡，就会产生混乱。道家美学以“和”来概括并回应审美境界的需求，以规律

① Хуэй Мяо. Особенность отражения китайской культуры в рассказах А. Хейдока// Гуманитарный вектор. Серия：Философия，культурология，2014，№2.

变化的和谐和万事万物生存的平衡为自然之美的必要条件。禅宗的“禅”即为定坐冥想、静坐敛心、正思审虑，也就是集中精力以求平衡心理之目的。平衡是中国传统文化的一个追求，是一种思维方式，也是一种哲学本质。在中国，俄侨作家不断在文字中平衡中俄两种情感，这种平衡追求属于作家的潜意识思考方式和思维模式，于是儒释道的平衡观与俄侨作家的情感表达方式产生了一种心理默契。

当然，俄侨作家的默契程度是有所不同的，作家创作心态的变化和审美体验的程度本来就是复杂的，生活经历和历史文化背景都限制着作家的观察角度，也影响着他们对于生活和世界的感知和理解。像别列列申这些作家自不必说，别列列申在1973年所写的《离别中》对“一夜三秋”的运用和转化，证明了他所受中国文化影响程度之深，然而在大多数俄侨作家那里，中国文化体验不是主动和自觉的，中国文化元素成为创作的激情和灵感已经足够了。一个基本事实是，俄侨们“都经受了中俄两种文化的熏陶和洗礼，并在此基础上孕育了独特的俄侨文化。只有充分认识两种文化在俄侨聚居地的碰撞、对话和融合，才有可能对俄侨文学有比较深入的理解”①。

① 阎国栋：《哈尔滨的俄罗斯侨民汉学家》，载黑龙江大学俄语语言文学研究中心编《俄语语言文学研究　文学卷　第2辑》，人民文学出版社2003年版，第284—293页。

结　语

在20世纪90年代，俄国本土文学和境外文学“这两股潮流合二为一，构成了统一的当代俄国文学”①，这对于在华俄侨文学来说，既是“荣归故里”，又是“探乡”之行，俄侨文学作为文化遗产留在了中国，中国的热情接纳又意味着俄侨文学对于中国文学至少是中国东北、上海地域文学的不可或缺性。如果说“个人的、人类共有的题材从原则上讲把俄罗斯文学的各种分支拉近了”②，那么中国书写这一基本的文学倾向在一定程度上将俄侨文学与中国文化拉近了。在华俄侨作家的中国书写表现出比较全面的形态，涉及多个方面，特别是作品中的现代意识和现代感，在诗歌创作方面与俄国现代主义诗歌的内在联系，都使得俄侨作家在中国书写方面呈现了区别于他者的独特气质，在主题思想和艺术性上都是可圈可点的。本书对在华俄侨作家的中国书写的考察是一次“破碎”思维的重构过程，在完成基本的阐释工作之后，下面仍要强调几点。

第一，在华俄侨作家的中国书写是我们认识在华俄侨文学的一个重要尺度，但不是唯一尺度。

---

① ［俄］符·维·阿格诺索夫：《20世纪俄罗斯文学》，凌建侯等译，中国人民大学出版社2001年版，第648页。

② ［俄］C. 科尔米洛夫：《1917年之后的俄罗斯文学：文学发展的主要特点》，孟秀云译，《俄罗斯文艺》1998年第3期。

俄侨作家的中国书写有价值、有意义，丰富了民国文学的内容、题材与风格，为我们留下了另类视角的“中国印象”，为我们在文本上记录了另一种思维形态的中国自然、风俗、民情、民性。哈尔滨俄侨作家的创作一改中国作家书写东北民情时的暗淡色调，融入一种轻松自然的情感，少了那种紧张与苍凉。俄侨文学关注民生、审视社会的精神也值得肯定。正如中国俄罗斯文学研究会会长石南征先生所说：“它不华丽、不宏大、不张扬、不喧嚣。它多写日常生活，身边琐事，自然万物，内心情感。它娓娓道来，亲切真挚。它容易为常人接受，引起常人的共鸣。它更像是一种纯精神的文学——由于精神需求和灵魂饥渴而造就的一种文学，因而少了做作，多了真诚。”①

俄侨文学蕴含着非常丰富的主题和思想，如果一直突出强调中国元素的话，很容易给人造成一种错觉，掩盖住俄侨文学其他文本的意蕴或视角。通过对俄侨文学的广泛考察，可以发现“中国书写”不能代表俄侨文学创作的全貌。俄侨文学作品中既有丰富的中国元素，也有丰富的俄罗斯元素，有些书写的“中国特色”则是基于“俄罗斯”现实基础上的一种反映，比如涅斯梅洛夫在《不分胜负的比赛》等作品中表现的侨民生活，侨居国外只是故事完成的背景而已。俄罗斯元素在一定程度上决定着俄侨文学的基本风貌，决定着它们在本质上是属于俄罗斯的。俄侨文学的中俄双重属性反映了俄侨文学创作的丰富性和完整性。在华俄侨文学的研究工作是一个长期的细致的过程，随着人们相关思考的逐渐深入，将会有更为丰富、更加深入的研究成果呈现出俄侨文学的整体风貌。

第二，在华俄侨作家的中国书写是特殊时代背景下的特殊产物。

在这里，我们所说的俄侨文化主要指的是十月革命以后流亡到中国来的那些俄国侨民所带来的文化。对于俄国移民的作用，俄国学者是这样阐述的：“俄罗斯移民对外国文化、艺术、科学具有重要意义，

① 《隆重庆祝〈中国俄罗斯侨民文学丛书〉问世》，《俄罗斯文艺》2003 年第 4 期。

创造了劳动力市场，并参与了一些地区的经济发展。”① 对于处在中国历史特殊阶段的俄国移民的评判，如果忽视了那种“不友好”的态度和特殊历史属性，俄侨文学或俄侨文化在中国体内本身就会成为一个问题。因此，我们要辩证地认识在华俄侨作家及其文学作品，要看到不同时期不同阶段的俄侨作家在中国的存在情形和变化特点。这也是我们进行在华俄侨文学研究的一个重要目的。无论如何，过分拔高俄侨作家的中国情感热度都是不够科学和不够客观的，或许那只是研究者“一厢情愿”式的“误判”。

虽然一直以来俄国对于中国文化保持着一定兴趣，直到 19 世纪末 20 世纪初俄国作家的中国文化体认仍然持续着，但是这是以俄国人的文化心理甚至是政治军事心理优势为前提的。一种观点认为，“19 世纪著名的作家中，只有托尔斯泰认为，整个中国文明不仅和欧洲文明不相上下，而且是欧洲文明能够作出的更受欢迎的选择”②。沙俄帝国崩溃时俄国不同社会集团和思想流派所形成的诸多中国观念，中国被视为：一个专制而僵化的世界，敌视俄国和欧洲文明，对俄国的远东地区构成潜在威胁；一个可以作为殖民掠夺对象的软弱而病态的国家；独具一格的文明，有不同于欧洲的深刻而独特的文化；一个东方智者、神秘主义者和哲学家的国家；一个诞生了民众运动的国家，它将推翻专制制度并使社会摆脱僵化状态；在远东同日本和欧洲诸强国对抗中一个潜在的同盟者。③ 这些观念显得互相矛盾，也能够看出当时俄国的中国观的出现和形成受到复杂因素的影响，这些观念在社会集团和思想流派范畴之外对普通民众会产生扩散性。中国观念影响着俄国的

① Силина И. Г. Вынужденные миграции русских в Китай в контексте изучения эмиграционных процессов в России первой половины xx В. （историографический обзор）//Известия Алтайского государственного университета，2005，№4.

② ［俄］亚·弗·卢金：《俄国熊看中国龙：17—20 世纪中国在俄罗斯的形象》，刘卓星等译，重庆出版社 2007 年版，第 142 页。

③ ［俄］亚·弗·卢金：《俄国熊看中国龙：17—20 世纪中国在俄罗斯的形象》，刘卓星等译，重庆出版社 2007 年版，第 142 页。

外交政策，当中国形象从神秘逐渐变得清晰，中国被看清了弱小的实质，这个古老国度所面临的生存困境不言而喻。如果我们不从这样一个基本的认识前提出发去审视俄侨特别是俄侨作家之于中国的态度和论断，就理解不了俄侨文学文本如影随形的对应性书写方式：俄罗斯与中国、俄罗斯人与中国人、俄罗斯山水与中国山水、俄罗斯的神圣与中国的温柔，等等。

第三，在华俄侨作家的中国书写体现着中国文化的包容态度，是当代中俄文化交流合作的历史依托和存在基础。

20世纪上半叶中国的特殊环境，为中俄文化交流提供了空间与途径。在特殊的时代背景下，中俄文化交流不仅通过主流语境和沟通途径来完成，比如中国和俄苏之间的文学翻译，中俄经典作家作品的相互阅读。在华俄侨作家的文学文化活动是中俄文化交流的一个实现途径，有些小众化，也有些特殊性，不过至少在一个层面反映出时代的共同情绪和中国一隅的人情风貌，折射出俄侨作家所处时代的复杂性特征。俄侨作家的中国书写对于中国的哈尔滨、上海等城市来说具有一定意义。特别是在当代，如果剥离掉城市文化构成系统中的俄侨文化遗留元素，这些中国城市的历史厚度和文化辨识度将大打折扣。哈尔滨自有言之不尽的俄侨建筑遗存，以何种态度对待这些外来者的中国遗存，有时令人困惑，有时也看似比较简单，随着时间的流逝，人们逐渐看出了这些俄侨建筑遗存的历史价值，有些建筑是城市历史名片，有些建筑是令人“不悦”的那段岁月的重要见证，比如保存完整的黑龙江齐齐哈尔昂昂溪火车站附近的俄罗斯民居建筑群，人们采取的辩证认知态度是十分可取的。建筑“是城市的年轮、胎记，是宝藏，它蕴藏着城市丰富的人文信息，沉淀着这个城市最重要的文化基因”①，黑龙江各地特别是哈尔滨遗留的俄式建筑，“何尝不是俄罗斯人希望让自己漂泊的生活变得稳定起来的理想表现形式呢？又何尝不

---

① 刘延年：《哈尔滨记忆》，黑龙江教育出版社2016年版，第514页。

是体现了中国人开放的胸襟呢?”[①] 通过建筑我们可以解读出一种文化交流过程所凝结的城市品格和风度，对于哈尔滨，如果立足于建筑，我们会看到，“无论是在文化层面上还是在宗教层面上，和平共处的现象比比皆是，这就是‘宽容的城市’的一个显著特征”。[②]

对于中国东北地域文学和文化来说，我们既要看到东北文学在内部历史语境中实现多种资源要素的深入对话，进一步探寻新文学内部的生态平衡性，又要看到它在特殊复杂背景下与外在话语空间形成的多维交流与沟通。以俄侨文学为基点，东北文学和文化的层次性和动态性凸显，俄苏文学之于民国时期东北文学的意义一方面在于穿越空间而带来的文化种子，二者达成影响与被影响的关系，比如文学艺术诠释上的气质熏陶、底层人物悲苦命运的共感相系，一方面还在于位于东北文学空间内部俄侨作家所建构的中俄合璧的文学大厦，既作为外来文化的特殊表现形态，又成为东北地域文化的历史性构成元素。

第四，在华俄侨作家的中国书写是我们理解俄罗斯文化和民族性格的一个重要窗口。

如果说“使一个群体不同于其他群体的特质的总和即为文化精神”[③]，那么在华俄侨群体的文化精神是十分鲜明的，俄侨作家在中俄两种不同的文化模式和背景下做出不同的艺术处理和艺术表现，体现着不同的民族意识、民族心理和思维方式，中国书写虽然展示了独特的东方异国情调，不过对于我们理解俄侨文学作品渗透出来的俄罗斯文化和民族性格属于一种重要参照。“知识分子历来是俄国社会中的特殊群体，它同样也是俄国侨民中的特殊阶层，他们忠实地继承了俄罗斯民族的文化传统”[④]，并在异国他乡持续做出努力，俄侨作家在维护和发展民族文化传统的同时也会遇到各种困难，尤其是在“肉体”

---

① 郑永旺:《俄罗斯东正教与黑龙江文化：龙江大地上俄罗斯东正教的历史回声》，黑龙江大学出版社 2010 年版，第 63 页。

② 阿成:《和上帝一起流浪：犹太人哈尔滨避难记》，重庆出版社 2008 年版，第 296 页。

③ 覃光广、冯利、陈朴主编:《文化学辞典》，中央民族学院出版社 1988 年版，第 155 页。

④ 张建华:《俄国知识分子思想史导论》，商务印书馆 2008 年版，第 530 页。

的“出走”与“精神”的“回归”间寻找自我角色的定位，在“歧路”中寻找文化“坐标”，表现出一个特殊群体的特殊精神走向。侨民作家们“尤其是侨民诗人在创作中苦苦探寻人生哲理，抒发个人的内心感受。他们以细致入微的观察和精湛的艺术笔触，写出了侨民的复杂内心世界，勾勒出了发人深思的生活画面”。[①] 对俄侨作家及其精神世界的关注和研究，既可以使我们看到他们与同时代中国作家在生命、爱情、故乡等方面的不同理解，又可以提醒我们在全面理解俄罗斯文学方面不再忽视俄苏境外文学的观察视角。

随着时间的推移，中国文化之于俄侨作家的意义突出了，反之俄侨作家之于中国文化的意义也日益突出。俄侨作家性格中的倔强和固执，使得他们能够执着地面对自身民族文化传统，在所居住国文化的聚光灯下由衷地赞叹自己的文化母体，这种坚守精神以及无怨无悔的生命态度是值得肯定的，值得很多国家和民族学习。

第五，在华俄侨文学是我们观察欧美俄侨文学的一个重要比照对象。

20 世纪并存着两种俄语文学，即俄国本土文学和境外文学，本身两种文学就存在着复杂的关系，同样“在‘本土’的或‘境外’的文学中，又同样共存着两种或两种以上的文学”[②]，在华俄侨文学与欧美俄侨文学的关系一开始就显得比较微妙，二者既统一于一种文学史框架中，又表现出两种文学的各自特征。对俄国境外的这部文学史的书写达到一个什么样的面貌，也意味着这“两种文学”如何在“一种文学”的基点上达到怎样的“依存”与“统一”的局面，特别是当人们普遍对欧美俄侨作家赋予高度认可态度的时候，在华俄侨作家如何以相对平等的身份合理地进入研究者的视野，这恐怕需要一定时间的思想深化。从在华俄侨作家的中国书写中，我们可以深切感受到在华俄

① 荣洁：《哈尔滨俄侨文学》，《外语研究》2002 年第 3 期。

② 刘文飞：《俄国文学的有机构成》，东方出版社 2015 年版，第 48 页。

侨文学的“伤痕”属性，在华俄侨文学是俄国的“伤痕文学”，其伤痕性展示在一段颇具意味的受伤者的行走轨迹中，代表着一个时代的流亡者群落的精神走向，虽不一定那样气势磅礴，也不一定是撕心裂肺的，却也镌刻了知识者的特殊记忆，这种记忆关联着个体生命坎坷离散，也关联着民族命运沉浮。那么，欧美俄侨作家的精神取向如何？他们的“伤痕”程度又如何呢？在华俄侨文学不仅会进入中俄文学的比较视野，也会顺理成章地进入“在华”与“欧美”俄侨文学的比较视野。这种比较思维很有必要。写作塑造了在华俄侨作家和欧美俄侨作家个体的生活结构，也使二者在地理位置差异的表象上产生了观念和思维的差异性。与欧美俄侨作家的“经典性”相比，在华俄侨作家群落明显处于“非经典性”状态。对于经典的研究是一个必要方向，对于一些非经典性元素的关注也是必要的，一个好处便是能够全面感知文学书写的层次感和丰富性。特别是将很多非经典性史料元素纳入整个文学体系中去时，我们可以客观和理性地审查一种文学现象的时代性，能够深入到文学精神空间细致地捋顺文学成长脉络。

另外，既然俄侨文学是发生在中国大地的一种特殊的文化现象，我们就要看到俄侨文学与20世纪上半叶中国文学语境的关联，看到它与民国文学的内在联系，这是一个值得深入开拓的研究空间。俄侨作家离华之后便进入了“后俄侨文学”时代，其发展面貌也需要清晰地勾勒出来，这意味着在华俄侨文学的后续研究工作是任重道远的。总之，相关研究无论步入何种态势，我们深信，面对未来，有必要以史为鉴。以史为鉴，是为了更好地展望未来！

下面，以两首俄侨诗歌结束我们的研究之旅。

1968年，身处巴西的别列列申出版了诗集《南方的家园》，其中一首诗《我，一定回中国！》极富代表性，表达了对“第二故乡”的深切思念之情。

穿过几个胡同，你去拱桥前，

在那儿，我们常告别到明天。
别了，永不回还的幸福体验！
我平平静静、明明确确知道，
我肯定要回中国，在死的那天。①

我们不能怀疑这种情感表达的真实性。看到这段文字，不禁让人想起尼古拉·阿尔的《我还能说什么》，同样我们也没有理由怀疑这种情感表达的真实性。

我还能说什么，
我离群索居、被人忘记……

我眼里是痛苦的迷雾，
它们是睁着的。

在无眠的夜里，
又有谁与我私语过去。

我回忆着往事，
不知道记忆飞向哪里……

亲爱的草原、克里姆林宫……
噢，神圣的俄罗斯。

夜里听得见莫斯科的

---

① 李延龄：《松花江晨曲》，谷羽译，北方文艺出版社、黑龙江教育出版社2002年版，第90页。

所有钟声响起……
莫斯科，莫斯科——我的读经台，
我无限热爱你。

我胸中淡漠着的热情，
又重新燃烧起……

别折磨我了，放下我，走开，
我狡猾的记忆。[1]

① 李延龄：《哈尔滨，我的摇篮》，顾蕴璞、李海译，北方文艺出版社2002年版，第234—235页。

参考文献

一　中文文献

（一）论著类

［俄］Вл. 索洛维约夫等：《俄罗斯思想》，贾泽林、李树柏译，浙江人民出版社 2000 年版。

［俄］Л. 戈韦尔多夫斯卡娅：《俄罗斯侨民在中国的社会政治活动和文化活动（1917—1931）》，张宗海译，日本侨报出版社 2003 年版。

阿成：《和上帝一起流浪：犹太人哈尔滨避难记》，重庆出版社 2008 年版。

［美］本尼迪克特·安德森：《想象的共同体：民族主义的起源与散布》，吴叡人译，上海人民出版社 2011 年版。

［美］查尔斯·霍顿·库利：《人类本性与社会秩序》，包凡一、王源译，华夏出版社 1999 年版。

陈光：《人的哲学镜像》，北京联合出版公司 2017 年版。

陈建华：《20 世纪中俄文学关系》，学林出版社 1998 年版。

陈建华：《中国俄苏文学研究史论：第 1 卷》，重庆出版社 2007 年版。

陈平原：《小说史：理论与实践》，北京大学出版社 1993 年版。

［日］大久保明男：《伪满洲国的汉语作家和汉语文学》，北方文艺出版社 2017 年版。

刁绍华主编：《中国（哈尔滨—上海）俄侨作家文献存目》，北方文艺出版社 2001 年版。

杜荣：《疏离与认同：巴黎俄侨作家的文学命运研究》，郑州大学出版社 2020 年版。

［美］房龙：《人类的故事》，李娜、王阳光译，吉林出版集团有限责任公司 2014 年版。

［俄］弗·阿格诺索夫：《俄罗斯侨民文学史》，刘文飞、陈方译，人民文学出版社 2004 年版。

［德］古茨塔夫·勒内·豪克：《绝望与信心——论 20 世纪末的文学和艺术》，李永平译，中国社会科学出版社 1992 年版。

［法］古斯塔夫·勒庞：《乌合之众：大众心理研究》，冯克利译，中央编译出版社 2004 年版。

哈尔滨满铁事务所编：《北满概观》，汤尔和译，商务印书馆 1937 年版。

［德］汉斯·昆：《世界宗教寻踪》，杨煦生等译，生活·读书·新知三联书店 2007 年版。

何小刚：《生态文明新论》，上海社会科学院出版社 2016 年版。

贺颖主编：《他乡亦故乡：俄罗斯人回忆哈尔滨》，赵喜罡、郭秋萍编译，黑龙江人民出版社 2010 年版。

黑龙江大学俄语语言文学研究中心编：《俄语语言文学研究　文学卷　第 2 辑》，人民文学出版社 2003 年版。

雷永生：《东西方文化碰撞中的人：东正教与俄罗斯人道主义》，华夏出版社 2007 年版。

李德滨、石方：《黑龙江移民概要》，黑龙江人民出版社 1987 年版。

李萌：《缺失的一环：在华俄国侨民文学》，北京大学出版社 2007 年版。

李欧梵：《上海摩登——一种新都市文化在中国（1930—1945）》，毛尖译，浙江大学出版社 2017 年版。

李玮：《俄罗斯人眼中的中国形象》，北京大学出版社 2016 年版。

李小桃：《俄罗斯知识分子问题研究》，黑龙江人民出版社 2009 年版。
李兴耕等：《风雨浮萍：俄国侨民在中国（1917—1945）》，中央编译出版社 1997 年版。
李延龄：《李延龄文集》，北方文艺出版社 2008 年版。
李延龄主编：《中国俄罗斯侨民诗歌赏析》，北方文艺出版社 2015 年版。
李泽厚：《中国古代思想史论》，天津社会科学院出版社 2003 年版。
梁志芳：《文学翻译与民族建构：形象学理论视角下的〈大地〉中译研究》，武汉大学出版社 2017 年版。
［俄］列夫·托尔斯泰：《列夫·托尔斯泰论创作》，戴启篁译，漓江出版社 1982 年版。
［俄］列夫·托尔斯泰：《托尔斯泰思想小品》，陈建华编，上海社会科学院出版社 1999 年版。
刘春富：《中国俄罗斯侨民文学与中国传统文化》，黑龙江大学出版社 2021 年版。
刘文飞：《俄国文学的有机构成》，东方出版社 2015 年版。
刘文飞：《俄国文学演讲录》，商务印书馆 2017 年版。
刘晓丽：《异态时空中的精神世界——伪满洲国文学研究》，华东师范大学出版社 2008 年版。
刘晓丽、叶祝弟主编：《创伤：东亚殖民主义与文学》，上海三联书店 2017 年版。
刘延年：《哈尔滨记忆》，黑龙江教育出版社 2016 年版。
罗钢、刘象愚主编：《文化研究读本》，中国社会科学出版社 2000 年版。
罗苏文、宋钻友：《上海通史　第 9 卷　民国社会》，上海人民出版社 1999 年版。
［美］罗兹·墨菲：《上海——现代中国的钥匙》，上海社会科学院历史研究所编译，上海人民出版社 1986 年版。
马蔚云：《中东铁路与黑龙江文化：中俄（苏）关系中的中东铁路问题》，黑龙江大学出版社 2010 年版。

［澳］玛拉·穆斯塔芬：《哈尔滨档案》，李尧、郇忠译，中华书局 2008 年版。
孟华主编：《比较文学形象学》，北京大学出版社 2001 年版。
森华编：《20 世纪世界文化语境下的俄罗斯文学》，外语教学与研究出版社 2007 年版。
牛文浩：《生态思想维度中社会主义生态文明研究》，经济日报出版社 2019 年版。
庞朴：《文化的民族性与时代性》，中国和平出版社 1988 年版。
彭放编：《黑龙江文学通史：第 1 卷》，北方文艺出版社 2002 年版。
蒲若茜：《族裔经验与文化想象》，中国社会科学出版社 2006 年版。
［英］乔治·拉伦：《意识形态与文化身份：现代性和第三世界的在场》，戴从容译，上海教育出版社 2005 年版。
邱运华、林精华主编：《俄罗斯文化评论：第五辑》，首都师范大学出版社 2016 年版。
曲伟、李述笑主编：《哈尔滨犹太人》，社会科学文献出版社 2004 年版。
曲文军主编：《中国传统文化与现代化》，山东人民出版社 2011 年版。
荣洁等：《俄侨与黑龙江文化：俄罗斯侨民对哈尔滨的影响》，黑龙江大学出版社 2011 年版。
［英］萨·拉什迪：《论君特·格拉斯》，黄灿然译，《世界文学》1998 年第 2 期。
《上海百年文化史》编纂委员会编：《上海百年文化史》，上海科学技术文献出版社 2002 年版。
上海市档案馆编：《租界里的上海》，上海社会科学院出版社 2003 年版。
上海通志编纂委员会编：《上海通志：第 10 册》，上海社会科学院出版社、上海人民出版社 2005 年版。
《上海文学志稿》编纂委员会编：《上海文学志稿》，上海社会科学院出版社 2014 年版。
施爱国：《傲慢与偏见——东方主义与美国的“中国威胁论”研究》，

中山大学出版社 2004 年版。
石方：《黑龙江区域社会史研究（1912—1931 年）》，黑龙江人民出版社 2009 年版。
石方、高凌：《传统与变革——哈尔滨近代社会文明转型研究》，黑龙江人民出版社 1995 年版。
石方、刘爽、高凌：《哈尔滨俄侨史》，黑龙江人民出版社 2011 年版。
［美］苏珊·朗格：《艺术问题》，滕守尧、朱疆源译，中国社会科学出版社 1983 年版。
孙芳、陈金鹏等：《俄罗斯的中国形象》，人民出版社 2010 年版。
覃光广、冯利、陈朴主编：《文化学辞典》，中央民族学院出版社 1988 年版。
陶东风、金元浦、高丙中主编：《文化研究》第 1 辑，天津社会科学院出版社 2000 年版。
汪玢玲：《东北虎文化》，吉林人民出版社 2010 年版。
汪介之：《远逝的光华：白银时代的俄罗斯文学与文化》，福建教育出版社 2015 年版。
汪介之、陈建华：《悠远的回响——俄罗斯作家与中国文化》，宁夏人民出版社 2002 年版。
汪之成：《俄侨音乐家在上海（1920s—1940s）》，上海音乐学院出版社 2007 年版。
汪之成：《近代上海俄国侨民生活》，上海辞书出版社 2008 年版。
汪之成：《上海俄侨史》，上海三联书店 1993 年版。
王光东等：《中国现当代文学与上海写作》，上海大学出版社 2013 年版。
王晓明：《刺丛里的求索》，上海远东出版社 1995 年版。
王晓平主编：《国际中国文学研究丛刊：第 2 集》，上海古籍出版社 2013 年版。
［俄］维克多·尼古拉耶维奇·乌索夫：《中国末代皇帝溥仪（1906—

1967)》，张晓东译，群众出版社 2018 年版。
［瑞士］维雷娜·卡斯特：《克服焦虑》，陈瑛译，生活·读书·新知三联书店 2003 年版。
温儒敏：《文学课堂：温儒敏文学史论集》，吉林人民出版社 2002 年版。
吴圳义：《清末上海租界社会》，文史哲出版社 1978 年版。
［以色列］西奥多（特迪）·考夫曼：《我心中的哈尔滨犹太人》，刘全顺译，黑龙江人民出版社 2007 年版。
肖玉秋、阎国栋、陈金鹏：《中俄文化交流史：清代民国卷》，天津人民出版社 2016 年版。
熊月之、马学强、晏可佳选编：《上海的外国人（1842—1949)》，上海古籍出版社 2003 年版。
薛玉楠、陈辉、熊晓霜：《形象学视域下的城市个案研究》，四川大学出版社 2012 年版。
［俄］亚·弗·卢金：《俄国熊看中国龙——17—20 世纪中国在俄罗斯的形象》，刘卓星等译，重庆出版社 2007 年版。
杨剑龙：《都市上海的发展与上海文化的嬗变》，上海文化出版社 2012 年版。
杨朴：《语文经典重读》，中国社会科学出版社 2009 年版。
［俄］叶莲娜·塔斯金娜：《哈尔滨：鲜为人知的故事》，吉宇嘉译，哈尔滨出版社 2018 年版。
俞香顺：《中国荷花审美文化研究》，巴蜀书社 2005 年版。
詹丽：《伪满洲国通俗小说研究》，北方文艺出版社 2017 年版。
张福贵等：《文学史的命名与文学史观的反思》，北京大学出版社 2014 年版。
张鸿声：《文学中的上海想象》，人民出版社 2011 年版。
张建华：《俄国知识分子思想史导论》，商务印书馆 2008 年版。
张鹏飞：《中国传统文化散论》，合肥工业大学出版社 2014 年版。
张泉：《殖民拓疆与文学离散："满洲国""满系"作家/文学的跨域流

动》，北方文艺出版社 2017 年版。
张尚仁：《道德经解析》，华夏出版社 2016 年版。
张毓茂主编：《东北现代文学大系　1919—1949　第 14 集　资料索引卷》，沈阳出版社 1996 年版。
张毓茂主编：《东北现代文学史论》，沈阳出版社 1996 年版。
赵德利：《民间文化批评的理论与方法》，商务印书馆 2016 年版。
郑体武：《俄国现代主义诗歌》，上海外语教育出版社 2001 年版。
郑永旺：《俄罗斯东正教与黑龙江文化：龙江大地上俄罗斯东正教的历史回声》，黑龙江大学出版社 2010 年版。
周星、王霄冰主编：《现代民俗学的视野与方向　民俗主义　本真性　公共民俗学　日常生活》，商务印书馆 2018 年版。
朱达秋、周力：《俄罗斯文化论》，重庆出版社 2004 年版。
朱纪华主编：《上海的俄罗斯记忆》，上海书店出版社 2016 年版。
［俄］左贞观：《俄罗斯音乐家在中国》，人民音乐出版社 2017 年版。

（二）期刊论文类

［俄］阿·扎比雅卡：《阿·涅斯梅洛夫作品中的“儿童主题”》，高春雨译，《俄罗斯文艺》2012 年第 1 期。
［俄］C. 科尔米洛夫：《1917 年之后的俄罗斯文学：文学发展的主要特点》，孟秀云译，《俄罗斯文艺》1998 年第 3 期。
蔡佩均：《“发现满洲”：拜阔夫小说中的“密林”与“虎王”意象》，《沈阳师范大学学报》（社会科学版）2016 年第 6 期。
褚晓琦：《〈上海柴拉报〉考略》，《社会科学》2007 年第 10 期。
刁绍华：《在华俄侨文学一瞥》，《当代外国文学》1994 年第 4 期。
杜晓梅：《尼·巴依科夫创作和研究中的“满洲主题”——兼论其对我国东北自然研究的贡献与价值》，《沈阳师范大学学报》（社会科学版）2016 年第 6 期。
冯玉律：《俄国侨民文学的第一次浪潮》，《俄罗斯文艺》1992 年第 5 期。

冯玉文、钱振纲：《主角与配角的悖谬——现代文学中俄侨主、配角形象管窥》，《贵州文史丛刊》2008 年第 4 期。
顾蕴璞：《涅斯梅洛夫和他的诗》，《俄罗斯文艺》2002 年第 6 期。
［德］胡戈·狄泽林克：《论比较文学形象学的发展》，方维规译，《中国比较文学》1993 年第 1 期。
黄定天：《20 世纪上半叶旅华俄侨的由来及其人口结构》，《人口学刊》2004 年第 6 期。
李畅：《俄侨诗人涅斯梅洛夫诗歌创作中的中国情感》，《沈阳师范大学学报》（社会科学版）2018 年第 1 期。
［美］李欧梵：《论中国现代小说（摘要）》，邓卓译，《中国现代文学研究丛刊》1985 年第 3 期。
李仁年：《俄侨文学在中国》，《北京图书馆馆刊》1995 年第 Z1 期。
李新梅：《娜塔利娅·伊里因娜笔下的上海俄侨生活》，《俄罗斯文艺》2014 年第 4 期。
李新梅：《漂泊流亡路，何处是我家？——评俄侨作家娜塔利娅·伊里因娜的〈道路与命运〉》，《复旦外国语言文学论丛》2016 年第 2 期。
李延龄：《论哈尔滨俄罗斯侨民诗歌》，《俄罗斯文艺》1998 年第 2 期。
李延龄：《论哈尔滨俄侨白银时代文学》，《俄罗斯文艺》2011 年第 3 期。
李延龄：《世界文学园地里的一簇奇葩——〈中国俄罗斯侨民文学丛书〉总序》，《俄罗斯文艺》2002 年第 6 期。
李延龄：《再论哈尔滨批判现实主义》，《俄罗斯文艺》2012 年第 1 期。
李延龄：《中国俄罗斯侨民文学与苏维埃文学的比较研究》，《俄罗斯文艺》2016 年第 1 期。
李怡：《中国现代文学史的叙述范式》，《中国社会科学》2012 年第 2 期。
林精华：《现代俄国自信始于何处："19 世纪俄罗斯文学"起源考》，《外国文学研究》2019 年第 5 期。

刘建伟、安猛：《苏联生态环境问题的成因及影响研究：回顾与展望》，《太原理工大学学报》（社会科学版）2020 年第 4 期。
刘晓丽：《现代文学史上的失踪者——以伪满洲国文学何以进入文学史为例》，《探索与争鸣》2007 年第 6 期。
《隆重庆祝〈中国俄罗斯侨民文学丛书〉问世》，《俄罗斯文艺》2003 年第 4 期。
苗慧：《中国俄罗斯侨民女诗人巴尔考》，《俄罗斯文艺》2007 年第 4 期。
苗慧、白佳男、李恒仁、韩东：《俄侨文学作品书写的中国农民形象与秋收景象》，《边疆经济与文化》2014 年第 12 期。
苗慧、赵建成、孙忠霞：《解读中国俄侨作家格·卡丘洛夫中国背景下的创作主题》，《俄罗斯文艺》2012 年第 1 期。
［澳］诺·拉依安：《回忆俄侨的哈尔滨岁月》，高春雨、吴彦秋译，《俄罗斯文艺》2012 年第 1 期。
钱超英：《自我、他者与身份焦虑——论澳大利亚新华人文学及其文化意义》，《暨南学报》（哲学社会科学版）2000 年第 4 期。
秦弓：《三论现代文学与民国史视角》，《文艺争鸣》2012 年第 1 期。
荣洁：《哈尔滨俄侨文学》，《外语研究》2002 年第 3 期。
荣洁：《小人物·历史·生态——三位哈尔滨俄侨作家的生平与创作》，《解放军外国语学院学报》2005 年第 6 期。
石金焕、彭传勇：《从〈满洲猎人笔记〉看哈尔滨俄侨作家 H. A. 巴依科夫“生态伦理观”的建构》，《黑龙江社会科学》2016 年第 6 期。
孙海英：《敬畏生命伦理观照下的〈大王〉》，《宁夏师范学院学报》2014 年第 1 期。
万红、石金焕：《在华俄侨作家 A. П. 黑多克“诡秘”写作探析》，《黑河学院学报》2020 年第 10 期。
王德威：《现代历史　西北文学》，《大西北文学与文化》2020 年第 1 期。

王劲松：《流寓伪满洲的白俄“虎人”作家拜阔夫》，《新文学史料》2009年第4期。

王劲松：《伪满博物探险小说的原型意象与日本武士道精神》，《中国现代文学研究丛刊》2012年第7期。

王宁：《流散文学与文化身份认同》，《社会科学》2006年第11期。

王亚民：《“满洲”密林的生态书写与哲学性思考——以伪满洲国俄侨作家尼·巴依科夫的〈大王〉为例》，《沈阳师范大学学报》（社会科学版）2016年第6期。

王亚民：《哈尔滨的俄罗斯侨民文学——以阿恰伊尔和佩列列申为中心》，《西北师大学报》（社会科学版）2005年第3期。

王亚民：《论俄侨作家阿尔弗雷德·黑多克的短篇小说》，《兰州大学学报》（社会科学版）2007年第3期。

王亚民：《中国现代文学与俄侨文学中的上海——以20世纪20—30年代为中心》，《兰州学刊》2015年第8期。

王亚民：《中国现代文学中的俄罗斯侨民文学》，《上海师范大学学报》（哲学社会科学版）2010年第6期。

王亚民、刘益如：《〈边界〉：俄侨在中国的知音——以1939年出版的全刊为例》，《东北亚外语研究》2014年第2期。

吴彦秋：《阿尔弗雷德·黑多克和他的〈满洲公主〉》，《俄语学习》2018年第3期。

吴奕锜、陈涵平：《论“新移民文学”中的生存焦虑与文化焦虑》，《暨南学报》（哲学社会科学版）2007年第1期。

伍寅：《爱罗先珂与中国发生关系的契机》，《中国比较文学》1994年第2期。

徐笑一：《论巴依阔夫〈大王〉的三重境界》，《俄罗斯文艺》2004年第2期。

徐振亚：《俄罗斯侨民作家黑多克和他的〈满洲之星〉》，《俄罗斯文艺》2002年第6期。

阎国栋、梁中奇：《19 世纪上半期俄国人来华行纪与俄国人中国观的转向》，《俄罗斯文艺》2017 年第 1 期。

杨建军：《论中亚华裔东干文学与中国俄裔侨民文学》，《浙江工商大学学报》2014 年第 6 期。

杨勇：《俄国“白银时代”俄侨知识分子的地缘政治思想》，《俄罗斯中亚东欧研究》2008 年第 3 期。

杨玉波：《论俄侨作家黑多克短篇小说中的梦境叙事》，《齐齐哈尔大学学报》（哲学社会科学版）2020 年第 2 期。

詹丽：《东北山林秘话小说的文化资源谱系》，《文艺争鸣》2013 年第 2 期。

张德明：《流浪的缪斯——20 世纪流亡文学初探》，《外国文学评论》2002 年第 2 期。

张福贵：《从“现代文学”到“民国文学”——再谈中国现代文学的命名问题》，《文艺争鸣》2011 年第 13 期。

张福贵：《从意义概念返回时间概念——关于中国现代文学史的命名问题》，《文学世纪》2003 年第 4 期。

张福贵：《教科书模式与多元化、个性化的学术要求》，《文学评论》2004 年第 4 期。

张国侠、潘金凤：《别列列申在哈尔滨的侨民诗歌纵论》，《名作欣赏》2011 年第 30 期。

赵建成：《俄侨作品中的中国近代史与中国梦》，《安阳师范学院学报》2016 年第 3 期。

赵永华：《在华俄侨报人连比奇的新闻活动与办报主张》，《俄罗斯学刊》2011 年第 5 期。

赵月梅：《中俄跨国移民比较研究——以当前俄罗斯远东地区和中国东北地区为例》，《北方民族大学学报》2020 年第 5 期。

周宁：《双重他者：解构〈落花〉的中国想象》，《戏剧》（中央戏剧学院学报）2002 年第 3 期。

［日］左近毅：《俄国作家 H. A. 巴依科夫在哈尔滨》，《西伯利亚研究》2001 年第 1 期。

（三）学位论文类

李丹：《巴依科夫小说〈大王〉生态思想解读》，硕士学位论文，云南大学，2011 年。

李艳菊：《中国俄罗斯侨民文学中的儒释道文化研究》，硕士学位论文，齐齐哈尔大学，2013 年。

刘锟：《东正教精神与俄罗斯文学》，博士学位论文，黑龙江大学，2004 年。

刘益如：《中国俄罗斯侨民杂志〈边界〉研究（1939 年）》，硕士学位论文，华东师范大学，2013 年。

曲雪平：《探索“紫丁香”——对摇曳于东方的俄侨女诗人的研究》，硕士学位论文，齐齐哈尔大学，2012 年。

王亚民：《20 世纪中国俄罗斯侨民文学研究》，博士学位论文，兰州大学，2007 年。

徐振宁：《政治大变动背景下的上海俄侨（1945—1950）》，硕士学位论文，华东师范大学，2008 年。

赵建成：《论卡丘洛夫与他的〈李舟〉和〈最后一个中国女人〉》，硕士学位论文，齐齐哈尔大学，2012 年。

祝文宇：《解析巴依科夫〈在篝火旁〉的艺术特色》，硕士学位论文，齐齐哈尔大学，2014 年。

（四）文学作品类

［俄］别列列申：《无所归依——别列列申诗选》，谷羽译，敦煌文艺出版社 2015 年版。

《二十世纪俄罗斯流亡诗选》，汪剑钊编译，河北教育出版社 2004 年版。

高莽：《飞光暗度——高莽散文随笔精选》，海天出版社 2012 年版。

瞿秋白：《瞿秋白文集》卷 1，人民文学出版社 1953 年版。

瞿秋白：《瞿秋白文集　文学篇》第 1 卷，人民文学出版社 1985 年版。

李延龄主编：《哈尔滨，我的摇篮》，顾蕴璞、李海译，北方文艺出版社 2002 年版。
李延龄主编：《松花江晨曲》，谷羽译，北方文艺出版社、黑龙江教育出版社 2002 年版。
李延龄主编：《松花江畔紫丁香》，李延龄、乌兰汗译，北方文艺出版社 2002 年版。
李延龄主编：《兴安岭奏鸣曲》，冯玉律等译，北方文艺出版社、黑龙江教育出版社 2002 年版。
李延龄主编：《中国，我爱你》，李蔷薇、荣洁、唐逸红译，北方文艺出版社 2002 年版。
李延龄主编：《中国俄罗斯侨民文学丛书　俄文版 10 卷本》，中国青年出版社 2005 年版。
鲁迅：《鲁迅杂文全编　3》，人民文学出版社 2006 年版。
［俄］梅勒支可夫斯基：《诸神复活　上册》，绮纹译，中华书局 1941 年版。
石英：《生命的吉光》，中国青年出版社 2018 年版。
王炳利：《问天堂》，春风文艺出版社 2018 年版。
王亚民、杜晓梅、［加］巴莉雅编：《伪满洲国俄罗斯作家作品集》，北方文艺出版社 2017 年版。

（五）报刊文献类

《拜阔夫传》，《青年文化》1943 年第 3 期。
《沪埠俄商增多》，《新闻报》1919 年 7 月 24 日第 9 版。
瞿秋白：《哈尔滨四日之闻见》，《晨报》1920 年 10 月 31 日。
《旅沪俄侨组联合会》，《新闻报》1932 年 8 月 21 日第 14 版。
《旅沪俄人之调查》，《新闻报》1926 年 8 月 6 日。
钱歌川：《本年度诺贝尔文学奖金的得奖者布宁》，《新中华》1933 年第 24 期。
上官缨：《“白俄”作家拜阔夫》，《吉林日报》2003 年 3 月 29 日第

7版。
沈雁冰：《近代俄国文学家三十人合传》，《小说月报》1921年第12卷号外《俄国文学研究》。
习近平：《深化文明交流互鉴　共建亚洲命运共同体——在亚洲文明对话大会开幕式上的主旨演讲》，《人民日报》2019年5月16日第2版。

二　外文文献

（一）俄文类

Аблова Н. Е. История КВЖД и российской эмиграции в Китае（первая половина XX века）. Минск：БГУ，1999.
Аношкина В. Н. и Петров С. М. История русской литературы XX века. Москва：Перспектива，1989.
Архимандрит Августин. Харбин：Страицы русской истории. Москва：Эхо планеты，2006.
Байков Н. А. Записки маньчжурского охотника. Тяньцзин：Книгоизд-во“Наше знание”，1941.
Бузуев О. Поэзия Арсения Несмылова. Комусомольск-на-Амуре：Изд-во Комсомол-на-Амуре гос. пед. Ун-та，2004.
Ван Чжичэн. История русской эмиграции в Шанхае. Москва：Русский путь，2008.
Васильев В. П. Очерк истории китайской литературы. СПб.，1880.
Веретенников Н. Я. Российская ментальность и современность. Саратов，2000.
Вуслакова Т. П. Литература русского зарубежья：Курс лекций. Москва：Высшая школа，2003.
Гончаренко О. Г. Русский Харбин. Москва：Вече，2009.

Гудзенко А. Русский менталитет. Москва: Изд. Аиф Принт, 2003.

Демидова О. Р. Метаморфозы в изгнании: Литературный быт русского зарубежья. СПб.: Гиперион, 2003.

Дмитреев С. С. Очерки истории русской культуры начала XX века. Москва: Изд. Просвещение, 1985.

Дунаев М. М. Православие и русская литература (часть V). Москва: Христианская литература, 1999.

Елизавета Рачинская. Калейдоскопжизни. Париж: YMCA-Press, 1990.

Жиганов В. Д. Русские в Шанхае: Альбом Фотографии. Шанхай: Слово, 1936.

Замятина Н. Ю. Зонаосвоения (фронтир) и еео браз в американской и русскойкультурах//Общественныенауки и современность, 1998, №5.

Казанин М. И. Записки секретаря миссии. Москва: Изд-во восточной литературы, 1962.

Каневская Г. И. Очерк ркссой иммиграции в Австралии (1923—1947 гг.). Мельбурн, 1998.

Кибальник С. А. Гайто Газданов и Шестов//Русская литература, 2006, №1.

Климов В. Певец любви и радости (Альфред Петрович Хейдок) // Мир Огненный, 1998, №16.

Кодзис Б. Литературная жизн ъ русской эмиграции в Харбине, 1917—1945//Вопросы литературы, 1998, №2.

Крапивин В. Тень стрелы. Москва: Подвиг, 2004.

Крысько В. Г. Этническая психология. Москва, 2004.

Лариса Кравченко. Харбин изначальный. Новосибирск: Новосибирское книжное издательство, 1991.

Лечерица В. Ф. Духовная кульпцра русской эмиграции в Китае. Владивосток:

ДВГУ, 1998.

Ли Мэн. Валерий Перелешин и его Китай//Проблема Дальнего Востока, 2007, №3.

Линник Ю. Валерий Перелешин//Новый журнал, 1992, №189.

Макарова И. А. Очерки истории русской литературы XX века. СПб. , 1995.

Мальцев Ю. Вольная русская литература. Франкфурт-на-Майне: Посев, 1976.

Мелихов Г. В. Белый Харбин: середина 20-х. Москва: Русский путь, 2003.

Мелихов Г. В. Зарисовки старого Харбина//Проблемы Дальнего Восмока, 1990, №2 –4.

Мелихов Г. В. Маньчжурия Далекая и близкая. Москва: Наука, 1991.

Мелихов Г. В. Российская эмиграция в Китае（1917—1924）. Москва: Русский путь, 1997.

Митинский А. Н. Материалы о положении и нуждах торговли и промышленности на Дальнем Востоке. СПб. , 1911.

Михайлов О. Н. Литература русского зарубежья. Москва: Просвещение, 1995.

Мяо Хуэй. Особенность отражения китайской культуры в рассказах А. Хейдока//Гуманитарный вектор. Серия: Философия, культурология, 2014, №2.

Петров В. Русский Шанхай//Проблема Дальнего Востока, 1992, №1 –3.

Печерица В. Ф. Духовная культура русской эмиграции в Китае. Владивосток: Изд-во ДВГУ, 1998.

Пивоваров Ю. С. Два века ркссской мысли. Москва, 2006.

Ракунов В. А. Белоэмигранты в Харбине（1920-е годы）//Управлением егаполисом, 2011, №6.

Резнцкова Н. Багульник：Литературно-художественный сборник，Харбин，1931，Кинга 1//Рубеж，Харбин，1931，№44.

Резникова Н. Врусском Харбине//Новыйжурнал，1988，№172 – 173.

Рерчх. Предисловие//Хейдок А. Звезды Маньчжурии，Мистические истории. Москва：Сфефа，2001.

Роман Борисович Гуль. Я унес Россию//Новый журнал. Нью-йорк，1979，№1.

Савченко Т. К. Дни русской культуры в Русском зарубежье 1920—30-х//Русский язык за рубежом，2011，№5.

Силина И. Г. Вынужденные миграции русских в Китай в контексте изучения эмиграционных процессов в России первой половины xx В.（историографический обзор）//Известия Алтайского государственного университета，2005，№4.

Советский энциклопедический словарь. Москва：Издательство СЭМ，1980.

Соколов А. Г. Судьбы русской литературной эмиграции 1920-х годов. Москва：МГУ，1991.

Старосельская Н. Повседневная жизнь русского Китая. Москва：Молодая гвардия，2006.

Таскиной Е. П. Русский харбин. Москва：Изд-во МГУ，1998.

Таскина Е. П. Неизвестный Харбин. Москва：Прометей，1994.

Троицкая С. Русский Харбин：Воспоминания. Врисбен，1995.

Храм снов. т. 17：Русская фантастическая проза 30-х годов XX века. Москва：Русская книга，2000.

Хуэй Мяо. Особенность отражения китайской культуры в рассказах А. Хейдока//Гуманитарный вектор. Серия：Философия，культурология，2014，№2.

Цурганов Ю. Неудавшийся реванш：Белая эмиграция во Второй мировой войне. Москва, 2001.

Чуприна М. В. Социально-экономические особенности эмиграции гражданских лиц из России в Китай (1917—1945 гг.) //Власть, 2012, №8.

Ши Гохуа. Русские в Китае//Проблема Дальнего Востока, 1990, №2.

Штерн О. О. «Молодой Чураевке»//Рупор, 1930. 12. 19.

Эфендиева Г. В. Художественное своеобразие женской лирики восточной ветви русской эмиграции. Благовещенск: АМГУ, 2006.

焦晨:《俄国侨民文学在哈尔滨(1920—1930)》,黑龙江人民出版社 2000 年版(此书正文全部为俄文)。

(二)英文及其他类

David Wolff, *To the Harbin Station: The Liberal Alternative in Russian Manchuria*, 1898—1914, Stanford (California): Stanford University Press, 1999.

Fraser Newham, "The White Russians of Shanghai", *History Today*, Vol. 55, No. 12, December 2005.

Harriet Sergeant, *Shanghai: Collision Point of Cultures, 1918—1939*, New York: Crown Publishing Group, 1991.

James Carter, *Creating a Chinese Harbin: Nationalism in an International City, 1916—1932*, Ithaca and London: Cornell University Press, 2002.

Jonathan Rutherford, *Identity: Community, Culture and Difference*, London: Lawrence and Wishart, 1990.

Marc Raeff, *Russia Abroad: A Cultural History of the Russian Emigration, 1919—1939*, New York: Oxford University Press, 1990.

Maureen Whitebrook, *Identity Narrative and Politics*, London and New York: Routledge, 2001.

Maurice Baring, *With the Russians in Manchuria*, London: Methuen, 1905.

Olga Bakich, "Emigré Identity: The Case of Harbin", *South Atlantic Quarterly*, Vol. 99, No. 1, Winter 2000.

Olga Bakich, *Harbin Russian Imprints*: *Bibliography as History*, *1898—1961*: *Materials for a Definitive Bibliography*, New York: Norman Ross Publishing, 2001.

Owen Lattimore, *Manchuria*: *Cradle of Conflict*, New York: The Macmillan Company, 1935.

Peter Straffon and Nicky Hayes, *A Student's Dictionary of Psychology*, London: Edward Arnold, 1988.

Rachel Wechsler, "A Case of Two Literary Identities in Harbin and Shanghai", *Kedma*, Vol. 2, No. 3, Spring 2019.

Richard Lehan, *The City in Literature*: *An Intellectual and Cultural History*, Berkeley: University of California Press, 1998.

Stella Dong, *Shanghai*: *The Rise and Fall of a Decadent City 1842—1949*, New York: Harper Perennial, 2001.

Thomas Lahusen, *Harbin and Manchuria*: *Place*, *Space and Identity*, Durham N. C.: Duke University Press, 2001.

Valentin V. Fedoulenko, *Russian Emigre Life in Shanghai*, Berkeley: University of California, 1967.

Valerij Perelesin, *Russian Poetry and Literary Life in Harbin and Shanghai*, *1930—1950*: *The Memoirs of Valerij Perelesin*, Amsterdam: Rodopi, 1987.

William Bloom, *Personal Identity*, *National Identity and International Relations*, Cambridge: Cambridge University Press, 1990.

附录　专有名词、重点词汇中俄文对照

第一部分　人名

阿布洛娃 Н. Е. Аблова

阿达莫维奇 Георгий Адамович

阿尔达诺夫 Марк Алланов

阿尔弗雷德·黑多克 Альфред Хейдок

阿尔汉格尔斯卡娅 Е. Архавгемская

阿尔谢尼·涅斯梅洛夫 Арсений Несмелов

阿·弗·彼得罗夫 А. В. Петров

阿格诺索夫 В. В. Агеносов

阿赫玛托娃 Анна Андреевна Ахматова

阿列克桑德拉·巴尔考 Александра Паркау

阿列克谢·阿恰伊尔 Алексей Ачаир

阿列克谢·伊万诺维奇·伊万诺夫（伊风阁）Алексей Иванович Иванов

阿姆菲加特罗夫 Александр Амфитеатров

阿韦尔琴科 Аркадий Аверченко

爱罗先珂 В. Я. Ерошенко

艾玛·特拉赫腾别格 Эмма Трахтенберг

安德烈耶夫 Леонид Андреев

安娜 Анна

安娜·达尔尼娅 Анна Дальня

奥布洛米耶夫斯基 Обломиевский

奥克萨科夫斯卡娅 Оксаковская

奥莉伽·捷利托夫特 Ольга Тельтофт

奥莉伽·斯阔毕浅克 Ольга Скопиченко

巴维尔·什库尔金 Павел Васильевич Шкуркин

巴维尔·谢韦尔内 Павел Северный

鲍利斯·贝塔 Борис Бета

鲍利斯·达尔尼 Борис Дальний

鲍利斯·沃尔科夫 Борис Волков

鲍利斯·尤利斯基 Борис Юльский

鲍利斯·扎伊采夫 Борис Зайцев

彼得大帝 Петр Великий

彼得·恰达耶夫 Петр Чаадаев

别林斯基 Виссарион Григорьевич Белинский

勃洛克 Александр Блок

布留索夫 Валерий Брюсов

布舒耶夫 А. А. Бушуев

茨维塔耶娃 Марина Ивановна Цветаева

大卫·布尔留克 Давид Бурлюк
Е. С. 考夫曼 Евгений Самойлович Кауфман
法依娜·德米特里耶娃 Фаина Дмитриева
费多尔·卡梅什纽克 Федор Камышнюк
凤英 Фун Ин
弗拉吉米尔·斯拉鲍奇科夫 Владимир Слободчиков
弗兰格尔 Врангель Петр Николаевич
弗留奥芙 И. В. Фрюауф
傅泰 Фу-Твй
伏谢沃洛德·切乌索夫 Всеволод Чеусов
伏谢沃洛德·伊万诺夫 Всеволод Иванов
高尔基 Максим Горький
格奥尔吉·格拉宁 Георгий Гранин
格奥尔吉·萨托夫斯基 Георгий Сатовский
格奥尔吉·伊万诺夫 Георгий Иванов
格尔曼·卡丘洛夫 Герман Кочуров
古米廖夫 Николай Степанович Гумилев
顾云松 Ку-юн-сун
果戈里 Николай Васильевич Гоголь
海因德罗夫 Хаиндров
赫列勃尼科夫 Велимир Хлебников
霍尔瓦特 К. А. Хорват
基里尔·巴图林 Кирилл Батурин
吉皮乌斯 Зинаида Гиппиус
加兹达诺夫 Г. И. Газданов
卡乔罗夫斯基 В. А. Качоровский
康斯坦丁·萨布洛夫 Константин Сабуров
柯罗连科 Владимир Короленко
库普林 Александр Куприн
拉宾娜 С. Лапина
拉德 Г. И. Радде
拉丽萨·安捷尔先 Ларисса Андерсен
拉丽萨·克拉夫琴克 Лариса Кравченко
莱蒙托夫 Мнхаил Юрьевич Лермонтов
莉迪娅·哈茵德洛娃 Лидия Хаиндрова
李鸿章 Ли-хун-чанга
李舟 Ли-чжоу
廖里赫 Рерчх
列昂尼德·叶弗谢耶维奇·叶辛 Леонид Евсеевич Ещин
列夫·阿诺尔多夫 Л. В. Арнольдов
列夫·托尔斯泰 Лев Николаевич Толстой
列米佐夫 Алексей Ремизов
卢西宁 Лучининым
罗曼·鲍里索维奇·古里 Роман Борисович Гуль
玛丽安娜·科洛索娃 Марианна Колосова
玛利娅·科罗斯托维茨 Мария Коростовец
玛利娅·维吉 Мария Визи
马雅可夫斯基 Владимир Маяковский
梅利霍夫 Георгий Васильевич Мелихов
梅列日科夫斯基 Дмитрий Сергеевич Мережковский
门捷列夫 Д. И. Менделеев
米哈伊尔·什梅谢尔 Михаил Шмейссер
米哈伊尔·斯普尔戈特 Михаил Спургот
米哈伊尔·沃林 Михаил Волин
米哈伊尔·谢尔巴科夫 Михаил Щербаков
莫罗佐娃 О. Морозова
纳博科夫 Владимир Набоков

纳日温 Иван Федорович Наживин

娜塔利娅·列兹尼科娃 Наталья Резникова

娜塔利娅·伊里因娜 Наталия Ильина

尼古拉·阿尔 Николай Алл

尼古拉·阿谢耶夫 Николай Асеев

尼古拉·巴依阔夫 Николай Байков

尼古拉二世 Александрович Николай

尼古拉·斯维特洛夫 Николай Светлов

尼古拉·沃赫金 Николай Вохтин

尼古拉·谢果列夫 Николай Щеголев

尼古拉·亚济科夫 Н. Н. Языков

尼娜·伊利涅克 Нина Ильнек

尼娜·扎瓦茨卡娅 Нина Завадская

诺拉·克鲁克 Нора Крук

О. 施坦 О. Штерн

П. Н. 萨维茨基 П. Н. Савицкий

帕斯捷尔纳克 Борис Пастернак

潘捷列耶夫 А. Пантелеев

普洛日瓦立斯基 Н. М. Пржевальский

普希金 Александр Сергеевич Пушкин

契诃夫 Антон Павлович Чехов

秦卢侯 Чин Лу-хоу

萨沙·乔尔内依 Саша Черный

沙赫马托夫 Самсон Григорьевич Шахматов

申德里科娃 К. В. Шендрикова

什梅廖夫 Шмылев

斯捷潘·斯基塔列茨 Степан Скиталец

斯塔拉谢尔斯卡娅 Н. Старосельская

司徒卢威 П. В. Струве

孙发 Сун-Фа

孙中山 Сун-ят-сен

塔玛拉·安德烈耶娃 Тамара Андреева

塔依西娅·巴热诺娃 Таисия Баженова

苔菲 Тэффи

特迪·考夫曼 Тедди Кауфман

佟力 Тун-Ли

屠格涅夫 Иван Сергеевич Тургенев

陀思妥耶夫斯基 Федор Михаилович Достоевский

瓦尔 В. С. Валь

瓦尔瓦拉·伊耶夫列娃 Варвара Иевлева

瓦列里·别列列申 Валерий Перелешин

瓦西里·罗基诺夫 Василий Степанович Логинов

王德林 Ван-де-лина

王克林 Ван-кэ-лина

王西里 В. П. Васильев

维克多里娅·扬科夫斯卡娅 Виктория Янковская

薇拉·孔德拉托维—西多洛娃 Вера Кондратович-Сидорова

薇拉·叶梅利扬诺娃·库兹涅佐娃—基齐金娜 Вера Емельяновна Кузнецова-Кичигина

维列杰尼科夫 Н. Я. Веретенников

韦涅季克特·马尔特 Венедикт Март

希洛夫 Н. Д. Шилов

谢尔盖·阿雷莫夫 Сергей Алымов

谢尔盖·古谢夫－奥伦堡斯基 Сергей Гусев-Оренбургский

谢尔盖·特鲁季雅科夫 Сергей Третьяков

谢里文斯基 Илья Сельвинский
谢列布连尼科娃 Александра Николаевна Серебренникова
亚科夫·阿拉钦 Яков Аракин
亚历山大·索尔仁尼琴 Александр Исаевич Солженицын
亚瑟儿·十娃子 Ясыр Шиваза
叶甫盖尼·雅什诺夫 Евгений Яшнов
叶卡捷琳娜 Екатерина
叶拉金 Елагин
叶里扎维塔·拉钦斯卡娅 Елизавета Рачинская
叶列娜·达丽 Елена Даль
叶列娜·伏拉吉 Елена Влади
叶列娜·格德罗伊茨 Елева. К. Гедройц
叶列娜·涅杰利斯卡娅 Елена Недельская
叶列娜·塔斯金娜 Елена Таскина
叶赛宁 Сергей Есенин
伊凡·蒲宁 Иван Алексеевич Бунин
伊吉达·奥尔洛娃 Изида Орлова
伊利娜·列斯纳娅 Ирина Лесная
伊万尼茨卡娅 А. А. Иванидкая
伊万尼茨基 Н. Н. Иваницкий
伊万·因诺肯季耶维奇·谢列布连尼科夫 Иван Иннокентьевич Серебренников
伊·亚·冈察洛夫 Иван Александрович Гончаров
尤斯吉娜·克鲁森斯滕－彼得列茨 Юстина Крузенштерн-Петерец
袁世凯 Юан-ши-кай
约瑟夫·布罗茨基 Иосиф Бродский

第二部分　地名

北京 Пекин
长春 Чанчунь
大连 Дайрен
大秃顶子山 Татудинза
地段街 Участковая улица
伏尔加河 Волга
傅家甸 Фудзядяна
哈尔滨 Харбин
海参崴（符拉迪沃斯托克）Владивосток
横道河子 Ханьдаохэцы
珲春 Хунчун
卡马河 Кама
克里木 Крым
满洲里 Маньчжурия
宁古塔 Нингуту
齐齐哈尔 Цицикара
青岛 Циндао
上海 Шанхай
松花江 Сунгари
绥芬河 Суйфун р.
天津 Тяньцзин
兴安岭 Хинган
烟台 Чифу
中央大街 Китайская улица
中东铁路 Китайская Восточная железная дорога

第三部分　作品、书籍名称

阿列克赛·别里斯基的幽灵 Признак

Алексея Бельского
爱情这个魔女 Любовь-чародейка
吧女 Женщина из бара
白光 По белому свету
宝石 Драгоценные камни
北方家族 Северное племя
被俘的灵魂 Пленный дух
北京 Пекин
不分胜负的比赛 Мертвый гит
不灭之火 Огонь неугасимый
不受赏识的美德 Неоцененная добродетель
初始哈尔滨 Харбин изначальный
穿越大洋 Через океан
春天的喧嚣声 Гомон весны
春天在哈尔滨 Весна в Харбине
大地的宁静 Земной покой
大海 Море
大街上 На улице
大王 Великий Ван
道德经 Дао Дэ Цзин
道路与命运 Дороги и судьбы
丁香花丛 Под сиренью
俄汉辞典 Русско-китайский ежегодник
俄罗斯 Россия
俄罗斯语言 Русский язык
凤凰 Феникс
疯狂大漠 Безумие жёлтых пустынь
父辈的土地 Земля отцов
傅家甸近郊 У фудзядяна
父亲的房子 Отчий дом
夫人 Леди
哥萨克人 Казак
隔着火车车窗向外望 Из окна поезда
狗吠声声 Собаки воют
寡妇 Вдова
关于俄罗斯 О России
哈尔滨的诗 Стихи о Харбине
海边 У моря
河畔的早晨 Утром у реки
黑色帐篷 Черная палатка
红胡子 Хунхуз
红胡子：民族学故事 Хунхузы Этнографические рассказы
湖面上——点点白鸽…… “Над озером…”
呼啸的密林 Тайга шумит
湖心亭 Хусиньтин
画 Картина
画册 Альбом
华俄诗选 Китайская поэзия
怀乡病 Ностальгия
黄包车夫 Рикша
黄皮肤夫人 Желтая Дама
回忆哈尔滨 Воспоминание о Харбине
基督与反基督 Христос и антихрист
几世纪前的故事 Сказка веков
煎饼 Тяньбин
界限 Предел
经验 Опыт
喇叭花 Багульник
拉斯普京 Распутин
来福 Лайфу
蓝鹭湖 Озеро голубой цапли

蓝色的节日 Синий праздник
狼 Волки
老毛子 Ламоза
雷雨过后 После грозы
离别中 В разлуке
离开俄罗斯 Без России
历史上的传说 Легенды в истории
李舟 Ли-чжоу
两个小车站 Два полустанка. Воспоминания
另一种视角——上海生活特写 Иными глазами: Очерки шанхайской жизни
流亡者之路 Путь изгнанника
龙的传说 Легенда о драконе
鲁迅选集 Сборник Лу Синя
满洲丛林 В дебрях Маньчжурии
满洲的抑扬格 Маньчжурские ямбы
满洲公主 Маньчжурская принцесса
满洲猎人笔记 Записки маньчжурского охотника
满洲森林里的"鲁滨逊"们 Робинзоны
满洲之星 Звезды Маньчжурии
米阿米 Миами
迷途的勇士 Заблудившийся аргонавт
命运 Судьба
魔鬼 Нечистая сила
莫斯科在燃烧 Горит Москва
母亲等候孩子们帮助"…И матери ждут помощи детей"
墓志铭 Эпитафия
南方的家园 Южный дом
南风 Южный ветер
南京家族 НаНКНН-роА
男子垂暮：幽默作品集 Мужчина на закате: Сборник юморесок
宁波姑娘 Луна
女人的殉难地 Голгофа женщины
朋友相会 Свидание друзей
牝虎 Тигрица
齐齐哈尔附近 Около Цицикара
七人集 Семеро
骑手 Всадник
畦田 Гряда
千手观音 Сторукая
悄声细语 Шепотом
琴弓 Смычок
热辣辣的秋天 Злая осень
日落时分 В закатный час
三颗哑弹 Три осечки
三生有幸 Три души
沙岸 Песчаный берег
上海彩画 Шанхайские Акварели
上海寄语 Шанхайское
上海偏巷 Шанхайское захолустье
上海之网 Впаутине Шанхая
神奇的彩虹 Радуга чудес
神圣的罗斯 Святая Русь
圣诞之夜 Рождественская ночь
兽情夜 Звериная ночь
守卫员的妻子 Сторожиха
霜叶红 Красные листья под инеем
死人回乡 Шествие мертвых
思绪纷纭 В раздумьи

松花江 Сунгари
松花江畔 На скучных сунгарийских берегах
松花江上的白天 День на Сунгари
算命先生 Гадальщик
台风 Тайфун
“泰加” Тайга
谈活生生的人的活生生的事 Живое о живом
搪瓷上的小画儿 Маленький рисунок на эмали
逃难 Вегство
痛苦的音乐 Музыка боли Стихи
通向云端的阶梯 Лестница в облака
天命 Фатун
铁甲列车 Броневик
透过窗口…… Взглянешь в окно…
途中 В пути
途中（诗集）В пути：Стихи：1933—1937
完好的蜂巢 Добрый улей：Вторая книга стихотворений
蔚蓝色的峡谷 Голубая долина
为了当局 Из-за Власти
我常常觉得…… “Мне часто…”
我带走了俄罗斯 Я унес Россию
我的回忆 Мои воспоминания
我还能说什么 Что я могу еще сказать
我，一定回中国！Я вернусь в Китай
雾中的灯光 Огни в тумане Думы о русском опыте
西湖之夜 Ночь на Сиху
喜欢躺在压倒的草上 “Люблю лежать в траве”
牺牲 Жертва
小船上 На шаланде
小站 Полустанок
献给第二祖国 Второй родине
仙后星座 Кассиопея
乡村 Деревня
湘潭城 Сянтаньчэн
血与肾炎 Кровь и нефрит
信 Письмо
心思 Мысли
选自《日记片段》组诗 Из цикла Отрывки из дневника
选自中国纪念册 Из китайского альбома
雪晨 Снежное утро
血红色的反光 Кровавый отблеск
学习汉语会话参考资料 Пособие при изучении китайского разговорного языка
雪中的哈尔滨 Снежкный Харбин
循着爱情的轨迹 По следам любви
夜路 Ночные дороги
野猪 Кабан
一百卢布钞票 Сторублевка
一次惊心动魄的努力…… Одно ужасное усилье…
一个杀人犯的自白 Нсповедь убийцы
吟唱的抑扬格…… И ямбом неотточенным воспетый…
阴历新年 Лунный новый год
阴谋 Заговор

银色的大连 Серебряный Дайрен
幽暗的林荫道 Тёмные аллеи
游山海关 В Шаньхайгуане
雨滴 Канли
远东国家历史手册 Справочник но истории стран Дальнего Востока
远东之熊 Медведи Дальнего Востока
远方的桥 Далекие мосты
远远抛开的祖国 "Далеко покинутая родина..."
在篝火旁 У костра
在黑龙江湾 На Амурском заливе
在虎山上 У Тигровой горы
在世界各国漂泊 По странам рассеяния
在水果店 В фруктовой лавчонке
在松花江上 На Сунгари
在小船里 В лодке
在异国天空下 Под чужим небом
在中国 В Китае
张谢维 Свё ви цан
致马雅可夫斯基 Маяковскому
致女堂倌儿 Кельнерше
致未来的领袖 Будущему Вождю
致我的马 Моему коню
致祖国 Родной стране
中国 Китай
中国传说 Китайские легенды
中国瓷人——财神菩萨 Фарфоровый Китаец качает головой
中国的景色极其单调…… В храме Ми-Син
中国的新年 Новый год Китая
中国风景 Китайский пейзаж
中国犁过的田地 Китаская пашня
中国扇子 Китайский веер
中国诗歌之花 Цветы китайской поэзии
中海 Чжунхай
诸神复活 Рожбение богов. Туманкамон на Криме
最后一个中国女人 Последняя Китаянка
最后一枝荷花 Последний лотос
罪人 Грешница
坐在小酒馆里同中国人吃饭…… Сижу с китайцами в харчевнях…

第四部分　报刊名称

白光 Гелый Луч
边界 Рубеж
窗 Окно
俄罗斯言论 Русское слово
俄罗斯之声 Русский голос
帆 Парус
凤凰 Феникс
弗里美晚报 Вечернее Время
公报 Гун-Бао
光线 Луч
喉舌报 Рупор
基督教青年会杂志 Журнал ХСМЛ
巨浪 Вал
锣鼓 Гонг
满洲通报 Вестник Маньчжурии
旗 Знамя

上海柴拉晚报 Вечерняя Заря
上海霞报 Шанхайская Заря
上海新时报 Шанхайское новое время
时代 Эпоха
斯罗沃日报 Слово
探照灯 Прожектор
我们的道路 Наш путь
霞报 Заря
小燕子 Ласточка
新生活报 Новая Жизнь
新言论报 Новое слово
星火 Огонек
星期一 Понедельник
亚洲复兴 Возрождение Азии
亚洲通报 Вестник Азин
亚洲之光 Луч Азии
远东蓝色杂志 Дальневосточный Синий Журнал
远东论坛 Дальневосточная трибуна
远方 Даль

第五部分　社会组织、团体等名称

"阿克梅"文学小组 Литературный Кружок АКМЭ
俄侨救济会 Русское Благотворительное Оьщество
俄侨普济会（上海侨民委员会）Русский Эмигрантский Комитет
俄侨施济所 Дом Милосердия
孤老俄侨妇女收容所 Убежище для одиноких н престарелых женщин
哈尔滨中东铁路印刷厂 Харбин тин КВЖД
"赫拉姆"联谊会 ХЛАМ
基督教青年会 ХСМЛ
基督教青年会杂志小组 Кружок ХСМЛ журнала
青年丘拉耶夫卡 Молодая Чураевка
青年文学培训班 Литературная студия молодежи
丘拉耶夫卡 Чураевка
上海俄国话剧团 Русский Театр В Шанхае
上海丘拉耶夫卡 Шанхайская Чураевка
商会文学艺术小组 Лиатурно-художественный кружок при Коммерческом собрании
诗人行会 Ккруг поэтов
"星期二"聚会 Вторник
"星期五"聚会 Пятница
"星期一"联谊会 Содружество "Понедельник"

第六部分　重点词汇

阿克梅派（阿克梅主义）акмеизм
茶 чай
房子 фанза
佛 будда
高粱 гаолян
官吏 мандарин
荷花 лотос
花轿 паланкин
炕 кан

炕席 циновку кана
喇嘛 лама
龙 дракон
涅槃 нирвана
人参 женьшень
舢板 джонка
山神庙 кумирню
树海 шу-хай
台风 тайфун
象形文字 иероглиф
竹子 бамбук

后　记

本书是国家社会科学基金青年项目“在华俄侨作家的中国书写研究”（项目编号：16CZW058）的最终成果，并结合结项鉴定专家给出的鉴定意见做出修正删改。

我对于在华俄侨文学的关注始于准备撰写博士学位论文期间，恩师张福贵先生无意中提起这个研究选题，虽后来我由于一些原因转向了“东北现代文学与民俗文化”的研究，但有关在华俄侨文学的选题一直搁置心中，念念不忘。2015 年 12 月，我博士顺利毕业，转年便用本选题申报并获得了国家社会科学基金项目。在这里，衷心感谢张先生，先生之思宏阔高远，聆听教诲，往往令人豁然开朗。

严格说来，在华俄侨文学研究本身并未脱离本人的东北文学文化研究视域。博士学位论文中本来便有关于哈尔滨俄侨作家的论述，是立足于东北民俗文化书写的多元视角而做出的相关考察，但由于学位论文选题、结构等方面的限制，只得如同蜻蜓点水，点到为止了。“在华俄侨作家的中国书写研究”便是相关问题的延伸与扩大，走向一个深的层面，也走向一个广的层面，特别是对上海俄侨文学的研究，使得本人的研究视域突破了地域文学的限制，从而逐渐达成一个走向未知世界的探索过程。这个过程风浪颇多，充满艰辛，然而冥冥之中似乎有一个声音一直在提醒着我：要前行，要前行……至此，我想化用俄侨诗人米哈伊尔·什梅谢尔的诗歌《我们为圣彼得堡而忧伤……》

中的那句“让我们与痛苦的流亡和解”，最终完成我的表达：让我们与痛苦的一切和解吧！

由于笔者水平和学识有限，本书的研究有太多瑕疵和不足，有待专家学者批评指正。这个研究本身就是一个抛砖引玉的事情，只求一个目的：让更多人关注俄侨文学，通过相关文化现象的关注和梳理，进一步辨明当前中俄文化交流的历史经验和存在基础。

本书在出版过程中得到了著名学者杨朴教授的热心教诲与指导，衷心感谢恩师为弟子做出的一切！还要特别感谢中国社会科学出版社的郭晓鸿主任以及编辑老师的辛勤付出！

周青民

2022 年 3 月